- 죽음을 부르는 새벽

욕망의 가시 1

김유미 장편소설

청어 도서출판

욕망의 가시 1 – 죽음을 부르는 새벽

김유미 지음

발행처·도서출판 **청어**
발행인·이영철
영 업·이동호
홍 보·최윤영
기 획·천성래 | 이용희
편 집·방세화 | 이서윤
디자인·김바라 | 서경아
제작부장·공병한
인 쇄·두리터

등 록·1999년 5월 3일
(제321-3210000251001999000063호)

1판 1쇄 인쇄·2015년 7월 10일
1판 1쇄 발행·2015년 7월 20일

주소·서울특별시 서초구 효령로55길 45-8
대표전화·586-0477
팩시밀리·586-0478

홈페이지·www.chungeobook.com
E-mail·ppi20@hanmail.net
ISBN·979-11-86484-24-1 (04810)
       979-11-86484-22-7 (세트)

이 도서의 국립중앙도서관 출판시도서목록(CIP)은 서지정보유통지원시스템 홈페이지
(http://seoji.nl.go.kr)와 국가자료공동목록시스템(http://www.nl.go.kr/kolisnet)에서
이용하실 수 있습니다.(CIP제어번호: CIP2015016653)

- 죽음을 부르는 새벽

욕망의 가시 1

나는 깊이가 없다.

학문에 깊이가 있었으면 교수가 되었을 테지만 한참 공부를 하던 시절에는 한 우물을 파는 것은 지루하기 짝이 없었다. 그때부터 깊이를 거부했다.

그러나 그 반대로 넓이는 있었다.

오랜 직장생활은 다양한 지식과 경험들을 쌓게 만들었다. 깊이가 없는 대신 그나마 넓이가 있어서 글을 쓰는 데 유익한 토양분이 되었다.

학창시절에는 국문학을 전공하고 시골 깡촌에서 교편을 잡으면서 작가가 되고 싶었지만 어찌 원한다고 다 할 수 있었겠는가? 원하지도 않던 경영학을 전공하고 25년을 야인으로 떠돌다가 비로소 고향집에 왔다고나 할까……. 내가 글을 쓴다는 것은 4반세기를 지나서 운명처럼 다가왔다.

글을 쓴다는 것이 행복하리라고는 상상조차 못했었다. 상상조차 못하던 행복이 다시 상상의 꼬리를 물고 상상의 날갯짓을 하면서 내게 찾아왔다. 노트북에 앉으면 밤을 꼬박 새워서 키보드를 두드리다가 아침에 녹초가 되어서 하루 종일 꼼짝을 할 수 없는 날이 수차례, 그 피곤함 속에 행복이 있었다. 새롭게 깨달은 행복은 수고로움이 주는 행복이었다.

빵을 얻기 위해서 처절하게 그린 그림이 명작을 되듯이 나는 빵을 얻기 위해서 글을 썼다. 수중에 한 푼도 남아있지 않을 때 밤마다 눈물겨운 사투를 벌였다. 첫 시작과 끝은 2년이란 세월을 훌쩍 건너뛰어 버렸다. 긴긴 시간을 처절하게 고독과 싸우면서 이겨낸 승리였다. 그 승리의 결과가 두 권의 책으로 잉태되었다.

나에게 글을 쓰는 달란트가 남아있다는 것에 감사한다. 신은 나에게 글을 쓰는 달란트를 예전에 주셨지만 나는 4반세기를 지내고 나서 이제야 발견한 것이었다. 굶주림 끝에 찾은 젖줄처럼 나에게서 솟아나는 이야기의 샘물은 고갈될 줄 모르는 오아시스로 남고 있다.

사막의 오아시스처럼!

따가운 햇살 비추는 집필실에서

김우미

욕망의 가시 1

차 례

죽음을 부르는 새벽

새벽 두 시. 부산 톨게이트를 벗어난 체로키가 어둠을 뚫고 서울로 달리고 있었다. 체로키는 톨게이트를 지나 언덕을 타고 양산 방향을 향했다. 여름 휴가철이지만 고속도로 경부선 상행선은 새벽이라서 그런지 한산한 모습을 보였다. 우측으로 굽는 도로에서 체로키가 갑자기 좌측으로 쏠리더니 다시 급하게 우측으로 핸들이 꺾였다. 그러자 4륜 구동의 체로키는 큰 덩치에도 불구하고 달리는 속도를 이기지 못하고 우측 꺾이는 방향으로 넘어지면 때굴때굴 굴러버렸다.

부산에서 서울로 올라가는 고속도로 초입 양산을 갓 지난 경부선은 일순간에 아수라장이 되어버렸다. 새벽 시간대라서 통행량이 많지 않은 터라 2중, 3중 추돌은 피할 수 있었지만, 고속도로에는 부서진 차의 파편이 널브러져 있었고 뒤에서 따라오던 차들을 추돌을 피하려고 몸부림을 치고 있었다.

유한은 체로키가 전복되어 구르는 순간에도 정신을 잃지 않으려고 발버둥을 치다가 차가 멈추어 섰을 때는 정신을 놓고 말았다. 사고가 난 지 30분 정도 시간이 경과되자 경찰차 두 대와 119응급차량 두 대가 도착했지만, 누구 하나 유한이 있는 부서진 체로키 쪽으로는 오지 않았다.

서서히 정신이 든 유한은 조수석에서 머리가 있어야 하는 위치에 다리가 놓여 있고 다리가 놓여 있어야 하는 위치에 머리가 놓여 있었다. 체로키가 몇 차례를 구르면서 얼마나 심하게 요동을 쳤는지 짐작을 하고도 남았다.

조수석에 앉아있던 유한은 운전석에 앉아있던 여자를 불렀지만, 그녀는 대답이 없었다. 다리가 있어야 하던 자리에 머리가 처박혀 있어서 운전석에 여자가 있는지 없는 지도 볼 수 없는 자세였다. 다리와 목에 큰 통증이 있어서 몸을 가누지 못하고 신음만 내던 유한에게로 다가오는 발자국소리가 들렸다.

"여보세요. 정신이 들어요? 선생님……, 선생님!"

경찰과 119응급대원이 체로키 오른쪽 문을 부수면서 문을 열었다. 유한은 눈을 뜰 수가 없지만 그들의 목소리는 들을 수 있었다.

"아…… 너무 아파요……."

"어디가 어떻게 아프세요?"

"다리 하고 목이 아파서 움직일 수가 없어요. 옆에 있던 다혜는 어떻게 되었습니까?"

"여자 분은 사망하셨습니다."

유한은 하늘이 무너지고 땅이 꺼지는 듯 했다. 도저히 아무런 생각도 할 수가 없었다. 아직 서른네 살밖에 안된 다혜가 죽었다는 사실이 믿어지지가 않았다. 유한은 자신이 다혜를 죽였다는 자책에 빠져서 눈물만 흘리고 있었다. 유한이 다혜를 처음 만난 것은 10년 전, 7년 동안 만났다가 다혜가 결혼하는 시점에 헤어졌고 다시 만난 지 100일이 되는 어제, 100일 기념으로 1박 2일 여행을 잡고 해운대로 여행을 갔다 오는 길에 그만 다혜는 생을 마감하고 말았다.

다혜는 이름만 얘기해도 웬만큼 알 수 있는 탤런트였다. 그래서 그들은 10년 전 데이트를 할 때에도 언제나 007작전을 방불케 하는 힘든 만남으로 이어졌고, 그런 힘들었던 것이 그들을 더 결속시키는 작용을 하였다.

다혜는 항상 선글라스에 모자를 눌러써야 했고 만나는 장소도 인적이 드문 곳만 찾아서 다녔었다. 그러다 보니 둘이 있는 시간이 유난히 많았고 사랑도 깊이 들었던 그런 여자였다.

유한 역시 중견 그룹의 회장 사위로써 신문에 스캔들이 터지면 그룹의 명예와 장인의 명예에 씻지 못할 오명과 그룹에 치명타가 된다는 것을 알기에 항상 여자를 만날 때에는 신중에 신중을 기했다.

응급차와 경찰차가 왔지만 다혜의 시신을 수습하느라고 유한이 있는 곳으로 오지를 못한 것이었다. 한 사람은 차 밖으로 튕겨 나갔으니 차 안에 사람이 있는지 알 수도 없었을 것이다. 8월 초의 날씨답게 새벽이라고 하지만 후덥지근한 바람이 코끝을 스쳤다. 유한은 신고 있던 샌들은 벗어져 온데 간데 모르게 사라졌고 트렁크 반바지에 반소매 티셔츠만 입고 있었다. 경찰이 유한에게 다가와서 음주측정기를 꺼내면서 말을 건넸다.

"자…… 있는 힘껏 한번 불어보세요. 선생님하고 사망하신 여자분 술 냄새가 나는 것 같은데 음주하셨지요?"

유한은 대답할 기운이 없었다. 음주측정기에 바람을 불어넣을 힘은 더더욱 없었다.

"안되겠습니다. 먼저 병원으로 이송하고 병원에서 채혈을 하도록 합시다."

옆에 있던 경찰은 유한의 상태가 심각하다는 것을 알고 빨리 병원으로 이송하자고 서둘렀다. 응급차는 유한을 태우고 양산 톨게이트를 벗어나서 3분 만에 양산종합병원으로 도착했다. 양산종합병원은 양산시 인구가 많아지면서 근래에 생긴 비교적 깨끗하고 큰 병원이었다. 7층으로 된 병원은 내과, 외과, 소아과, 산부인과를 전문으로 하는 소도시에서는 보기 드문 병원이었다. 구급차의 사이렌 소리를 듣고 응급실 담당의사와 간호사가 뛰어 나왔다.

"교통사고 환자입니다. 다리와 경추가 골절된 거 같습니다."

119응급차에 이어서 경찰차도 병원에 도착했다. 다혜의 시신은 시체실로 옮겨졌고. 유한은 응급실로 옮겨졌다. 해맑게 웃으면서 해운대 바다를 좋아하던 다혜의 모습이 유한의 눈가에 스쳐지나갔다. 유한은 소리 없이 눈가를 적셨지만 흐르는 눈물을 닦을 수가 없었다. 응급실로 실려 온 유한에게 간호사가 다가왔다.

"성함이 어떻게 되세요? 성함하고 주민등록번호를 말씀해주셔야 응급 수술이 가능합니다."

"유한, 600606……."

"현주소 하고 보호자 연락처를 말씀해주세요."

유한은 보호자 연락처라는 말을 듣고 정신이 번쩍 들었다. 지금 자신이 처한 상태가 결혼 14년만에 처음 발생한 일이지만 아내한테는 치명적인 사고가 아닐 수 없었다. 교통사고는 일어날 수 있는 일이지만 사고가 난 지점이나 동승자인 여자가 사망한 사고는 어쩌면 유한에게 지울 수 없는 족쇄가 되거나 결혼생활이 파판날 수도 있는 대형 사고였다. 망설이는 유한에게 간호사는 타이르듯이 말했다.

"사고는 어쩔 수 없이 일어났다지만……. 보호자와 연락이 닿지 않으면 수술도 곤란하고……. 현재 환자분 상태도 심각한 상태입니다."

유한은 체념을 한 듯이 집주소와 전화번호를 간호사에게 알려주었다. 간호사는 피 범벅이 된 옷을 가위로 자르고 소독약으로 상처 부위를 닦고 환자복을 갈아입혔다. 팬티까지 가위로 잘라버렸기에 그나마 다행이라고 유한은 생각했다.

유한이 어제 아침 집을 나올 때에는 콤비를 입고 나왔었다. 타워팰리스에서 10분 거리에 있는 다혜 집에서 콤비를 벗고 편한 반바지와 반소매 티셔츠……, 그리고 다혜가 준 팬티까지 갈아입고 있었기에 유한의 아내가 이런 것을 본다면 도저히 감당할 수 없는 상황이었다.

환자복으로 갈아입자 간호사가 채혈을 했다. 채혈은 국과수로 넘어가서 사고의 원인을 추정하는데 사용될 뿐 아니라 보험금 산출에도 영향을 준다.

"저 남자랑 같이 사고 난 여자……, 이다혜던데?"

"뭐? 탤런트 이다혜?"

"응. 3개월 전에 이혼한 여자 있잖아."

"근데 이다혜랑 사고 난 남자……, 이 남자는 누구지?"

유한이 잠들어 있을 때 간호사들이 유한과 이다혜에 대한 얘기로 정신이 없었다. 이다혜는 그만큼 세인의 관심을 받는 인물이었고 결혼과 함께 연예계를 은퇴하였던 터라 이혼을 했다는 이유만으로도 일반인이나 연예기자들은 항상 관심의 대상이었다.

다혜가 결혼을 할 때에도 벤처기업 사장과 결혼을 한다고 신문 1면에 도배가 되어서 이목을 집중 받다가 2년 뒤부터 결별설이 나오는 등 항상 언론에 노출되었다가 3개월 전 이혼을 할 때에도 성격 차이다, 아니다, 다른 이유다 하면서 많은 얘기꺼리를 만들곤 했었다. 그만큼 이다혜는 드라마PD들로부터도 관심의 대상이었고, 다시 컴백할 드라마를 물색하고 있던 중이었다. 서른넷이라고 하지만 피부샵에서 늘 피부 관리를 하기에 스물일곱 정도의 미혼 여자로 보일만큼 앳된 얼굴을 소유하고 있었다.

타워펠리스 B동 1702호실로 전화가 걸려왔다. 시각이 새벽 4시……. 이 시간에 걸려올 전화라곤 없는 집이었다. 가정부가 시끄러운 전화 벨소리에 짜증내면서 일어나 전화를 받았다. 가정부는 이 집에서 8년 간 일을 해서 지금은 한 식구 같은 여자였다. 고향이 김천이라서 가끔 쓰는 경북 사투리는 투박하지만 심성은 고운 여자였다. 서른 살에 이혼을 하고 가정부 일을 시작했고 줄곧 이 집에서 8년간 일해 왔다. 얼굴이 못생겼기에 이 집에 오래 일할 수 있었다. 그만큼 유한에 대한 아내의 질투심은 컸다. 아니, 사랑이라기보다 집착에 가까웠다.

"네. 도곡동입니다. 예? 병원이라고요? 사장님이 사고가 났다고요? 잠…… 잠깐만요. 우리 사모님 바꿔 드릴게요."

가정부는 아닌 밤중에 홍두깨를 만난 마냥 혼이 빠져서 큰소리로 외쳤다.

"사모님! 사모님! 전화 받으세요. 급한 일이예요. 사장님께서 사고가 나셨대요."

재희는 자다가 잠결에 들은 것 같은 소리라고 생각했다. 눈은 떴지만 한동안 침대에서 일어나지 못했다. 계속되는 노크와 가정부가 부르는 목소리에 가까스로 정신을 차리고 방문을 열었다.

"서연아, 왜 이렇게 시끄러워? 무슨 얘기야? 사고라니? 애기아빠가 무슨 사고를 당했다고?"

"일단 전화부터 받아보세요. 병원이래요."

재희는 다시 안방으로 들어와서 수화기를 들었다.

"여보세요. 네. 말씀하세요."

"여긴 양산종합병원입니다. 유한 씨 보호자 되시죠? 유한 씨가 교통사고로 응급실에 실려 왔어요."

"네? 어쩌다가? 애기아빠 상태는 어때요? 양산종합병원이라면…… 어디에 있는 건가요?"

재희는 자신도 모르게 놀라서 허둥대고 있었다.

"여긴 경남 양산 톨게이트 부근에 있습니다. 환자분 다리 수술은 내일 아침에 해야 합니다. 그리고 목을 크게 다쳤는데 목 수술은 대학병원에서 하셔야 하구요."

"알겠어요. 지금 출발하도록 할게요. 그리고 1인실 특실로 잡아주시고, 어떤 사람도 출입을 막아주세요."

재희는 유한이 어제 아침에 친구를 만난다고 부산에 간다고는 했지만 교통편이 당연히 비행기라고만 생각했지 고속도로에서 교통사고를 당했으리라고는 상상조차 할 수 없는 일이었다. 그러나 직감적으로 사태가 예사롭지 못하다는 것을 느꼈다. 그 직감은 할아버지가 대일산업을 창업했고 아버지가 대일산업을 그룹으로 반석 위에 올려놓는 것을 곁에서 지켜보며 터득한 유전과도 같은 예리함이었다.

재희는 사태를 수습해야 한다는 마음에 전화기를 잡아 전화번호를 눌렀다. 어릴 때부터 서로 터놓고 지낸 두 살 많은 오빠는 재희가 힘들 때마다 우군처럼 도움을 주는 다정한 오빠였다. 14년 전 재희가 유한과 결혼에 성공한 것도 오빠의 도움이 없었다면 불가능했었다. 부모님의 반대로 결혼이 힘들 뻔 했을 때 재호가 적극 유한을 지지하면서 결혼이 성사된 것이다. 그만큼 재희의 결혼생활이나 유한의 회사생활에 적지 않은 도움을 되는 사람이 재호였고, 재희에게는 언제나 버팀목과 같은 존재였다.

"오빠. 미안해. 이 시간에……."

"웬일이야? 이 시간에 전화를 다하고. 무슨 일인데? 천천히 얘기해봐."

이른 새벽에 전화를 받은 재호는 놀라지 않을 수 없었다. 근래에는 재호가 대일산업 사장직에 오르면서 재희를 볼 수 있는 시간이 그만큼 줄어들었다. 재호의 처가 질투심이 날 만큼 오누이의 정이 각별한 남매였지만, 한동안 챙겨주지 못했다는 게 재호에겐 늘 걸렸다. 얼굴은 자주 볼 수 없었지만 전화는 일주일이 멀다하고 서로 연락하는 사이였다. 예전과 다르게 하나뿐인 동생에게 회사 일을 핑계로 살갑게 대해주지 못한 게 항상 미안하다고 생각하고 있었다. 대학교도 같은 시기에 다녔고 재희가 미국에 유학 가있는 3년 정도만 떨어져 있었던 것을 빼면 언제나 가까이에서 함께했던 하나뿐인 동생이었다.

"유서방이…… 교통사고 났대……. 지금 양산종합병원 응급실에 있는데…… 내일 아침에 수술해야 한대…….”

“어쩌다가? 박기사도 다친 거야?”

“아니…… 박기사는 같이 가지 않았어. 오빠가 병원으로 전화 좀
해 봐. 난 떨려서 못하겠어.”

“그래. 알았어. 내가 연락해보고 전화할게. 침착하고……. 설마
무슨 일 있겠니?”

재호는 재희를 안심시킨 후 사태의 심각함을 인지하고 서둘러
양산종합병원에 전화를 걸었다. 재호는 재희의 전화를 받고 뭔가
석연치 않다고 생각했다. 운전기사도 데려가지 않았는데 교통사고
가 나서 그것도 지방 병원에 실려 갔다는 것이 꺼림칙했던 것이다.

14년 전 재희가 유한을 집에 초대하여 아버지인 박병호 회장에게
결혼을 하겠다고 했을 때만 해도 유한은 재희만 사랑하는 그런 남
자였다. 그러나 결혼 후 2년째 되는 해부터 유한은 밖으로 나돌기
시작하며 가정에 소홀해졌고 항상 사건의 꼬리를 몰고 다녔다. 재
희가 시카고대학교에서 유한을 만났었고 유학시절 서로가 헤어질
수 없는 지경까지 갔었다고 하기에 재호가 부모님을 설득하여 겨우
두 사람의 결혼이 어렵게 성사된 것이었다. 재호에게는 하나뿐인 여
동생이 잘못 될까봐 항상 신경을 쓰는 입장이었다.

유한이 대일산업에 입사할 때도 그룹 기획조정실에 배치될 때도
박병호 회장을 설득시킨 건 재호였다. 유한이 30대에 임원으로 승
진할 때에는 스스로의 능력이었지만 늘 유한을 편드는 데 노력을
아끼지 않았다. 지금 유한은 그룹 총괄 기획조정실장으로 그룹 전
반에 관여하는 위치여서 어쩌면 재호보다도 더 그룹 핵심에서 박병

호 회장을 보필한다고 봐도 과언이 아니었다.

　그런 위치에 있는 유한이 교통사고로 병원에 실려 갔다는 건 회사에서도 실로 대형 사고나 다름이 없었다. 재호는 재희한테서 받은 전화번호로 전화를 걸었다.

　"네. 양산종합병원입니다."

　"응급실에 교통사고로 실려 온 유한 씨 보호자 됩니다. 지금 유한 씨 상태는 어떻습니까?"

　"유한 환자분은 왼쪽 발목 골절과 경추가 손상된 것으로 나타났습니다. 내일 오전에 발목 골절부터 수술을 할 예정입니다."

　"교통사고라면……, 일행이 있나요?"

　"네. 운전자는 사고 현장에서 사망했고요. 현재 저희 병원에 영안실에 안치되어 있습니다. 사망자의 보호자도 방금 서울에서 출발한다고 연락이 왔었습니다."

　"운전자가 서울사람인가요?"

　"네. 사실은 이다혜 씨 아시죠? 탤런트 이다혜."

　"누구……. 이다혜?"

　"네. 그렇습니다. 이다혜 씨가 운전을 하셨는데 사고 경위는 경찰에서 조사 중이고요. 현재 상황은 그렇습니다."

　"네. 잘 알겠습니다. 저희도 출발하도록 하겠습니다."

　재호는 병원 관계자와 통화를 끝내고 나서 억장이 무너졌다. 재희 말로는 고향친구 모임이 있어서 비행기를 타고 부산에 간다고 나간 사람이 탤런트 이다혜와 교통사고가 나서 한 사람이 죽은 대형사고가 터진 것이다. 이다혜가 결혼하기 전 유한과 스캔들이 있었던 당사자라는 것을 아는 재호로서는 정말 기가 막힐 노릇이었다.

재호는 이 사태를 박병호 회장이 알게 되더라도 최대한 늦게 알 수 있도록 해야만 했다. 그렇게 하기 위해서는 긴급하게 조치를 취해야만 했다. 새벽 4시가 넘어서 회사 비상연락망을 가동한다는 건 대일그룹이 생기고 나서 처음 있는 일이었다. 재호는 수첩을 꺼내어 비상연락망에 적혀있는 홍보실장에게 전화를 걸었다.

　"손상무, 이 시간에 전화해서 미안합니다. 급한 일이라서……."

　"아닙니다. 사장님 말씀하시죠."

　"다른 게 아니고…… 기획조정실 유사장이 교통사고를 당해서 지금 지방 병원에 실려 갔다는데 상태가 심한 모양입니다."

　"어느 병원이랍니까? 어느 정도 다쳤답니까?"

　"경남 양산에 있는 양산종합병원 응급실에 있답니다. 일단 내려가 봐야 정확하게 알 수 있을 거 같습니다. 나도 유사장 처와 지금 출발하겠지만 그보다……."

　"네, 말씀하십시오. 사장님."

　"유사장이 혼자 사고가 난 게 아니고 동행자가 있었는데……, 동행자가 사망을 했다는군요."

　"네? 동행자가 누구신데……."

　"아……. 손상무가 알아야 하기에……, 탤런트 이다혜라고……."

　"네? 얼마 전에 이혼했다는……."

　"그래요. 그래서 말인데 언론에 터지면 회장님 쓰러지십니다. 그러니까 지방 언론사부터 좀 막고……. 서울이야 손상무 영역이니까 걱정을 안하겠지만 지방언론사는 어떻게 손쓸 방법이 없습니까?"

　"걱정 마십시오. 부산일보, 국제신문, 부산매일신문, 울산매일신문, 경남일보 정도만 신경 쓰면 될 겁니다. 일단 날이 밝으면 바로 손을 써놓겠습니다. 염려마시고 다녀오십시오."

"그럼 손상무만 믿고 갑니다. 나중에 상황보고 하는 거 잊지 말고……."

"네, 알겠습니다. 다녀오십시오."

재호는 대일산업의 홍보실장에게 모든 지시를 하고 출발준비에 부산했다. 이때 시끄러운 소리에 잠에서 깬 채선화는 재호가 와이셔츠를 꺼내는걸 보고 놀라서 일어나며 물었다.

"여보, 이 시간에 어디 가시려고요? 누구랑 그렇게 통화를 하셨어요?"

"지금 양산을 급히 다녀와야겠어. 유서방이 교통사고로 크게 다쳤다네. 다녀올게."

"지금 가시려고요? 얼마나 다쳤데요? 박기사도 같이 다쳤데요?"

"아냐……. 자세한 건 나도 내려가 봐야 알겠어. 김기사 대기 시켜줘."

재호는 정신이 빠진 것처럼 허둥대고 있었다. 유한의 허점은 결국 재희의 약점이 되는 일이었다. 예전부터 아내 선화와 재희의 관계가 좋지 못한 터라 아내에게 동생이 약점 잡히는 건 재호도 원하지 않았다. 재호가 차고로 내려가자 김기사는 차의 시동을 걸고 대기하고 있었다.

재호는 숨이 막히는 아파트가 싫다고 성북동에 주택을 지어서 살았다. 이백 미터 거리에 박병호 회장의 집이 있을 만큼 부촌에 살았지만 대일그룹 사옥이 테헤란로에 있었기에 출퇴근에 시간을 많이 뺏기는 단점이 있었다.

벤츠는 차고지를 나와 도곡동 타워펠리스로 향했다. 김기사는 도곡동을 들러서 양산까지 가야 하는 여정을 재호에게서 듣고 평소보다 빠른 속도로 달렸다. 재호가 출발할 때 재희에게 전화를 했기에 재희는 지하주차장에서 벤츠가 들어오기를 기다리고 있었다.

재희는 블랙원피스에 샤넬 백을 들고 최소한의 목걸이와 귀고리만 한 차림이었다. 평소 액세서리를 좋아하는 재희의 모습과는 사뭇 다르게 보였다. 김기사가 차 뒷문을 열어주자 재희가 상기된 표정으로 차에 올랐다. 재호는 운전석과 뒷좌석이 분리되는 차단막을 올리면서 재희에게 나지막하게 얘기했다.

"놀라지 말고 들어."

"병원에서 뭐래?"

"오늘 아침에 다리 수술을 하면 서울 대학병원으로 옮겨야 한데. 경추골절도 있다는데 경추골절은 목을 심하게 다쳤다는 거야."

"서울 어디로?"

"강남세브란스병원으로 옮기자. 네 집하고도 가깝고⋯⋯. 강남세브란스 황박사한테 부탁을 해서 한번 해보자. 경추수술은 잘못하면 하반신 마비가 올 수 있는 만큼 위험한 수술이라서, 다른 병원보다는 강남세브란스가 나을 거야."

재희의 표정이 일순간 어두워졌다. 14년 전 결혼하고 12년 동안 줄곧 속만 썩이던 남편이 야속하기도 하지만 재희 자신의 과거에 대한 죄책감으로 언제나 유한의 눈치를 보며 살았다.

재희는 유한보다 세 살이나 많았다. 유한이 공부를 하려고 유학을 한 것이라면 재희는 일시적인 도피로 박병호 회장에게 떠밀려 유학을 한 것이다. 미국 유학을 가기 전에 재희는 사귀는 남자가 있었다. 그 남자와 사이에 호적에 올라가지 않은 아이가 있었고, 두 사람을 갈라놓으려고 박병호 회장은 무던히 애간장이 녹아내렸다. 그렇게 두 사람을 갈라서게 하고 미국에 유학을 보냈는데 결국에는 세살 연하의 남자를 집으로 데려와서 결혼을 하겠다고 한 것이었다. 박병호 회장은 그렇게 우여곡절이 많은 딸을 결국 유한과 결혼을 시킨 것이었다.

재희는 자신의 과거를 유학시절에 만난 유한에게 하나도 숨김없이 얘기를 했다. 과거 얘기를 함으로써 자신의 과거에 대해 면죄부가 되리라고 생각한 것이 어리석은 짓이었다. 유한과 14년간 살아오면서 항상 자신의 과거에 발목이 잡혀서 남편에게 당당하게 요구하지 못하는 자신이 늘 한심스러웠다. 결혼 후 처음 2년간은 둘 사이에 원만한 결혼생활이었다. 재벌 외동딸과 평범한 남자의 만남. 3류 드라마 같은 이야기는 끝내 순조로울 수가 없었다. 처음에는 두 사람 간의 잠자리도 괜찮았지만 시간이 지날수록 유한은 잠자리하는 것을 싫어했다. 마지못해서 하는 게 한 달에 한 번 아니면 두 달에 한 번 정도 그것도 재희의 요구에 의해서 행하는 의식에 불과했다. 그것도 5년 전의 일이었다.

"오빠. 동승자는 누구래?"

"음…… 동승자는 사고현장에서 사망했는데, 유족도 지금 내려가고 있는 중인가 봐."

"아, 글쎄…… 누구냐니까?"

"이다혜라고……. 너도 알거야. 탤런트."

"두 사람은 옛날에 끝났잖아. 이다혜가 결혼하면서……."

재희는 몇 년 전의 악몽이 되살아나는 듯 했다. 유한과 다혜가 만나고 있다는 사실을 재희와 재호만 알았을 뿐 어느 누구에게도 밝히지 않았던 둘만의 비밀이었다. 그런 과거가 되살아나고 있었다. 재희의 과거 때문에 유한의 바람을 묵인할 수밖에 없었던 아픈 기억이 되살아나면서 재희는 가슴이 찢어지는 고통이 순식간에 밀려왔다.

기억속의 만남

테헤란로 38층 대일그룹 사옥에는 아침부터 바쁘게 움직이고 있었다. 대일그룹의 주력기업 7개 회사가 입주해 있고 전망이 제일 좋은 36층에는 회장실과 그룹 기획조정실이 자리 잡고 있었다. 엘리베이터에서 내려서면 안내데스크가 있고 데스크를 통과하면 비서실이 나온다. 비서실의 안내를 받아야만 회장실과 기획조정실장실로 들어갈 수 있는 구중궁궐 같은 철통 보안이 두 사람의 위치를 대변해 주고 있었다.

유한은 최근에 성사된 M&A를 성공시키고 인수기업의 노조와 긴밀한 의견 조율을 위하여 전략기획팀에서 제출한 보고서를 검토하고 있었다. 유한이 시카고대학교 경영대학원에서 전공한 것이 M&A였지만 당시 국내에서는 M&A에 대한 기초적인 지식조차도 정립되지 않았을 때였다. 미래를 내다보고 어렵게 공부한 M&A에 대한 지식이 대일그룹에서 요긴하게 쓰이게 될 줄은 유한도 미처 짐작하지 못했었다.

박병호 회장이 부친으로부터 대일산업을 물려받을 때만 해도 대일방직, 대일화학 등 중견기업 6개 정도였지만 박병호 회장의 수완과 유한의 치밀한 인수 전략이 맞아 떨어지면서 10년 만에 계열기업이 18개가 되었으며, 주력기업도 섬유에서 무역, 건설, 금융으로 다각화 되었고 30대 그룹으로 도약하는 성과를 내었었다. 계열기업이 그만큼 늘었다는 것은 비자금도 그만큼 많이 조성했다는 것이고 여러 가지 편법과 탈법도 동원되었다는 뜻이기도 했다. 이런 모든 일들을 아들인 박재호보다 사업 수완이 뛰어난 유한이 도맡았다. 그만큼 그룹의 비리 역시 유한이 많이 알고 있다는 뜻이기도 했다.

이번에 성사된 M&A도 제2금융기관과 컨소시엄으로 채권은행단이 보유하고 있던 거성중공업 주식을 일괄 인수하였고, 컨소시엄으로 참여한 금융기관은 투자자로 참여하였을 뿐 모든 경영권을 대일그룹이 독자적으로 가질 수 있도록 된 것도 유한의 능력에서 비롯되었다. 인수지분의 25%로만으로 경영권을 확보하기란 M&A 세계에서는 전무후무한 일이었기에 박병호 회장은 유한을 전적으로 신뢰하였다. 유한은 서류를 검토하다가 짜증이 난 듯 수화기를 급하게 집어 들었다.

"조전무, 이정도로 노조를 회유할 수 있겠어요? 뭔가 큰 걸 하나 미끼로 던져야 저놈들이 덥석 물 것 아니오?"

유한은 서류가 미진하다고 생각되어 전략기획팀 담당 임원에게 다시 검토하라는 지시를 하고 식어가는 커피를 한 모금 입안에 넣었을 때 핸드폰이 울렸다.

"오빠. 나 다혜예요. 지금 바빠?"

"응. 지금은 좀 그렇고 저녁은 괜찮을 거 같은데. 어디야?"

"오빠 주려고 시계를 하나 샀는데. 오빠가 좋아할지 모르겠네."

"그래? 6시까지 로얄호텔로 갈게. 먼저 예약하고 룸 넘버를 문자로 보내줘."

다혜가 이혼을 하고 나서 둘이 다시 재회를 한 후 줄곧 만나는 장소가 명동 로얄호텔 스위트룸이었다. 다혜도 그렇고 유한도 그렇고 두 사람은 세간의 이목이 집중되는 공인이었다. 3년 전 결혼하기 전만해도 톱클래스 탤런트로 얼굴이 알려진 다혜, 재계에서 폭풍의 핵으로 등장하여 대일그룹을 진두지휘하는 유한, 둘의 관계가 세상에 알려진다면 상상할 수도 없는 파장이 일어날 수밖에 없었다.

유한은 오후 5시가 되자 서둘러 업무를 마무리 하였다. 며칠 뒤에 거성중공업 노조간부들과 미팅할 내용을 전략기획팀에 지시한 후 비서실로 인터폰을 했다.

"윤비서. 나 오늘은 직접 운전할 테니까 박기사는 그냥 들어가라고 해."

출퇴근을 비롯한 모든 외부 활동을 전용차로 기사가 운전하여 다녔지만 다혜를 만날 때에는 항상 직접 운전하였다. 1층에 엘리베이터가 서자 박기사가 벤츠 운전석을 열어놓고 대기하고 있었다. 유한은 차 키를 받아들고 박용건에게 무언의 눈짓을 보냈다. 유한이 다혜를 다시 만나면서 최측근인 박기사의 묵계가 필요했다. 완벽한 알리바이를 위해서는 언제나 박기사가 필요했다. 매달 유한은 박기사에게 별도의 거마비를 지출하는 방법으로 자기 사람으로 만들었고 박기사는 유한이 시키는 일이면 무엇이든지 다할 정도로 둘의 사이는 긴밀했다.

벤츠는 선릉 사옥을 빠져나와 강남사거리로 달렸다. 퇴근시간도 아닌데 유난히 차가 막히는 목요일 오후. 유한은 시계를 쳐다봤다.

금빛 찬란히 빛나는 롤렉스가 다섯 시 반을 넘어서고 있었다. 벤츠는 남산1호 터널을 지나 퇴계로 극동빌딩 앞에 멈추었다. 빌딩 앞 모퉁이에는 미리 예약한 장미꽃 한 아름을 안고 꽃집 주인이 나와 기다리고 있었다. 유한은 장미꽃을 받아들고 곧장 명동으로 차를 몰았다.

로얄호텔은 비교적 규모가 작은 호텔이지만 명동 한복판에 있고 평소에는 일본관광객들이 많아서 내국인의 왕래가 뜸한 호텔이었다. 이런 점을 알기에 유한은 3개월 전 다혜를 다시 만나면서부터 다혜의 아파트로 갈 때를 제외하고는 로얄호텔을 이용했었다.

차가 호텔 입구에 들어서자 주차원이 발렛 파킹을 도와주러 뛰어 나와 유한에게 깍듯이 인사를 한다. 유한은 십만 원짜리 수표 한 장을 던져주었다. 유한은 언제나 로얄호텔에 오면 십만 원씩 주는 버릇 때문에 주차원도 차를 미리 알아보고 뛰어와서 깍듯이 인사를 한 것이었다. 아마 주차원들 사이에서는 유한이 VVIP로 인식되고도 남음이 있었다. 유한이 던져주는 십만 원은 입을 함구하라는 무언의 암시이기도 했다.

유한은 호텔 안으로 들어서자 곧장 엘리베이터로 향했다. 엘리베이터를 기다리는 동안 유한은 시계를 쳐다보았다. 오후 5시 52분. 유한은 그랬다. 약속시간은 철저하게 지키는 사람이었다. 매사가 완벽했지만 특히 약속을 하면 언제나 약속시간 전에 도착했다. 이는 대일그룹에 몸담고 있으면서 철저한 자기관리의 습관처럼 되어버렸다.

엘리베이터를 타고 13층을 눌렀다. 다혜가 보내준 1302호 스위트룸은 일반 관광객은 사용하지 않는 특별한 룸이었다. 1302호 앞에

선 유한은 장미꽃을 등 뒤에 감추고 벨을 눌렀다.

"누구세요?"

"누구긴 누구야. 니 서방이지."

문이 열리자 코르셋 차림의 다혜가 신발도 벗은 체로 뛰어나와 유한에게 안겼다.

"자자, 들어가. 누가 보면 어쩌려고."

유한은 등 뒤에 감춘 장미 한 다발을 다혜에게 내밀었다. 장미가 다혜를 닮았는지 다혜가 장미를 닮았는지……. 장미를 안고 꽃향기를 맡는 다혜를 보고 유한은 생각했다.

'그래. 이제는 널 놓치지 않겠어. 어떤 고난이 있어도…….'

유한이 룸에 들어서자 응접세트에는 케이크와 와인, 각종 과일이 수북이 쌓여 있었고, 그 옆에는 고급스럽게 포장된 조그만 상자 하나가 놓여있었다. 유한이 재킷을 벗고 소파에 앉자 다혜는 재킷을 받아 장롱에 걸고, 욕실에 들어가 물을 받으면서 물속에 적포도주 한 병과 캔 맥주 다섯 개를 풀어 넣었다. 이것은 다혜의 오랜 목욕습관으로 탱탱한 피부를 유지하는 하나의 비결이었는데, 유한에게도 같은 방법으로 목욕물을 준비해 주는 것이었다. 유한은 다혜가 건네주는 작은 선물상자를 풀었다.

"시계는 무슨 시계야?"

"오빠한테 선물하려고 샀지. 우리 다시 만난 지 100일째 선물이에요."

"이런. 난 아무것도 준비 못했는데. 어쩌나……."

"내게는 오빠만 있으면 되니까, 아무것도 필요 없어요."

다혜는 욕실에서 나와 소파에 앉아있는 유한의 무릎에 앉으며 유한의 손을 자신의 젖가슴으로 끌고 갔다. 34살의 농익은 다혜의 유방은 항상 피부 관리를 받아서인지 땡글땡글하며 미끄러지는 느낌이었다.

"이거 파텍이잖아. 뭘 이렇게 무리했어?"

"나 이혼하면서 위자료 많이 받은 거 몰라? 이래봬도 돈 많은 싱글인데……."

"아니, 그럼 난 위자료 많은 싱글의 기둥서방이야? 말에 뼈가 있어 보인다. 너……."

"오빠, 그런 뜻 아니란 거 알잖아요. 그 정도는 선물할 수 있다는 뜻이지."

"그래도 이건 몇 천은 줬겠는데?"

"가격이 궁금하면 롯데백화점 가서 물어보시고요……."

다혜는 유한의 목을 끌어안고 입맞춤을 했다. 다혜가 유한을 처음 만난 건 10년 전 다혜의 나이 24살 때 이종 사촌언니가 운영하는 가게에 우연히 놀러 간 것이 계기가 되었다. 가게는 테헤란로 국기원 옆에 위치하고 있는 '로샤'라는 룸살롱이었다.

당시 다혜는 TV 드라마와 영화에 동시에 주연급으로 출연했었는데, 출연한 영화가 흥행에 실패하자 흥행실패가 본인의 연기부족이라는 자책감과 함께 찾아온 무기력증으로 인하여 드라마에 6개월째 출연을 하지 못하고 있을 때였다.

그때가 1989년 7월이었다. 모든 방송사가 가을을 맞이하여 프로

개편과 함께 8월부터 가을 프로를 녹화해야 하므로 6월까지 새로운 작품의 출연할 배우들을 캐스팅 완료했다. 주연급 배우를 캐스팅하는 과정에서 다혜의 이름이 오르내렸지만 결국에는 담당 피디가 아니면 드라마 작가는 다른 배우를 캐스팅 했었고, 자의반 타의반 6개월째 쉬고 있는 터라 무기력에 벗어나고자 사촌언니 가게에 놀러 간 것이었다.

"애, 다혜야. 좋은 남자 하나 소개시켜줘? 요즘 할 일도 없는데 남자라도 만나봐."

"언니, 무슨 소리야. 미쳤어? 그러다가 스캔들이라도 터지면 난 이 바닥에서 끝장인거 몰라?"

"이년이 정색을 하기는……. 그건 그 남자도 마찬가지거든?"

"그리고 난 기사가 운전하고 왔잖아. 미쳤어."

"이년아. 그럼 기사는 돌려보내면 될 거 아냐."

유라는 그 남자에 대해서 장황하게 얘기하기 시작했다. 다혜는 유라가 얘기하는 그 남자가 궁금하기도 했지만 전혀 내색하지 않고 무관심한척 듣고 있었다. 다혜는 유라의 얘기를 듣고 있으면 신기하게도 점점 얘기 속으로 빠져들어 갔다.

"대기업 부장인데 이게 보통 부장이 아냐 애. 실세 중에 실세야. 회장의 사위인데, 아마 우리가게에 출입한 지가 한 2년 되었지. 그런데 이 남자가 접대를 받으나 접대를 하나 애들이랑 2차를 절대로 안한다는 거 아냐. 이런 남자 흔치않다 너."

"결국은 유부남이란 거 아냐. 언니는 미쳤어? 내가 유부남을 만나게. 그것도 대기업 회장 아들도 아니고, 사위라면 닭 쫓던 개 지붕 쳐다보는 꼴인데……. 기가 막혀서……."

"얘는……. 사귀어 보란 건 아니고 너도 심심하니까 말동무라도 해보란 거지."

당시에 유한은 대일종합금융 자금운용부장으로 승진하여 회사에서 늘 이용하던 유라의 가게를 일주일에 한두 번은 더르는 단골고객이었다. 대일종금에서 한 달에 결재해 주는 술값이 삼사천만원 정도였으니 유라 입장에서는 유한이 최고의 고객이 아닐 수 없었다.

유라는 강남에서 얼굴 반반하다던 애들을 수배하여 유한의 파트너로 술자리에 넣었지만 어느 하나 유한과 섹스를 해봤다는 얘기를 못 들어본 유라로서는 애간장이 탔다. 혹시라도 다른 가게로 최고의 고객을 빼앗길까봐 노심초사하던 유라는 잠시 쉬고 있다지만 A급 탤런트인 다혜가 역할을 해준다면 유한을 묶어둘 수 있다고 판단하고 다혜를 적극적으로 유한과 엮어보려고 온갖 얘기로 다혜를 구슬렸던 것이다.

"오늘은 혼자 VIP룸에 왔는데 텐프로에서 둘이나 데려왔지만 별 반응이 없네."

"지가 무슨 왕족이야? 여자를 둘이나 끼고 있으면서 그것도 모자라서 하나를 더 넣으래?"

"이년아. 그게 아니고 언니한테는 중요한 고객이니까 내가 특별히 신경을 쓰는 거지."

"나 참. 난 머리 식히려고 언니한테 왔는데……."

"남자랑 수다 떠는 것도 머리 식히는 하나의 방법이 될 거야 이것아. 니가 편하게 누구랑 대화를 해볼 수나 있어? 아님 다른 년들처럼 네가 연애질을 해볼 수가 있어? 그런 것을 못하니까 스트레스가 쌓이지 이것아."

"좋아. 오늘 하루만이다. 더 이상 나한테 무리하게 요구하지 마. 딱 한 번이야."

다혜는 유라의 부탁을 한번만이라는 조건을 걸고 남자를 만나보기로 했다. 물론 현재 아무런 일도 안하고 있으니까 잠시 심심풀이라고 생각한 다혜는 유라가 나가고 난 후 괜히 만나보겠다고 한건 아닌지 후회가 되기도 했다. 대기업 회장 아들도 아니었는데 결국 아무것도 아닌 남자라는 생각에 미치자 그냥 슬그머니 사라져 버릴까 생각하던 차에 문이 열리면서 한 남자가 유라와 함께 들어왔다.

"니가 VIP룸에 들어가는 걸 누가 보는 것보다 부장님을 내 방으로 오시라고 했어."

"뭐, 그것도 괜찮겠지만……."

"유한이라고 합니다. 역시 미인이시군요."

유한은 유쾌한 얼굴로 다혜에게 악수를 청했다. 말쑥한 차림에 지적으로 보이는 남자는 잘생긴 호남형이었다. 유라가 운영하는 가게의 종업원 사이에서는 신성일로 통하는 만큼 이목구비에 귀티가 흘렀고, 뭔가 일반적인 샐러리맨 같은 풍모는 아니었다.

유한은 다혜보다 8살이 많았다. 32살에 금융기관에서 자금을 쥐락펴락하는 자금운용부장을 맡고 있다는 자체만으로 유한이 회사에서 어느 정도의 위치인지를 대변해주고 있었다. 유한과 다혜는 그렇게 만났었다.

해운대로 가는 마지막 여행

　다혜는 이혼을 하고 난 후부터는 섹스에 굶주린 양 결혼 전보다 더 섹스에 집착했다. 두 사람이 처음 만나서 한 몸으로 되기까지는 3개월 정도 시간이 걸렸지만 그 이후로는 두 사람은 언제나 사랑의 전희가 우선이었고 그 전희가 없다면 만남도 무의미할 만큼 서로에게 탐닉했다.

　24살 초복에 유한을 만나서 처음 사랑에 빠진 다혜는 31살에 결혼을 하였음에도 언제나 마음속에는 유한을 품고 살았다. 다혜의 인생에는 어쩌면 유한이 전부였고 모든 감각이 유한에게로만 향해 있었다고 해도 과언이 아니었다. 남편과 섹스를 할 때에도 마음속으로는 유한과 섹스를 하고 있다는 자기체면을 걸만큼 유한을 사랑했었다. 어쩌면 다혜의 결혼으로 인하여 두 사람의 사랑을 제 확인 하는 계기가 되었을지도 모를 만큼 그들은 현재 서로에게 집착했다. 결혼을 한 여자가 마음속에 남편이 아닌 다른 남자를 품고 있는데 어떻게 평범한 결혼생활이 되었으랴…….

　다혜의 남편은 벤처기업을 할 만큼 신세대였지만 가부장적이고 보수적이었다. 모든 연예계 생활을 청산하고 오로지 결혼생활에만 전념하기를 바랐으나 10년 이상 드라마와 영화판에서 세월을 보낸 다혜로서는 그 생활을 청산하기가 쉽지가 않았다.

특히, 도피처로 선택한 결혼이 행복을 가져 오기는커녕 다혜에 게는 불행의 시작이었다. 남편과의 섹스에서 사랑을 느낀 적이 없 었고, 남편이 주는 생활비며 용돈도 다혜가 직접 벌어서 쓸 때보다 부족했었다. 경제적으로도 언제나 풍족하게 살았었던 다혜로서는 어쩌면 결혼이 시작부터 잘못 끼워진 단추였을 수도 있었다. 예견 된 이혼……. 그것이 다혜의 결혼 생활이었다.

다혜가 결혼을 하게 된 이유도 역시 유한을 위해서였다. 너무도 그 남자를 사랑했었기에 그 남자를 위하여 떠났던 것이었다. 유한 이 그룹 회장의 아들이었다면 상황은 달라졌을 것이다. 그룹 회장 의 사위란 부인과 관계가 끝을 맺는 순간 모든 부와 명예도 끝나는 것이었다. 다혜는 자기의 욕심을 채우기 위하여 한 남자의 야망을 나 몰라라 할 수 없었다.

어쩌면 다혜가 결혼을 한다는 발표가 조금이라도 늦었더라면 두 사람의 스캔들이 먼저 신문에 실렸을 것이고, 이로 인해서 유한의 야망도 끝이 났을 수도 있는 일이었다. 두 사람의 애정행각이 어느 정도 드러나는 시점에서 다혜의 결혼발표는 모든 의문이 소문에 불 과하게끔 만들었고, 유한은 눈물로 다혜를 다른 남자의 품에 보낼 수밖에 없었다.

사랑 때문에 자신의 모든 것을 잃을 수가 없었다. 어떻게 쌓아올 린 위치인데 그것을 송두리째 포기할 수는 없었다. 유한으로 인하 여 유한의 직계 가족인 누나 셋도 대일패션의 백화점 매장을 운영하고 있었기에 유한 혼자의 문제가 결코 아니었다.

"오빠, 탕에 물이 넘쳐요. 이제 들어가세요. 내가 와인이랑 과일 챙겨갈게."

"응. 알았어."

유한은 옷을 벗고 욕실로 들어갔다. 탕 속에는 와인 특유의 향과 맥주 향이 함께 썩혀 코를 자극했다. 유한은 탕 속으로 들어가서 몸을 푹 담갔다. 며칠간 거성중공업 인수 건으로 신경을 썼던 피로가 한꺼번에 몰려오는 듯 했다.

다혜는 방 안에 아로마향을 피워놓고 와인과 딸기를 쟁반에 담고 욕실로 들어왔다. 언제나 욕조 안에서 같이 놀던 다혜는 실오라기 하나 걸치지 않은 체 욕조 안으로 발을 옮겼다. 빅 사이즈 월풀 욕조는 두 사람이 들어가도 좋을 만큼 크기가 충분했다. 34살의 농익은 여체는 익을 대로 익어 터져버릴 듯이 열렸고, 유방은 아직 한 번도 출산을 하지 않았기에 처녀 때 몸을 그대로 간직하고 있었다. 다혜는 이혼을 하고 그 다음날 바로 유한에게 연락하여 두 사람은 다시 만났었다. 그만큼 다혜에게는 유한이 전부였고 유한에게도 다혜가 유일한 사랑이었다.

다혜는 유한이 앉아있는 앞에 포개듯이 걸터앉았다. 얼굴을 돌리면 바로 유한의 입과 마주칠 수 있는 자세. 다혜는 적포도주 한 모금을 입에 넣고는 그것을 유한의 입으로 가져갔다. 다혜는 키스와 함께 입안에서 흘러나오는 포도주를 조금씩 유한의 입속으로 넣어줬다. 포도주의 아릿한 맛과 향기, 그리고 달콤한 키스는 두 사람을 더욱 뜨겁게 달구기에 충분했고 유한은 포도주를 받아 마시면서 두 손으로 탄력 있는 다혜의 유방을 만졌다. 다혜는 딸기 한 알을 입에 넣고 잘게 씹어서 그것을 유한의 입속으로 전달했다. 딸기는 믹서에 간 것처럼 부서져서 다혜의 침과 섞여 끈적끈적한 액체로 변했다.

다혜의 사랑 유희는 언제나 섬세했고 기발했다. 하나의 영화를 선택하기 위하여 검토하는 시나리오가 스무 개 정도이니까 다섯 편의 영화에 출연을 한다고 해도 백 개의 시나리오를 볼 수밖에 없는 게 배우였다.

다혜는 시나리오에서 얻는 내용에 본인의 상상을 더하는 버릇이 있었다. 다혜는 그것을 두 사람의 사랑 유희로 발전시켜 나갔다. 유한이 다혜를 만나는 동안 다혜의 이런 노력 덕분에 지루한 줄을 모를 만큼 두 사람에게는 처음 만남부터 지금까지 권태라는 것이 없었다. 항상 남의 눈을 피하여 호텔방에서만 있어야 한다는 것, 밖으로 나갈 때는 변장을 해야 한다는 것……, 그것 말고는 이들을 방해하는 그 무엇도 존재하지 않았다. 따뜻한 탕 안의 열기에다 계속 받아 마시는 다혜의 포도주는 온몸은 뜨겁게 달구었다. 유한은 다혜를 번쩍 들고 일어섰다.

"오빠……. 왜? 나가려고?"

"응. 너무 더워. 네가 주는 포도주에 몸이 불덩이가 되었어."

"그러네. 오빠 잠지가 불덩이야. 호호호."

다혜는 유한에게 안긴 체 한 손으로 유한의 뜨거워진 심벌을 만져보았다. 심벌은 커지도 않고 작지도 않았지만 딱딱하기는 송곳과도 같았다. 모름지기 남녀의 사랑이란 서로 섹스의 궁합이 맞지가 않으면 그 관계가 오래가지 못하는 법인데 두 사람이 7년간 사귀다가 2년 6개월간 헤어지고 다시 이렇게 만날 때에는 최소한 섹스의 궁합만은 최고라고 해도 과언이 아닐 것이다.

일반적인 연인 관계라고 해도 권태가 올만도 하건만 두 사람이 만나면 언제나 만난 지 얼마 되지 않은 연인처럼 뜨거운 애정이 샘솟는 듯 했다. 75킬로그램의 남자는 48킬로그램의 여자를 들어 올리는 데 전혀 어려움이 없었다. 당당한 체구의 유한, 연약한 다혜, 남녀의 합은 이래서 더하는 것인가.

다혜는 유한이 자신을 바닥에 내려놓자 수건으로 유한의 몸을 닦기 시작했다. 등에서부터 엉덩이로 목에서부터 가슴, 배꼽, 계속 아래로 수건이 내려갔다. 그러자 수건은 유한의 심벌 앞에 멈추었다. 다혜는 수건을 방바닥에 떨어트리고는 잠시 유한과 눈을 마주치더니 그 자리에 가만히 무릎을 꿇어앉았다. 그리고 커질 대로 커져버린 심벌에 입을 가져갔다. 아니, 다혜의 입이 유한의 커진 심벌을 삼켜버렸다.

다혜가 이혼을 한 후 유한을 다시 만나면서 성적 욕구가 더욱 강해졌다. 두 사람이 만나면 성 유희도 주도적으로 이끄는 쪽도 다혜였다. 유한은 언제나 다혜가 이끄는 대로 온몸을 맡겨두는 편이었다. 때로는 업무적으로 잘 풀리지 않을 때 모든 남자들이 그렇듯이 유한 역시 섹스에 전혀 무감각해질 때에도 다혜는 유한의 죽어 있는 성기를 입으로 세워서 여성 상위 체위로 욕구를 풀 정도였다.

다혜의 입안으로 빨려 들어간 실벌은 서서히 꿈틀대더니 이내 굵은 오이처럼 딱딱하게 변해버렸다. 유한은 다혜를 일으켜 세우고는 그녀를 안아서 침대에 던졌다. 두 사람 섹스는 만남의 횟수와 비례하면서 대범해졌다. 7년간의 연애로 인하여 섹스에 대해서는 타의 추종을 불허할 만큼 통달했지만 처음부터 그런 것은 아니었다. 처음 다혜가 유한을 만났을 때 섹스에 대해서 무감각한 목석에 가까웠다.

연예인이 된 후 원하지 않은 서너 번의 섹스로 인하여 심적으로 만신창이가 되어있었다. 사랑과 관계없는 섹스는 행위 자체에 대한 혐오감이 있어서 처음에 두 사람의 섹스도 쉽지 않았지만 섹스의 즐거움을 느끼게 될 때까지 많은 시간이 필요했다. 다혜가 성적 감각이 회복될 때까지 유한이 지극정성을 퍼부었다. 그러면서 하나하나 가르치는 재미를 유한은 느끼곤 했다. 그만큼 다혜는 수동적이었다. 성적쾌감을 느껴도 남자에 의해서만 움직여지는 그런 여자였다.

그러나 다혜가 이혼을 하고난 후 딴사람이 되어있었다. 결혼생활 2년 6개월간 전혀 보지 못한 사이에 요부에 가까운 끼를 발산하고 있었다. 유한은 아직 한창의 나이임에도 때로는 다혜의 욕정이 부담스럽기도 했다. 무엇이 그녀를 이토록 변하게 했을까 하는 의문이 유한의 머리를 떠나지 않았다. 다시 만난 3개월 동안 의문은 계속 남았지만 다혜에게 한 번도 물어볼 수가 없었다. 그녀가 먼저 얘기하기 전에는 그녀에게 상처 되는 말은 하지 않겠다고 유한은 생각했었다.

다혜를 침대에 던진 유한은 스카프로 다혜의 손목을 침대 모서리에 묶었다. 그리고 쿠션을 엉덩이 밑으로 밀어 넣고 한껏 음부가 돌출되도록 만들었다. 이러한 연출도 모두 다혜가 원해서 시작된 것들이었다.

유한은 다혜가 준비한 벌꿀을 꺼내어 한 숟가락을 다혜의 음부와 젖무덤에 가늘게 흘렸다. 달콤한 액체가 다혜의 음부와 젖무덤에 흘러내리자 여신은 꿈틀거렸다. 가느다란 신음, 교태라고 하기에 부족함이 없었다. 유한은 꿀물이 묻어있는 다혜의 번들거리는 젖무덤을 혀로 핥았다. 간간히 젖꼭지를 이빨로 잘근잘근 깨무는 듯한 행위에 다혜의 신음은 점점 고조 되어갔고, 유한은 입술은 아래로 내려갔다. 젖무덤에서 음부로 이어지는 꿀물 자국을 유한이 빨아먹으면서 음부 쪽으로 내려갈 때에 다혜는 클라이맥스로 치닫고 있었다. 다혜는 교접에서 느끼는 만족감보다는 이렇게 약간 변태적 전위에서 더 큰 만족감을 느끼곤 했다.

유한이 다혜의 배꼽을 지나 치골로 입술이 내려갈 때 더 이상 못 기다린다는 듯 묶여있던 손을 풀어달라고 했다. 유한이 스카프를 풀어주자 다혜는 유한의 머리를 자신의 음부 쪽으로 처박았다. 음부에 묻어 있던 꿀물이 유한의 코와 입에 범벅이 되어버리자 다혜는 그런 유한의 얼굴을 핥기 시작했다. 두 사람은 진한 섹스의 향연에 빠졌다.

한 시간에 걸친 몸부림에 침대는 얼룩으로 망신창이가 될 즈음 두 사람은 거친 호흡을 멈추었다. 다혜는 알몸으로 냉장고에서 시원한 맥주를 꺼내들고 거실로 자리를 옮겼다. 유한도 다혜가 있는 거실로 가서 다혜의 무릎을 베고 누웠다.

"오빠. 이번 주 토요일이 무슨 날인지 알아요?"

"왜? 무슨 날인데?"

"아이 참. 우리가 다시 만난 지 100일째 되는 날이잖아."

"그래? 그럼 우리 다혜, 100일 기념으로 뭘 사줄까?"

"난 갖고 싶은 거 없어. 그냥 여행 가고 싶은데……."

"여행? 어디로? 설마 해외로 가자는 건 아니겠고……."

"아니. 해운대가 보고 싶어."

"회사에 지금 바쁜 일 있는데……. 중요한 프로젝트거든. 다음 주말이면 괜찮겠는데?"

"100일이 지나버리면 무슨 의미가 있어요?"

"사실은 이번에 거성중공업을 인수했는데, 인수조건에 근로자들 처우문제까지 거론되었거든. 그래서 거성중공업 노조집행부랑 최종 협상안을 가지고 미팅하기로 한 날이 이틀 후 토요일이야."

"오빠는 아들도 아니면서 뭘 그렇게 열심히 일해? 회사 하나 떼어 준대요?"

"그런 말이 어디 있어? 사위도 자식인데……. 내가 할 도리를 하는 거지."

"그건 아니지. 그건 언니랑 오빠가 계속 산다는 전제 하에 그런 것이죠. 만약에 두 사람이 문제가 생겨 결별을 해 봐. 오빠는 하루 아침에 거지가 되잖아."

"하하하. 그럼 내가 거지되면 다혜가 날 먹여 살리면 되겠네."

"피, 말로만……. 7년간이나 만날 때도 헤어지지 못한 사람이 지금은 무슨 용기가 있어서 나랑 살겠대?"

"살아 봐야 얼마나 산다고. 같이 살고 싶은 사람과 잠시라도 살다가 가면 좋은 거지."

"오빠가 많이 변했네. 3년 동안 오빠를 변하게 한 게 뭐가 있나봐. 얘기해봐요."

"있긴 뭐가 있어. 그냥 그렇다는 거지."

유한에게도 다혜가 결혼 한 지난 2년 6개월은 악몽과도 같았다. 다혜와의 깊은 관계가 아내 재희한테 다시 알려지고 다혜는 단순 스캔들이라고 우기면서 유한을 위기에서 구한다는 마음으로 갑자기 결혼 발표를 하고 사라졌고, 이로 인하여 공허할 때로 공허해질 무렵 아내 재희의 잠자고 있던 바람기가 일어난 것이었다.

　재희가 유한을 만나기전 한 남자의 아이를 가졌었고 그 아이를 출산까지 하였으나, 유한은 재희에게 상처가 되는 질문을 일체 하지를 않았었다. 유한과 재희는 겉으로는 별로 문제가 없는 부부처럼 살았었지만, 결혼 2년 후 다혜를 만나고부터 두 사람의 관계는 무너지고 있었다. 7년간 아내 몰래 다른 여자를 품어왔다는 사실만이라도 두 사람의 관계에 보이지 않는 문제가 있을 수밖에 없었다.
　어쩌면 두 사람의 결혼이 정략결혼이라고 해도 과언이 아니었다. 박병호 회장이 볼 때 말썽 많은 외동딸이 세간에 웃음꺼리가 되는 것보다는 평범한 남자랑 결혼해서 산다면 그룹 이미지도 좋아질 것이고, 또한 유한처럼 출세지향적인 사람에게도 더할 수 없는 좋은 기회였기에 재희의 결혼 전 사생활은 당시에 큰 문제가 아니었다.
　그러나 결혼생활을 시작하고부터 유한에게는 돈에 팔려왔다는 자괴감과 아내의 과거나 아내가 출산한 아이에 대하여 아무런 얘기도 할 수 없는 자신이 너무도 초라하고 한심한 인간이라고 스스로 생각하면서 점점 부부관계는 보이지 않는 어떤 벽이 서서히 가로막기 시작했었다. 유한이 일에 빠져서 산 이유도 일을 좋아해서라기보다는 어쩌면 온전히 정신을 빼앗기고 싶은 곳이 필요해서 일에만 묻혀 살았을 것이다.
　그런 시점에 다혜를 만났으니 유한이 더더욱 다혜에게 끌릴 수밖에 없었고 관계가 오래 지속되면서 다혜와의 불륜이 발각된 것이었다. 다혜가 결혼을 하기 전부터 재희는 유한 몰래 과거의 남자를 만나게 되었고 유한은 알고 있음에도 불구하고 표현하지 못했고 그런 반면에 재희는 유한이 전혀 모르는 줄 알고 밖으로 나돌았다.

"잠깐만 있어봐. 연기가 가능한지……."

유한은 핸드폰을 들고 어디론가 전화를 걸었다.

"송상무님. 유한입니다. 이번에 노조집행부와 미팅을 하기로 한 날이 토요일인데 며칠간 연기가 가능하겠습니까? 갑자기 중요한 일이 생겨서……."

"아, 네. 실장님께서 필요하시면 그렇게 조정을 하겠습니다. 그럼 언제쯤이 괜찮겠습니까?"

"다음 주 월요일이 좋을 듯한데……."

"네. 그렇게 조정하겠습니다. 편히 일 보시고 다음 주 월요일에 뵙도록 하겠습니다."

"네. 감사합니다. 이번에 또 송상무님 신세를 지는군요. 마무리하고 술 한잔 합시다."

"알겠습니다. 그럼 편히 일보시고 월요일에 뵙겠습니다."

전화기에서 들리는 상대방은 상당히 공손하게 예의를 갖추었다. 유한이 이번에 거성중공업을 인수하면서 거성중공업 내부에서 유한을 돕는 송정수 상무였다. 현재는 거성중공업의 인사담당 상무이지만 인수가 마무리되면 유한의 심복으로 거성중공업의 관리총괄 임원이 될 지도 모르는 그런 인물이었다.

유한은 일에 있어서는 언제나 치밀했다. 거성중공업을 인수하고자 마음먹고 6개월 전부터 송정수 상무와의 연을 만들어 나갈 만큼 한 치의 실수도 용납되지 않았다. 거성중공업의 M&A가 성공하게 된 이유도 내부의 조력자의 도움이 있었기에 가능했다. 송정수 상무의 도움이 그래서 필요했다. 당근을 던진 쪽은 유한이고, 그 당근을 문 쪽은 송정수 상무였다. 유한은 먹이를 한 번 물면 끝까지 놓지 않는 회사 일에서는 독종중의 독종이었다.

"오빠. 이제 갈 수 있는 거야?"

"그래, 이것아. 너 땜에 내가 미치겠다. 이러다가 쫓겨나면 네가 책임져라."

"책임진다고 해도 안 오던 사람이 웬일이래?"

"그래, 토요일 몇 시에 출발할거야?"

"내 차로 가요. 편하진 않겠지만, 다른 사람 의식 안 해도 되고……. 오빠 차는 표가 나잖아."

"알았어. 난 부산에 동창들 모임 있다고 비행기로 갔다 온다고 얘기해야겠네."

"토요일 9시에 우리 집으로 와요."

"이제 얼굴이 펴지네. 내가 너 땜에 늙겠다. 정말……."

"그럼 100일 기념을 그냥 넘어갈 여자가 어디 있어? 파라다이스 스위트로 내가 예약할게요."

"그래. 하루밖에 못 있는 거 알지? 이번 일 깨끗이 마무리하고 1주일간 발리나 갔다 오자."

"진짜? 오빠, 약속했어요. 근데 집에는 뭐라고 하고 하려고 1주일씩이나 간대?"

"신경 쓰지 마. 오빠가 1주일이라면 그냥 그렇다고 생각해. 네가 뭘 그것까지 고민해?"

"알았어. 와, 요즘 오빠가 강심장이네. 호호호."

캔 맥주 두 개를 다 마신 유한은 벌꿀로 끈적이는 몸을 씻기 위해 욕실로 들어갔다. 그 뒤를 따라서 다혜도 욕실로 들어갔다.

아침 일찍 일어난 유한은 평상시처럼 행동했다. 샤워를 한 후 조간신문 두 개를 읽으면서 두 개의 TV를 동시에 켜 두어서 시끄러운 소음이 들렸지만 유한은 다년간 해 온 터라 단 시간에 TV 뉴스와 신문의 주요 기사를 훑고 지나갔다. 커피와 빵 한 조각으로 간단히 아침식사를 대신하고 시계를 바라보았다.

일곱 시 오십 분. 유한은 드레스 룸으로 향했다. 베이지색 진 바지에 옅은 오렌지색 폴로 티셔츠. 순금 단추가 박혀있는 베이지색 콤비를 입었다. 토요일 아침은 늘 한가했지만 오늘은 고향 친구를 만나러 부산을 간다고 전날 재희에게 말해둔 터라 아내도 다른 군소리 없이 유한이 준비하는 것을 바라보았다. 중학교 2학년인 아들 영현은 벌써 학교로 나간 후라서 넓은 집은 유한과 재희, 가정부 서연뿐이었다.

"몇 시 비행기 예약하셨어요?"

재희는 유한이 부산을 비행기로 간다는 얘길 듣고 늑장을 부리는 유한을 바라보면서 묻는다.

"예약한 건 아니고 공항에 가서 빠른 거 타고 가려고."

"내일 저녁에 오실 거죠?"

"봐서……. 내일 못 오면 월요일 바로 회사로 출근할 거니까 당신이 셔츠랑 속옷 준비 해 줘."

유한은 퉁명스럽게 대꾸한다. 언제부터 그렇게 관심이 있었다고 오늘따라 유난히 챙기는 아내가 가소롭다는 듯이 유한은 눈빛 한

번 마주치지 않고 현관문을 밀고 나섰다.

결혼 14년 차. 유한과 재희는 오래전부터 명목상 부부에 불과했다. 결혼 2년째 되던 해부터 유한은 밖으로 돌기 시작했었다. 어려서 멋모르고 세 살 연상의 여자인 재희의 배경에 이끌려서 결혼을 했지만, 살아가는 동안에 계속 재희의 과거가 족쇄가 되어서 유한을 괴롭혔다. 돈에 팔려온 느낌은 해가 갈수록 더욱 자신을 옥죄였고 이것이 유한의 외도로 이어졌다. 유한의 외도는 재희의 외도로 발전했었고 수년 전부터는 잠자리도 각방을 쓸 만큼 두 사람은 남남이나 다름없었는데, 오늘따라 재희의 관심은 뭔가 석연치 않은 구석이 있었다.

유한은 어쩌면 재희와의 이별을 오래전부터 준비하고 있었을 것이다. 결국 정열을 다 바쳐 회사를 키웠지만 결국 박씨 가문의 기업이었고, 유한에게는 돌아올 게 없다는 것을……. 더더욱 이혼을 하는 날에는 쓸쓸히 스포트라이트에서도 멀어지고 쪽박을 찰 수도 있다는 생각에 유한은 다혜가 벤처사업가와 결혼하고부터 제2의 인생을 준비할 재정적 독립을 준비했었다. 그 준비가 어쩌면 다혜와 새로운 인생을 출발하기 위한 준비라고 다혜를 다시 만나면서 유한은 다짐했다.

예기치 못한 갑작스런 다혜의 결혼발표와 이어진 다혜의 결혼, 이로 인하여 유한은 한동안 술로 세월을 보냈었다. 술, 회사 그리고…… 또 술, 이런 식의 반복이었다. 그렇게 세월을 보내다가 다혜를 다시 만났으니 유한은 다혜와 미래를 준비해야겠다고 생각한 것은 당연한 것이었다.

유한은 타워펠리스를 나오자 도로에서 택시를 잡았다. 공항으로 갈 거면 당연히 박기사를 불러서 벤츠를 타고 가야하지만 유한은 전날에 박기사를 불러 공항에는 택시를 탈 거니까 편하게 쉬라고 일러두었다.

택시는 곧장 다혜가 살고 있는 아파트로 향했다. 다혜가 사는 아파트는 유한의 집에서 택시로는 기본요금정도 나올 만큼 가까운 거리에 위치했다. 이혼 후 아파트를 얻는데 어디가 좋으냐고 상의를 해오자 유한의 집과 가까운 거리에 아파트를 구한다고 대치동에 있는 아파트로 2개월 전 이사를 한 것이다.

보통은 명동 로얄호텔에서 만나지만 특별한 경우는 유한이 다혜의 아파트를 방문하기도 했던 것이다. 대치동 은마아파트는 워낙 가까운 거리에 위치하고 있어서 조심하지 않으면 움직이는 동선이 재희에게 발각될 수도 있었다.

아파트는 43평 이어서 다혜 혼자 살기에는 너무 넓었다. 큰 거실과 방이 네 개가 있고 화장실이 두 개나 있는 아파트였다. 물론 지은 지 20년이 넘었지만 향후 재건축까지 감안하여 투자의 성격도 있었다. 다혜의 집에는 다혜가 준비한 유한의 옷가지도 몇 벌을 비치해두고 있었다.

택시는 302동 아파트 입구에 섰다. 경비원이 유한을 보고 인사를 하자 유한도 손을 들어서 인사하고 엘리베이터로 향했다. 가끔 찾아오는 아파트지만 경비원은 눈치가 빨라서 다혜의 남자로 인식하고 있었다. 10층에서 내린 유한은 초인종을 눌렀다. 문을 열어주는 다혜는 화장을 다하고 준비하고 있었다.

"오빠 왔어요?"

"평소보다 늦었지? 우리 커피 한잔하고 출발할까?"

다혜가 커피를 준비하는 동안에 유한은 입고 있던 옷들을 벗고 다혜가 사온 옷으로 갈아입었다. 해운대 간다고 반바지와 반팔 티셔츠를 백화점에서 사온 것이었다.

"옷이 딱 맞네. 근데 넘 어려보이지 않아?"

"그 정도는 기본이죠. 구두도 벗고 샌들 신고 가세요. 그리고 선글라스도 이걸로 하고."

"선글라스도 새로 산거야?"

"페르가모 신제품이래요. 마음에 들어요?"

"너무 날티 나는 거 아냐?"

"평소에 쓰는 거 아니니까 여행갈 땐 이런 것도 괜찮아."

커피를 마신 다혜는 짙은 선글라스와 모자를 눌러썼다. 나름의 변장이라고 늘 외출할 때는 창 넓은 모자를 썼다.

"가다가 휴게소에서 밥 먹어요."

"그럴까?"

"오빠, 옷 잘 어울리네. 호호호."

다혜는 유한에게 체로키 키를 건네면서 여행에 들뜬 아이 마냥 싱글벙글했다. 여행 가방을 두 개나 들었고 화장품 가방도 들었다.

"하루 있을 건데 무슨 짐이 이렇게 많아?"

"여잔 다 그래요. 하루를 있어도 필요한 건 똑같다니까."

엘리베이터가 지하주차장에 내려서자 입구에 빨강색 체로키가 서있었다. 유한은 짐을 싣고는 운전석에 앉아 체로키를 몰았다. 체로키는 아파트를 빠져나와 잠실을 지나 서하남IC 방향으로 길을 텄다.

"오랜만에 가는 여행이네. 이번에 바쁜 일 끝나면 꼭 일주일 정도 여행 가자. 알았지?"

"나도 오빠랑 여행가 본 지가 3년이 넘었네. 그것도 2박 3일 홍콩 갔다온 게 끝이죠."

"그러게. 내가 다혜한테 신경을 못써줘서 미안해. 마음은 안 그런 데……. 내 마음 알지?"

"일에 너무 빠져 사니까 그런 거지 뭐. 오빠 때문에 그 남자랑 결혼을 했지만 사는 동안 한시도 오빠를 잊은 적 없어요."

"알아. 알지. 다혜 마음을……. 그때 내가 결심을 했어야 했는 데……."

"그땐 오빠도 전혀 준비가 되지 않았잖아."

"이제 모든 게 잘 될 거야."

"스캔들 신문에 실렸다고 생각해봐요. 어떻게 되었을까? 그래서 오빠를 위한다는 마음에 그랬던 거지."

"알아. 미안해. 다혜 마음 다 알아. 나도 이젠 미련 없어. 조금만 기다려봐."

체로키는 중부고속도로를 달리고 있었다. 토요일 오전 중부고속도로 하행선은 평일보다 통행량은 많았지만 그래도 정체구간 없이 길이 뚫렸다. 다혜는 핸드백에서 담배를 꺼내어 입에 물었다. 불을 붙여 한 모금을 빤 후 유한에게 건넸다. 다혜가 결혼하기 전에는 담배를 피우지 않는데 이혼 후 유한을 만나면서 담배를 피웠다. 결혼생활 초반부터 담배를 피웠다고 말했다. 그것만으로도 힘든 결혼이었다는 것을 대변해 주고 있었다.

유한은 다혜가 이혼한 후 다시 만났을 때부터 왜 이혼을 했는지 묻지 않았다. 묻지 않아도 알 수가 있었다. 얼마나 힘들었는지, 얼마나 외로웠는지, 얘기를 안 해도 알 수가 있었다. 다혜에게는 유한이 전부였고 유한에게는 다혜가 미래였다. 해운대로 떠나는 두 사람의 여행을 어쩌면 미래를 설계하는 여행일지도 몰랐다. 두 사람의 마음속에는 묵시적으로 그런 마음을 품고 있었다.

언제부터였을까……. 유한은 차곡차곡 스톡옵션을 챙겼다. 프로젝트 성공에 따른 스탁옵션을 비롯하여 비상장주식과 상장주식을 어느 정도 보유하고 있었다. 보유한 주식은 언제든지 환금할 수 있도록 준비하고 있었다. 재희와의 관계가 갑자기 끝나더라도 스스로 일어서기 위해서 2년간 준비를 하고 있었다. 이런 사항은 재희를 비롯하여 가족 누구도 전혀 눈치 채지못했다.

다혜가 결혼한 후에는 유한의 하루는 일정했다. 회사에서 아홉시에 퇴근하면 술자리가 항상 있었다. 정해진 술 약속이 없으면 혼자서라도 꼭 술을 마셨다. 술을 좋아한다기보다 집에서 마주칠 재희와의 어색함 때문에 언제나 밖으로 나돌았다.

재희 역시 살림은 가정부한테만 맡기고 언제나 싸돌아 다녔다. 하루라도 집에 그냥 있는 경우가 없었다. 5년 전부터 유학가기 전 사귀었던 남자를 다시 만났고, 남자는 고아원에 맡겨둔 둘 사이의 아이까지 찾아 데려와서 아파트를 얻어 아들과 살게 했다. 유한이 밖으로 나돌기 시작하고부터 재희는 옛 남자를 다시 만날 생각을 했다. 설사 남자를 사랑해서 만나진 않더라도 엄마의 손길이 필요한 아들을 외면할 수는 없었던 것이다.

재희는 남편 모르게 안진우사이에 낳은 아들 동혁을 위하여 일주일에 한 번은 아파트에 들러서 엄마의 손길이 필요한 아들을 조금이나마 챙겨주었다. 일주일치 먹을 음식을 만들어서 냉장고에 넣어두기도 하고, 동혁의 옷을 사다 주기도 했다. 청소나 빨래 등은 파출부가 하도록 파출부까지 고용했기에 한마디로 두 집 살림을 남편 몰래 5년 전부터 해왔던 것이었다.

1983년 겨울, 증권회사 애널리스트로 투자 자문역을 하고 있던 안진우를 스키장에서 우연히 만나서 사랑에 빠졌으나 부모님의 반대로 더 이상 만나지 못하다가 헤어졌다. 그 뒤 임신을 한 것을 알고는 집을 뛰쳐나가 1년간 안진우와 동거를 하다가 아이를 낳았지만 결국 박병호 회장의 치밀한 공작과 반대로 두 사람이 헤어지게 되었고, 재희는 미국으로 보내진 것이었다. 진우도 친 아들을 혼자 키울 수가 없어서 고아원에 맡겨두고 한 달에 한두 번만 찾아갔다. 한 여자 때문에 불행했던 남자였다. 재희는 유한이 모르는 줄 알고 있었지만 재희가 두 집 살림을 한 지 1년 후 알아버린 것이다. 밖으로 나도는 것을 이상하게 생각한 유한은 심부름센터를 이용하여 재희의 이중적인 생활을 다 알아버린 것이었다. 그래도 유한은 모른 체 했다. 본인이 배우자가 아닌 다른 여자를 만나는 죄의식의 상쇄 감이었을까. 알면서도 내색을 전혀 하지 않았다. 두 사람의 골은 그렇게 더 깊어만 갔다.

체로키는 달리고 달렸다. 어느덧 경산휴게소에 접어들 무렵 시계는 12시를 넘고 있었다.

"오빠. 나 배고파요. 쉬도 마렵고……."

"그래. 경산휴게소에서 좀 쉬었다가자. 요기도 좀 하고……. 뭘 먹을까, 울 애기……."

"난 오빠 먹을래. 호호호."

"나 먹어봐야 배는 더 고파. 하하하."

체로키가 들어선 경산휴게소는 휴가철이라 관광버스와 승용차
로 붐비고 있었다. 다혜는 급히 얼굴을 반쯤 가리는 선글라스와 모
자를 눌러쓰고 차에서 내렸다.

예고 없는 이별

체로키가 해운대 파라다이스호텔에 들어선 시간은 오후 4시. 경산휴게소를 나오면서부터 핸들을 다혜가 잡고 해운대로 들어섰다. 파라다이스호텔 신관에 차가 섰다. 발렛보이가 다가와서 여행가방 내리는 것을 도왔다.

"남들이 며칠 머물다 가는 줄 알겠다. 하하하."

"오빠…… 그래도 다른 사람들 일주일 지낼 만큼 비싼 곳에 있잖아요. 호호호."

"하긴 그러네. 우리 욕할 사람은 없겠다. 그지?"

"당연하죠."

다혜는 웃으면서 유한의 팔짱을 끼고 발렛보이가 짐을 끌고 가는 프런트로 곧장 걸어갔다. 다혜는 신용카드로 오픈 계산서에 사인을 하고 예약한 스위트룸 키를 받았다. 스위트룸은 9층에 위치하여 해변과 오륙도가 보이는 바다 조망이 제일 좋은 방이었다.

키를 받고 돌아서자 벨 보이가 가방을 끌고 키를 받아들고 앞장을 선다. 그 뒤를 선글라스를 쓴 다혜가 유한의 팔짱을 끼고 따라

간다. 엘리베이터는 9층에 멈춰 섰다. 벨 보이는 901호 룸을 열었다.

스위트룸은 1박에 180만 원이 아깝지 않을 만큼 고급스럽게 꾸며져 있었다. 실내는 35평 정도로 응접실, 회의실, 침실, 드레스실 등이 따로 구비되어 안락함을 안겨다 주기에 충분했고, 탁 트인 바다 조망은 잠시지만 모든 것을 잊고 휴식하기에 좋았다.

벨 보이가 드레스 룸 입구에 가방을 놓았다. 유한은 지갑에서 지폐 한 장을 꺼내어 벨 보이에게 건넸다. 벨 보이가 사라지자 다혜는 유한에게 다가와 그의 목을 끌어안았다.

"숨 막혀. 옷이나 좀 갈아입고."

"오빠 내가 싫어? 이 순간을 얼마나 기다렸는데……. 흥."

토라진 듯 눈을 치켜든 다혜는 돌아서서 침대에 벌러덩 누워버린다.

"싫은 게 아니고. 알면서 왜 그래? 또 또 그런다."

유한은 다혜가 누워있는 침대를 바라보며 담배를 꺼내 물었다. 담배 한 대를 다 피울 때까지 다혜는 미동도 하지 않고 등을 보이고 누워있다. 유한은 침대로 가서 돌아누워있는 다혜의 등 뒤에 누워 다혜를 끌어안는다. 다혜는 돌아누워 조용히 눈물을 흘렸다. 유한은 축축해진 느낌에 다혜가 울고 있다는 걸 알고 다혜의 얼굴을 두 손으로 감싸 안으면서 말한다.

"왜 그래? 무슨 일 있었던 거야?"

"아니. 그냥 오빠 품에 안기면 그냥 눈물이 나네. 옛날 생각이 나서……."

"무슨 생각을 그렇게 해?"

"내가 왜 김태호란 사람과 살면서 애기가 없었던 줄 오빠 모르죠?"

"그냥 다행이라고만 생각했지."

"4년 전 두 번째 임신중절수술을 홍콩에서 했을 때 그게 잘못 되었나봐."

"그래? 난 정말 몰랐어."

"아마 전 남편과 사이에 애기라도 있었다면 오빠를 다시 만날 수 있었을까?"

4년 전 다혜는 두 번째 임신을 하게 되어 유한을 찾아왔다. 7년 전 첫 번째 임신이 되었을 때 유한은 대학교 동문이 도쿄에 있는 산부인과를 소개시켜준 덕에 다혜는 일본으로 건너가 임신중절수술을 감쪽같이 하였지만 두 번째 임신은 달랐다. 두 번째 임신을 했을 때 다혜는 중절수술을 하지 않겠다고 해서 두 사람의 사이는 급격하게 냉기류가 흐르게 되었고, 그로 인하여 다혜가 6개월간 잠적하는 사태가 생겨 한때는 연예계에서 이상한 소문이 무성했던 사건이었다.

유한은 다혜를 사랑했지만 자신의 모든 것을 다 잃을 만큼은 아니었다. 아니, 야망이 사랑을 우선한다고 해야 옳았다. 한 여자로 인하여 기회를 잡았고, 그 기회에 자신의 청춘을 다 바쳐서 이룩한 오늘을, 다른 여자의 사랑으로 인하여 포기하기엔 너무도 힘든 일이었다.

결국 다혜는 미루다가 임신 5개월째 홍콩으로 건너가서 수술을 하였고 그 후유증으로 몇 개월간 모든 활동을 중단했던 것이었다. 그 기간 동안 유한에게도 연락하지 않아서 유한 역시 애가 탔던 것이다.

잠적 6개월 후 다혜로부터 연락을 받은 유한은 다혜가 출산을 했다고 생각했고, 프라자호텔 지하 바에서 다혜를 다시 만난 유한은 첫마디가 어떻게 지냈느냐는 묻는 말 대신에 아기는 어떻게 되었냐고 묻는 바람에 다혜의 가슴에 또 한 번 못을 박고 말았다.

홍콩에서 한 중절수술로 인하여 다시는 임신을 할 수 없게 된 다혜는 이 사실을 알고도 결혼했다. 유한과의 스캔들이 터지기 바로 직전 지인의 소개로 알게 된 벤처기업가인 김태호와 결혼한다는 보도 기사로 유한과의 스캔들을 묻게 했던 것이었다.

"난 몰랐어. 네가 갑자기 잠적했을 땐 애기를 낳은 줄만 알았지."

"그땐 정말 힘들었어요. 당신 때문에 죽고 싶다는 생각도 많이 했고……."

"미안해. 정말 미안해. 다시는 그런 아픔, 그런 고통 없도록 할게."

"오빠 말로만 항상 그렇지. 그 우유부단함 때문에 지금까지 우린 이렇게 숨어서 만나잖아."

"그래. 미안하다. 내 우유부단함으로 널 고통스럽게 해서……."

다혜는 유한이 한 말에 더욱 슬퍼서 운다. 우유부단한 남자의 야속함에 이 남자의 이기심에 다혜는 슬퍼서 운다. 왜 이 남자를 그토록 사랑하게 되었는지? 왜 이토록 질기게 연이 이어지고 있는지? 다혜는 이 남자가 야속해서 울고 자신이 미워서 울고 또 울었다.

"그만. 이제 그만해. 예쁜 얼굴 엉망이야. 눈이 팅팅 붓는다니까."

"난 이젠 더 이상 못 기다리겠어. 언제까지 날 첩으로 두려고 해?"

"무슨 소리야? 첩이라니?"

"그럼 뭔데? 첩이 아니면 정부야?"

"한 번도 그런 생각한 적 없어. 오빠가 미안하다. 조금만 더 기다려. 조금만……."

"도대체 그 조금만이 언제까진데? 내가 죽고 나서?"

"무슨 소리야? 쓸데없는 소리 하네."

"나도 이제 오빠한테 구차하게 매달리기 싫어. 나도 할 만큼 했고."

"알아. 안다. 네 마음 다 안다니까……."

다혜는 이야기 하는 동안에도 소리 없이 눈물을 흘렸다. 그 눈물을 보는 유한은 가슴이 찢어질 것만 같은데, 다혜는 자신의 감정에 빠져 유한의 마음을 읽을 수가 없었다. 눈물 때문에 다혜의 얼굴은 엉망이 되어버렸다. 마스카라가 눈 밑으로 흘려 내려서 판다의 눈처럼 되어버렸다.

"다혜야, 거울 봐. 얼굴 엉망이야. 밥 먹으러 가야지. 배 안고파?"

"배고파. 점심도 대충 먹었잖아."

울음을 그치자 그때서야 다혜는 시장기를 느꼈다. 휴게소에서도 사람들 눈을 의식해서 유한이 사온 핫바 한 개와 감자 몇 알, 커피 한 잔이 먹은 게 전부였다.

"오빠, 나 샤워하고 화장 다시 할래."

"그래. 뷔페 먹을까? 아님 일식당에서 먹을까?"

"난 일식당에서 먹을래."

"그래. 예약해둘게."

다혜는 옷을 훌훌 벗어던지고 흥얼거리며 욕실로 향했다. 울었던 게 불과 몇 분 전이었는데 금방 기분이 바뀌었다. 그만큼 다혜의 감정기복은 심했다. 이혼 직전부터 시작된 우울증은 감정의 기복으로 이어졌다.

다혜가 욕실에 있는 동안 유한도 옷을 갈아입고 TV를 켰다. 유료방송으로만 볼 수 있는 TV는 영화와 뉴스가 전부이지만 유한은 영화채널을 돌려서 원어로 나오는 영화를 보기 시작했다. 일상에서의 유일한 휴식은 TV시청이라고 해도 과언이 아닐 만큼 유한은 TV보기를 즐겼다. 남들은 취미가 골프라고 하지만 유한의 취미는 영화감상이라고 할 만큼 비즈니스랑 맞지 않는 서민적인 취미를 가지고 있었다. 영화는 국내외를 가리지 않고 다양하게 섭렵했다. 주말이면 다혜와 늘 영화부터 먼저 보는 편이었다. 영화를 볼 때에는 주로 자동차극장을 이용했다.

욕실 샤워기에서 물이 쏟아졌고, 다혜는 쏟아지는 물을 온몸으로 받으면서 울고 있었다. 한참동안 다혜가 나오지 않자 유한은 욕실 문을 열었다. 울고 있던 다혜를 보고 황급히 샤워기를 잠갔다. 그러고는 타월로 다혜의 온몸을 덮었다.

"또 무슨 일이야? 왜 그래?"

"아무것도 아냐. 그냥 오빠 생각하면 눈물이 나네."

"난 언제나 다혜 곁에 있잖아. 널 더 이상 힘들게 하지 않을게."

"그래도 언제나 오빠는 타워펠리스로 들어가잖아. 그 여자 곁으로……."

"지금은 어쩔 수 없잖아. 조금만 참아, 조금만."

유한은 할 말이 없었다. 다혜가 결혼을 하기 전에도 이혼 후에도 가끔 하룻밤을 보내는 것을 제외하곤 언제나 새벽이라도 다혜를 데려다 주고 집으로 들어갔었다. 이런 행동이 유한은 당연한 줄 알았고 가정을 지탱하는 최소한의 방법이라고 생각했던 것이다. 유한은 그렇게 늘 자기중심적이었다. 다혜는 유한을 만나는 동안 단 한 번도 이런 문제로 상처를 입었다고 내색하지 않았었는데 오늘 다혜의 행동은 유한에게 적잖게 부담이 되었다.

놀란 유한은 곰곰이 생각했다. 이혼 후의 다혜는 결혼 전의 다혜와 사뭇 달랐다. 결혼 전에는 유명 여배우이자 톱 탤런트였지만 이혼 후에는 이렇다 할 일을 못하고 있었다. 물론 이혼 3개월 차에 일을 시작하는 것도 무리였고, 아직 연예계에 공식 컴백을 못하고 있었다. 세간에 잊힌 옛날의 배우가 되어버린 다혜에게는 너무도 힘든 나날이었다.

다혜에게는 이런 모든 것들이 결국은 2년 9개월 전 유한을 보호하기 위한 다혜의 결혼이라는 수순으로 만들어졌지만, 이혼 후 다시 만나도 여전히 재희가 있는 집으로 향하는 유한이 야속했으리라.

"조금만 참아봐, 조금만."

"언제까지 기다려야 하는데?"

"앞으로 1년 안에 모든 것 정리할게. 정말이야."

"1년?"

"그래. 1년."

"앞으로 그 긴 세월을 어떻게 살아? 내겐 한 달이 1년 같은데."

"내가 자주 너한테 갈게."

다혜는 뭔가를 작심한 듯이 유한을 몰아세웠다. 유한은 생각했다. 그렇게 오랜 세월을 함께 했지만 이런 다혜의 모습을 본 적이 없었다. 유한은 다혜를 안심시키기 위하여 얼마나 그녀를 사랑하는지 설득하고 이해시켜야만 했다. 유한은 상대를 설득시키고 이해시키는 데는 타고났다. 비즈니스를 통해서 터득한 유한의 협상력은 친부적인 소질과 함께 빛이 났다. 노력 때문인지 아니면 다른 무엇이 작용했는지 어느덧 다혜는 평상심을 찾기 시작했고 평소의 해맑은 미소가 입가에 번지면서 특유의 애교 있는 표정이 나타났다. 그만큼 감정의 기복이 심해지고 있었지만 유한은 전혀 알아채지 못했다.

"아 배고파. 근데 나 초밥 먹기 싫어."

"그럼 뭘 먹고 싶은데?"

"푸짐한 뷔페 먹으러 가요."

"그래, 알았어. 예약할 테니까 빨리 화장해."

파라다이스호텔은 본관과 신관으로 나누어져 있다. 뷔페식당 '에스까뻬에'는 본관 1층이라서 바다 조망이 훤하게 볼 수 있도록 위치하고 있었다. 초저녁인데도 식당 안은 벌써 사람들로 붐볐다. 유한은 창가로 특별히 예약하고 별도로 케이크를 주문했었다. 케이크는 '에스까뻬에' 지배인이 직접 호텔 베이커리에 주문하여 고객이 예약한 좌석에 가져다주는, VVIP 회원에게만 제공되는 서비스였다.

두 사람은 붉게 저무는 태양이 보이는 창가에 앉았다. 잠시 후 지배인이 케이크와 샴페인이든 수레를 미는 종업원과 함께 두 사람의 자리로 들어왔다.

다혜는 유한이 해주는 깜짝쇼에 언제나 감동을 받았다. 룸에서 침울했던 다혜의 얼굴에는 천사가 내려앉은 듯이 환한 미소가 가득하고 눈빛은 어린아이 마냥 초롱초롱했다. 다혜는 어느 때보다도 행복해 보였다. 조금 전 울던 그녀가 금방 해맑은 미소를 머금은 천사의 얼굴로 바뀌어 유한을 바라보았다.

"언제 준비한 거예요? 호호호."

"다시 만난 100일 기념일인데……. 이 정도는 해야지. 하하하."

케이크에는 양초가 1개가 꽂혀져 있었고 케이크 옆에는 조그만 보석상자가 리본을 달고 나란히 있었다.

"양초는 왜 하나예요?"

"이 양초는 100일 기념이 아니고 우리 10주년 기념이라는 생각에선데 10개를 다 꽂으면 촌스럽잖아. 20주년은 양초 두 개 어때? 그리고 이거 열어봐."

"우리 앞으로 10년을 더 볼 수 있어요?"

"10년이 뭐니? 나이가 있는데 40년은 더 봐야지."

다혜는 유한이 하는 말이 싫지는 않은 듯 웃으면서 눈앞에 놓인 조그마한 보석 상자를 열었다. 그 안에는 식당 조명에 빛이 반사되어 섬광이 번쩍이는 것 같은 다이아몬드 목걸이가 놓여있었다. 최고의 퀄리티를 자랑하는 2캐럿 크기의 다이아몬드와 수십 개의 작은 다이아몬드가 앙상블을 이루어 작은 상자 속에서 형용하기 힘들만큼 찬란한 빛을 발하고 있었다. 유한이 티파니에서 5천만 원을 주고 주문했던 것을 불과 두 시간 전 호텔 프런트에 도착한 것이었다.

"이건 언제 준비한 거야, 오빠?"

"며칠 전에. 나도 100일 기념 준비했거든요."

"호호호. 넘 예뻐요. 목에 걸어줘요."

목걸이는 다혜의 목에 걸리자 제 주인을 만난 것처럼 화려함을 뽐냈다. 손가방에서 거울을 꺼내어 몇 번이나 비쳐보고 나서야 삼페인 잔을 잡았다. 러브 샷으로 삼페인을 한 잔 마신 다혜는 비로소 음식들이 모여 있는 곳으로 발걸음을 옮겼다. 걸어가는 발걸음이 경쾌해서 보는 사람마저 기분이 좋아질 정도였다. 선글라스도 벗어 던진 채 누가 알아봐도 괜찮다는 듯 유유히 식당을 누비며 다녔다.

두 시간을 넘도록 식사와 후식을 먹은 두 사람은 본관 지하에 위치한 팝 바 '찰리스'로 자리를 옮겼다. '찰리스'는 디스크자키가 음악을 틀어주는 유럽풍 정통 팝 바 스타일로 주로 젊은 층을 겨냥해서 만든 모던 바였다. '찰리스'는 춤을 출 수 있는 무대가 중앙에 있는 형태였다.

두 사람은 어두운 조명으로 아무도 얼굴을 알아볼 수 없었다. 두 사람은 어두컴컴한 구석자리를 골라서 무대를 등지고 벽 쪽으로 앉았다. 발렌타인 30년산과 과일 안주를 시키자 종업원은 연신 90도로 인사하며 나간다. 아마도 이곳에서 발렌타인 30년산을 시키는 사람은 없지만 구색으로 갖춰 놓았을 것이다. 유한은 술을 마시면 고급 위스키만을 마셨다. 하루 저녁 술 값만 해도 수백만 원이 넘을 때가 허다했다.

주문한 술과 과일, 그리고 서비스 안주까지 들어왔다. 남자 웨이터가 공손히 따라주는 술잔을 원 샷으로 마시고 그 잔을 웨이터한테 건네자 웨이터는 술을 마시면 안 된다고 하면서 종종 걸음으로 사라졌다.

다혜가 카디건을 벗자 뒤 등판이 깊게 파인 화려한 하얀 드레스가 조명을 받아서 모든 사람들의 시선을 받기에 충분한 농염한 자태를 품겼다. 짙은 스모키 화장은 평소의 다혜 모습을 감추고 요염

하고 색이 넘치는 얼굴로 바꾸어 놓았다. 앉은 채로 음악을 타고 어깨를 좌우로 흔드는 모습은 어떤 남자라고 터치하고 싶은 충동을 느낄 만큼 선정적이었다.

유한은 다혜의 드레스 끝자락을 만지더니 드레스 안으로 손을 서서히 밀어넣었다. 손끝에 전해지는 맨살은 마치 비단결 같이 부드러웠다. 다혜는 눈을 감고 몸은 음악을 타면서도 모든 감각은 유한의 손끝에 따라 움직였다. 손끝이 팬티에 닿는 순간 다혜는 팬티를 내릴 수 있도록 엉덩이를 들었다.

유한은 다혜의 손바닥만 한 팬티를 벗겨 테이블 위에 올렸다. 다혜의 드레스가 조명을 받아서 밝았을 뿐 실내조명이 대체로 어두운데다 구석진 자리에 앉아 두 사람의 행위를 눈여겨보는 사람이 없었다. 테이블 위에 놓인 팬티는 손수건을 올렸다고 생각하기에 충분했다. 나란히 앉은 다혜는 점점 몸을 유한에게로 기대어 왔다.

유한은 다혜의 매끄러운 허벅지에 손을 올렸다. 음악은 손놀림에 맞추어서 강약 장단을 조절했다. 록의 경쾌한 음악이 다혜의 어깨를 흔들게 만들었다. 손은 더욱 사타구니 쪽으로 올라갔고 어느덧 숲에 다다랐다. 숲속 우거진 틈 사이에는 옹달샘이 있었다. 그 샘물이 엉덩이를 깊숙이 붙이고 있는 소파에 흘러내렸다. 이런 유한의 손놀림에도 불구하고 다혜의 표정은 변함없었다.

몸은 유한의 손길따라 흔들리지만 그 손길을 즐기는 듯 록에 맞추어 어깨마저 흔들고 있었다. 다른 사람이 볼 때에도 전혀 눈치 챌 수 없는 다혜의 행동은 유한과의 오랫동안 만남에서 터득한 일종의 테크닉에 가까웠다.

그러나 유한의 현란한 손놀림에는 다혜도 이길 수 없었다. 차츰 표정이 변하더니 유한과 손깍지를 낀 손에 힘이 잔뜩 들어가고 시간이 지날수록 그 힘은 나무젓가락도 꺾을 만큼 강렬해져갔다. 다혜의 용트림은 그만큼 다혜의 성적 본능을 유한이 잘 이끌었다는 반증이었고, 오랫동안 유한과의 관계에서 길들여진 육체가 알아서 반응하는 것이었다. 남자를 모르다가 유한과 만나면서 하나하나 배워나간 섹스의 테크닉은 한 번의 결혼생활과 플러스가 되어 이제 요부라고 할 만큼 섹스를 즐기고 있었다. 34살의 농익은 여체는 본능적으로 남자의 손끝에 반응할 수밖에 없었다.

　다혜의 신음이 나오기 시작하자 유한은 더욱 세차게 다혜를 몰아붙였다. 꼭 이기고 말겠다는 듯이 손가락은 더욱 분주하게 움직였고 결국 다혜는 다리를 한껏 오므리더니 터지고 말았다. 흥건하게 젖어버린 사타구니를 닦는데 티슈로는 감당할 수가 없을 만큼 흘러내렸다.

　"좋았어?"

　"아잉~ 몰라."

　"모르긴……, 얘길 해야 알지. 좋았어?"

　"응, 좋았어."

　"얼마나?"

　"이 기분은 남잔 모를 거야. 하늘이 노랗고, 발가락부터 온몸이 쥐가 날 정도로……."

　"남자의 오르가즘과 여자의 오르가즘 차이가 뭘까?"

　"글쎄…… 쾌락의 극치는 비슷하지 않아요?"

　"그런가? 이럴 땐 나도 여자의 오르가즘이 어떨지 궁금해."

　"다시 태어나면 여자로 한번 살아봐요. 그래야 이 느낌이 어떤지 알지. 풋풋풋."

"하하하. 그렇게 심한 말을?"

"왜? 싫어? 오빠 여자로, 난 남자로. 한번 살아보는 것도 괜찮겠는데…… 호호호."

"그것도 좋겠네. 내가 여자로, 다혜가 남자로…… 하하하."

"그래야 내가 얼마나 힘든지 오빠가 알 거야."

"미안하다. 내가 더 잘할게."

"아니. 지금처럼만 해요. 더도 덜도 아닌 지금처럼만 사랑해줘요."

"알았어."

다혜는 유한의 가슴에 묻혀서 생각에 잠겼다. 10년 전 유한을 만나고 남 몰래 데이트를 하는 내내 한 번도 마음 놓고 살아본 적이 없었다. 파파라치를 따돌리는 것도 여러 번, 기자의 눈에 들켜 고비를 넘긴 것도 수차례, 이럴 때마다 다혜는 왜 이 남자를 만나고 있는지 자신을 원망했었다.

너무 오랜 세월을 같이 지내면서 때로는 무덤덤한 시기도 있었지만, 결론은 다혜가 유한을 너무도 사랑한다는 것이었다. 자신은 전부를 던져 사랑하지만 남자는 전부를 걸지 않는 것에 대하여 화도 났었고 원망도 했었다. 결국 이 남자를 위하여 사랑하지도 않는 남자와 결혼까지 하게 된 것에 대해서는 결혼생활 내내 유한에 대한 원망과 그리움으로 살아왔었다. 한 번도 두 사람의 미래에 대해서는 구체적으로 계획을 세우지 않았던 남자. 그 남자를 지금도 만나고 사랑한다는 사실에 자신이 더욱 미웠다.

이혼 후 유한을 다시 만나면서 다시는 헤어지지 않겠다고 다짐한 다혜. 다혜는 예전의 다혜가 아니었다. 자신의 사랑을 위해서는 어떤 일도 마다하지 않을 만큼 성숙된 여자로 변했고, 이 사랑이 끝나는 날이 자신의 생을 마감하는 날일 것이라고 다짐을 했었다.

'그래……. 이렇게 사랑하는 남자의 품에서 죽는다면……. 좋겠구나…….'

다혜는 언제부터인지 죽음에 대해서 많은 생각을 하고 있었다. 결혼생활 내내 섹스에 대한 불감증과 잠을 잘 수 없는 불면증으로 힘든 나날을 보냈었다. 불면증에 시달려서 죽고 싶을 만큼 힘이 들 때에도 유한에게는 한 번도 연락하지 않았었다. 결혼생활 동안에 그토록 보고 싶었지만 유한을 위해서 선택한 길이었기에 유한이 가는 길에 방해가 되지 않도록 그를 철저하게 외면했다. 심한 불면증은 수면제 과다복용을 가져왔고 의식이 없는 상태에서 대학병원 응급실에도 실려 가서 위세척으로 살아나기도 하였지만, 사실은 수면제 과다복용은 자살을 시도한 것이었다.

행복할 수 없는 결혼생활, 그리고 옛 사랑에 대한 그리움과 원망, 자살을 생각하기에 충분한 조건이었다. 그런 상황에서도 유한에게 연락 한번 하지 않은 독한 여자가 다혜였다. 다혜는 그렇게 변해가고 있었다. 유한을 다시 만나면서 어쩌면 삶과 죽음을 사랑하는 사람과 같이 하겠다고 결심을 한 것이다. 죽음이 갈라놓을 때까지 사랑하리라 마음먹었던 것이다.

"오빠, 이제 해변으로 나가요. 바닷물에 발 담가보고 싶어."

"그럴까? 술이 많이 남았네. 아깝다, 그치?"

"서울이라면 키핑이라도 하지. 호호호."

"그래. 아깝지만 다혜가 가자는데……. 자, 나가자."

두 사람은 웨이터의 배웅을 받고 밖으로 나왔다. 시원한 밤바람
이 막힌 가슴을 뚫어 주는 것 같았다. 파라다이스호텔은 30미터
앞이 바로 백사장이어서 금방이라도 바다 냄새를 맡을 수 있는 해
변 옆에 위치했다. 두 사람은 샌들을 벗어들고 모래밭을 걸어 파도
가 일렁이는 바닷가로 걸어갔다. 해변에는 제법 사람들이 많았다.
옅은 파도가 일렁이는 바닷물에 발을 담근 다혜는 천천히 어두운
밤바다로 걸어갔다. 발만 담글 줄 알았던 유한은 점점 무릎을 지나
허벅지까지 물이 차는 깊은 곳으로 다가가는 다혜를 보고 놀라서
뛰어가 다혜의 손목을 잡고 해변으로 끌고 나왔다.

"왜 그래? 어디까지 가려고?"

"그냥 바다가 좋아서……."

"왜 그런 건데? 밥 잘 먹고. 바에서도 기분 좋았잖아."

"모르겠어. 정말 하루하루가 너무 힘든가봐."

"안되겠다. 그만 나가자. 오늘 이러다가 무슨 일 나겠어."

"왜 걱정돼? 내가 죽을까봐서?"

"아니. 그런 게 아니라 감기 걸릴까봐 그러지."

"당신은 내가 죽으면 겁나죠? 당신과 같이 있다가 내가 죽어버리
면……."

"무슨 소리야? 제발 그러지마. 나도 힘들다고."

"당신이 뭐가 힘들어요? 그룹 회장 사위가 힘들게 뭐있어. 적당
히 눈치 보면 되고."

"애가 점점 못하는 소리가 없네."

"뭐 내가 틀린 말 했나? 당신은 지난 10년 동안 그랬잖아요. 힘들다 하면서 10년 동안 잘 버텨 왔잖아요."

"이런 내 마음을 다혜가 어떻게 알겠어?"

"그럼 당신은 내 마음 알아요? 내가 얼마나 힘든지? 내가 무슨 생각을 하는지? 아니, 당신은 몰라."

두 사람은 이렇게 서로를 상처내면서 다투어 본 적이 별로 없었다. 언제나 다혜가 배려했고 유한의 과거와 현재를 너무도 잘 알기에 자신까지 힘들게 하지 않겠다고 그렇게 마음먹었었다. 아내로부터 도피처가 필요했던 유한이었기에 편안한 안식처가 되고 싶었던 다혜였지만 시간이 지날수록 때로는 정부가 된 기분, 애첩이 된 기분을 느끼는 건 당연했다.

'아무리 기다려도 변화의 기미가 없는 남자. 날 사랑한다지만 정말 날 사랑하는 게 맞을까? 힘들다고 하지만 그룹 회장의 사위로 그 지위를 유지 하고 싶은 남자. 본처가 있으면서도 사랑하는 정부가 필요한 남자.'

다혜한테는 언제부터인지 유한이 그렇게 느껴지기도 했다. 다혜의 결혼생활이 힘들수록 유한에 대한 원망의 골은 깊어져서 왜 나를 정부로만 존재하게 만들었는가? 하는 생각이 많아졌고 이혼 후 다시 만날 때에도 이런 생각들이 가슴깊이 자리하고 있었다.

"그래. 내가 미안해. 이제 그만 들어가."

"뭐가 미안해요?"

"전부다. 미안해……."

유한은 다혜의 손을 잡고 호텔 쪽으로 걸어갔다. 힘들게 시간을 내어서 내려온 부산 여행이 다혜의 소동으로 마음이 무거워졌지만 어찌되었건 다혜를 달래어 주겠다고 마음먹은 유한이었다. 호텔 옆 에어컴프레샤로 발의 모래를 털고 호텔 로비로 들어섰다. 다혜는 룸 에 들어가길 거부했다.

"왜 또?"

"나 로비라운지에서 맥주 한잔 하고 싶어요."

"그래. 그러자. 오늘은 다혜가 하고 싶은 대로 해……."

평소 다혜답지 않은 행동에 유한은 당황스럽지만 다혜가 원하는 대로 응해주고 있었다. 다혜는 이혼 후 찾아온 우울증으로 밤마다 불면에 시달려도 유한에게는 일절 말하지 않았고 병원 약으로 밤 마다 버티고 있었다. 예견된 이혼이었지만 이혼이 다혜에게 가져다 준 상처는 근본적으로 전 남편이 아니고 결혼의 원인 제공자인 유 한에게 있었다.

유한을 사랑하는 만큼 그 반대로 서운하고 야속한 마음이 비례 했다. 자신의 청춘을 송두리째 한 남자한테 바쳤는데 돌아온 건 아무것도 없었다. 세간에는 이혼녀의 딱지뿐 이혼 후 드라마나 영 화 쪽에서 다혜를 원하는 제작자나 감독이 없었지만 언제나 다혜 는 마음에 드는 작품이 아직 없다고 주변 지인들에게 말하곤 했다.

물론 유한도 다혜가 새롭게 컴백하는 만큼 작품을 선택하는데 심혈을 기울이는 줄만 알았지 드라마 PD나 영화감독들로부터 컨

택이 없는 줄 전혀 눈치 채지 못하고 있었다. 그렇게 다혜는 홀로 험한 세상과 사투를 벌이고 있었다.

한 달, 두 달 지나면서 점점 삶의 의욕이 없어지고 밤마다 약이나 술이 없으면 잠 못 드는 밤이 많았다. 한 가닥 희망이라곤 사랑하는 남자 유한뿐이었다. 자신을 구해줄 남자가 유한이었지만 유한은 일 년을 기다려 달라고 했다. 다혜는 너무도 자신이 없었다. 하루가 일주일 같고 한 달이 일 년 같은 다혜에게는 현실이 너무 가혹했다.

'어떻게 일 년을 기다리지? 내가 일 년을 버틸 수나 있을까? 밤마다 찾아오는 무서움을 어떻게 하지⋯⋯.'

다혜는 이런 생각에 아무것도 할 수가 없었다. 라운지로 들어간 다혜는 맥주를 마시면서도 머릿속에는 온갖 상념으로 가득 찼다.

'이 남자가 정말 날 사랑하는 걸까? 날 사랑했다면 이렇게 방치했을까? 이 남자⋯⋯. 나보다 출세가 먼저일거야. 일 년을 기다리라고? 그걸 어떻게 믿어? 과연 모든 걸 다 버리고 나랑 함께 할 수 있을까?'

다혜는 자신이 없었다. 일 년을 버틸 힘도 없었고, 결국 유한을 믿지 못하는 것으로 결론을 맺고 있었다. 유한 역시 우유부단한 성격이었다. 일을 할 때는 저돌적이고 공격적이며 아주 디테일하면서도 섬세했지만 여자관계에서 만큼은 우유부단했다. 좋아도 적극적이지 못하고 싫어도 냉정하게 돌아서지 못하는 남자. 어쩌면 유한에게 주어진 환경이 그를 그렇게 만들었을 것이다. 대기업 회장의 사위로써 어느 정도 사회적 위치까지 얻은 터라 조심할 수밖에 없었을 뿐 아니라 가진 것 모두를 잃을까봐 언제나 노심초사했다. 설령 사랑하는 여자라 하더라도 한쪽을 포기하고 새롭게 시작한다는 것은 생각조차 할 수가 없었다.

그러나 유한은 서서히 변해가고 있었다. 다혜의 결혼과 이혼은 전적으로 자신의 책임이라고 생각하고 있었다. 재희와의 결혼생활은 어느덧 종지부를 향하여 가고 있었고 남편을 속이고 두 집 살림을 하는 재희를 더 이상 아내로 생각할 수가 없었다. 각 방을 쓴 지는 5년, 이제 각자가 주어진 운명대로 살아가야 할 시간이 다가오고 있었다.

그러나 유한에게는 일 년이라는 시간이 필요했다. 새로운 삶을 살기 위해서는 충분한 돈이 필요했다. 아니, 사위로써 그룹을 반석 위에 올린 보상은 어느 정도 챙기는 게 당연하다 생각했다. 유한에게 새로운 삶이란 사랑하는 여자와 새로운 사업, 두 가지 모두를 취하는 것이었다. 다혜가 생각하는 것은 유한 하나였지만 남자는 달랐다. 남자는 사회적 동물이라고 하지 않는가. 유한에게 새로운 인생이란 새로운 사업도 당연히 포함되어 있었다. 유한이 다혜한테 말한 일 년이란 것은 두 사람을 위한 일 년이었지만 다혜를 그 일 년을 기다릴 수 없었다.

"조금만 마셔. 아까 양주도 몇 잔 마셨잖아."

"나 취하고 싶어. 오빤 나 취한 거 한 번도 본 적 없잖아……"

"옛날에 봤지. 네가 취해서 오빠가 널 업고 갔잖아. 기억 안 나?"

"안 나. 옛날에 우리가 어떻게 사랑했는지 기억이 안 나. 우리 너무 오래 되었네. 연인 사이로 있는 게……"

"미안하다."

"나 이제 그만하고 싶어. 당신 정부로 있는 거, 당신 애첩으로 있는 거. 이제 그만 할 거야."

다혜는 흐느끼고 있었다. 마시는 맥주잔에 눈물방울이 떨어져도 맥주 다섯 병을 다 비우고 말았다. 다혜와의 여행은 유한에게도 설레게 했다. 바쁜 일상도 일상이지만 사랑은 고사하고 미운 정마저 없는 재희와의 결혼 생활은 숨을 막히게 했다. 각자의 생활을 하지만 한 지붕 두 가족처럼 산다는 게 여간 힘든 게 아니었다. 이번 여행으로 새롭게 마음도 다잡고 계획했던 대로 이혼을 위해 하나씩 만들어 나가려고 했었다. 그러나 유한의 생각대로 다혜가 따라주지 않았다.

"그만 방으로 올라가자. 취한 거 같아."

"싫어. 오빠 혼자 가요. 난 더 마실 거야. 이봐요. 여기 맥주 더 줘요."

"그만해. 오늘 왜 그러는 거야?"

"왜 그러냐고요? 오빤 몰라서 그래? 내가 어떻게 사는지 오빠가 알아?"

"알아."

"뭘 알아? 오빠가 뭘 알아? 내가 얼마나 힘들게 사는지 오빠가 어떻게 알아?"

"그래. 내가 잘못했다. 미안해."

"아니. 다 필요 없어. 이젠 다……"

"나도 힘들다. 그만해."

"그래요? 오빠도 힘드시구나. 몰랐네. 오빠는 잘 먹고 잘 사는 줄 알았는데 힘드시구나."

다혜의 빈정거리는 말투는 유한의 속을 뒤집어 놓았다. 남자의 자존심을 건드리는 여자. 그 여자는 울분을 토하고 있어도 남자는 이해할 수 없었다. 그게 여자와 남자의 차이였다. 여잔 사랑하는 남자와 도망이라도 가서 살 수 있다지만 남잔 달랐다. 어디서 뭘 해먹고 사느냐가 중요했다. 여잔 남자가 전부이지만 남잔 여자가 전부일 수 없었다. 늘 남자에게는 사회라는 것이 존재했다. 사회에 소속되어 있는 삶. 남자는 그렇게 사회적 동물이었다.

"뭐가 힘드실까? 우리 오빠는 아내도 있고. 아들도 있고. 애첩도 있는데……."

"왜 이래? 사람들 쳐다보잖아. 이제 그만해."

"아하…… 오빠는 다른 사람들 눈이 무섭구나. 난 아닌데. 난 오빠만 무서운데. 난 오빠뿐인데……."

"자자, 일어나."

유한은 취해서 비틀거리는 다혜를 일으켜 부축했다. 다혜가 일어서다 헛짚으면서 맥주병 하나가 굴러 바닥으로 떨어졌다. 병 깨어지는 소리에 로비라운지에 있던 손님들이 일제히 두 사람 쪽으로 시선이 쏠렸다. 유한은 황급히 계산을 하고 자리를 피했다. 옛날처럼 기자나 파파라치의 카메라에 걸리지는 않을까 하는 생각에 유한은 가슴이 철렁 내려앉았다.

엘리베이터에서 내리자 유한은 다혜를 업었다. 룸에 들어가서 침대에 내려놓을 때도 다혜는 아무런 미동도 하지 않았다. 침대에 눕히고 다혜의 구두와 드레스를 벗겼다. 그리고 가만히 이불을 덮어주고 테라스로 나와 담배를 꺼내 물었다. 담배 한 모금은 긴 한숨이 되었다.

'얼마나 힘들기에……. 도대체 무슨 일이 있었던 거지? …… 내가 너무 무심했나……. 서울 가면 일주일에 반은 다혜 집에서 지내야겠다. 그럼 다혜도 좋아하겠지.'

유한은 응접실에서 담배 한 개비를 다시 입에 물고 불을 붙이고 나서 핸드폰을 꺼내어 어디론가 전화를 했다.

"석현아."

"한. 오랜만이다. 잘 지내냐?"

"어. 지금 해운대야. 술 생각이 나서. 올 수 있냐?"

"이놈은 항상 지 멋대로야. 미리 전화 좀 해라. 어딘데?"

"파라다이스호텔."

"지금 11시니까 11시 반까지 지하 룸살롱에 갈게. 먼저 가서 자리나 잡아, 이놈아."

"알았다. 다른 놈 달고 오지 말고 오붓하게 둘이서 마시자."

"알았어. 임마."

석현은 유한의 고등학교 동기였다. 매번 내려오면 꼭 한 번은 만나고 가는 친한 친구였다. 지방 전문대학을 졸업하고 아버지가 하던 출판사를 물려받아서 밥벌이는 어느 정도하고 있는 터라 경제적으로 다소 여유 있었다. 아무한테도 말하지 못하는 얘기도 허물없이 털어놓을 만큼 얘기를 잘 통하는 친구였다.

유한은 다혜가 곤히 자는 것을 확인하고 친구랑 지하에서 한잔

하고 온다고 간단하게 메모를 남기고 룸을 나섰다. 지하 룸살롱 '알라딘'은 호텔 정문으로 나가서 해변 쪽으로 돌아가는 길 우측에 입구가 있었다. '알라딘'은 호텔의 지하였지만 특급호텔의 격을 유지하려고 바깥쪽으로 출입문을 두고 있었다. 입구에 들어서자 웨이터가 뛰어 왔다.

"어서 옵쇼!"

"박상무 불러봐."

"혼자 오셨습니까?"

"아니, 일행 한 사람 더 와. 큰 방으로 안내하고 박상무 보내."

"네. 이쪽으로 오시죠."

유한은 웨이터가 안내하는 특실로 들어갔다. 7개월 만에 왔지만 변한 건 별로 없었다. 특급호텔의 격에 맞도록 만들 때부터 고급스럽게 만들어졌기에 몇 년을 지나도 크게 달라질 게 없었다.

"술은 뭐로 준비해드릴까요?"

"발렌타인 30년산."

그때서야 웨이터는 유한이 VVIP 고객인 줄 알아보고 더욱 공손해졌다.

"그리고 유사장 찾아오는 손님 이쪽으로 안내해."

"네. 편한 밤 되십시오."

웨이터가 나가자 잠시 후 지배인 격인 박종대가 들어왔다. 6년 전 우연히 '알라딘'에 왔다가 박종대를 알게 되었고 '알라딘'만 가게 되면 늘 박종대만 찾은 것이다.

"아이고, 사장님 오랜만에 오셨습니다. 미리 전화를 주시면 아가씨 확실히 준비해 둘 건데……"

74

"박상무. 잘 지내? 장사는 잘 되고?"

"예. 경기가 어렵다 해도 우리 가게는 잘 지탱하고 있습니다. 혼자 오신 건 아니죠?"

"그래. 15분 있으면 일행이 도착하겠네. 내 친구는 2차 나갈 아가씨로 해주고. 난 잘 노는 아가씨로 넣어봐."

"사장님은 왜 2차를 안 가시고?"

"이 친구가……. 내가 언제 2차 가는 거 봤어?"

"아차차. 오랜만에 오시니까 깜빡 했습니다. 술은?"

"시켰어. 발렌타인 30년산으로."

"사장님 때문에 언제나 발렌타인 30년산 세 병은 확보하게 있죠. 언제 오실지는 몰라도."

"고맙군. 친구 오면 아가씨 넣어주고. 이건 자네 팁. 이건 웨이터 줘."

"아이고 번번이 고맙습니다. 오늘 확실히 모시겠습니다."

박상무는 깍듯이 90도로 인사를 하고 나갔다. 유한은 담배 한 개비를 꺼내어 물고는 생각에 잠겼다. 오늘 다혜의 행동은 그 전의 다혜랑은 사뭇 달랐다. 뭔가 호전적이고 할 말을 다하는 그런 다혜였다. 도대체 이혼 후에 무슨 일이 있었던 걸까? 무엇이 다혜를 그렇게도 힘들게 하는 걸까? 유한은 어떻게 다혜를 다독여야 할 건지 고민스러웠다. 먼저 다혜가 안고 있는 문제들을 파악하는 게 급선무였지만 유한은 여자의 마음을 읽어내는 데는 근본적으로 약했다. 그래서 언제나 물질로 마음을 달래어줄 뿐이었다. 술과 안주가 들어오자 기다리던 친구도 들어왔다.

"한. 오랜만이다."

"어. 빨리 왔네."

"이 시간은 차가 안 막히잖아. 그리고 가까우니까. 하하하."

"그래, 하는 사업은 잘되고?"

"늘 그렇지 뭐. 밥은 먹고 산다. 그래 혼자 온 거야? 다혜 씨는 잘 있고?"

"아냐. 다혜랑 같이 왔지. 지금 룸에서 자고 있어."

"같이 나오지. 못 본 지 3년이 다되어 가는데."

"벌써 그렇게 되었냐?"

"다혜 씨 결혼하기 전에 봤으니까……. 암튼 네가 죽일 놈이야."

"내가 그렇게도 죽일 놈이냐?"

"넌 네가 죽일 놈인지 모르는 게 더 죽일 놈이야."

"하하하. 그런가?"

"다혜 씨가 너한테 어떻게 했는지 내가 아는데 넌 모른다는 거냐?"

"자자. 술부터 한잔 마시고 얘기해라. 내가 너한테 취조당하는 기분이네."

석현은 유한이 부어주는 양주를 스트레이트로 비우면서 한 잔 더 받아 마셨다.

"미친놈. 여자가 한을 품으면 어떻게 되는지 알아? 패가망신한다고 임마."

"지랄을 하세요. 자식."

"넌 네 처랑 왜 아직도 못 헤어지냐? 다 끝난 결혼생활 왜 끌고 가냐고 임마."

"그래. 다 끝난 결혼 생활이지. 알지, 그건."

"그런데?"

"그런데…… 아직 정리할 게 남았다."

"뭐가?"

"내가 고생한 거 챙겨야지. 이대로 끝낼 순 없잖아? 누가 키운 회사인데……."

"얼마나 챙기려고?"

"100억 원은 챙겨야지. 그래야 사업이라도 할 거 아냐."

"어느 세월에? 100억이 뉘 집 강아지 이름도 아니고."

"현재 30억 정도는 확보했고……. 그래서 다혜한테 일 년만 기다리라고 했더니 보통 난리가 아니네."

"당연하지. 다혜 씨가 어떻게 일 년을 더 기다리겠어? 너한테 쏟은 세월이 얼만데."

"알지. 내가 왜 모르겠냐……."

"이놈, 우유부단한건 여전하네. 회사에서 일할 때처럼 해봐라 좀."

"그래서 고민스럽다. 일 년 기다리라고 했더니 이제 더는 못 기다린다네."

노크 소리와 함께 문이 열리더니 박상무가 아가씨 둘을 데리고 들어왔다. 둘 다 늘씬한 키에 볼륨감이 있는 섹시한 20대로 보이는 젊은 아가씨들은, 들어오자마자 각자가 맡은 소임대로 자리로 들어와 앉았다.

"마음에 안 드시면 말씀하십시오. 다른 애들로 바로 교체하겠습니다."

"너는 가시나 안고 술 마실 기분이 생기냐?"

"너 땜에 불렀지. 나야 다혜가 방에 있잖아."

"생각하는 게 꼭 지 수준이네. 너희들 조용히 마셔라. 이왕 들어왔으니까 대화에 방해하지 말고."

"네. 조용히 있을게요."

"이것들이 조용히 있으라고 한다고 인사도 안 해?"

"죄송……. 저는 오승아라고 해요. 서울에서 내려온 지 일주일되었답니다. 잘 부탁드려요."

"저는 최유진입니다. 고향은 제주구요. 서울에서 생활하다가 부산온 지 한 달 되었습니다."

석현은 옆에 앉은 아가씨한테 술을 부어주면서 하던 말을 이어나갔다.

"그래, 어쩔 셈인데?"

"뭘?"

"뭘? 다혜 씨가 못 기다린다며? 어쩔 거냐고?"

"글쎄. 힘드네."

"힘들긴, 니 놈이 니만 생각하는 이기적인 놈이라서 그런 건지."

"아씨바. 하소연 하려고 불렀다가 욕만 듣고 앉았네. 술이나 먹어 새끼야."

"아이구. 술은 들어가셔요? 장하다 이놈아. 애들 땜에 쪽팔려서 얘기 못하겠다."

들어와서 두 사람의 대화를 듣고 있던 아가씨들이 신경이 쓰였는지 석현은 멋쩍게 웃으며 옆에 앉은 아가씨한테 술을 권했다.

"니 이름은 뭐라고 했냐?"

"승아……. 오승아라고 해요."

"승아. 이름 예쁘네. 너 오늘 2차간다고 들어왔지?"

"네."

"오늘 2차는 없다. 그냥 앉은 자리에서만 놀다가 가라."

"네."

"저 놈이 항상 저렇다니까. 지 코가 석잔데 무슨 친구 2차까지 신경 쓰는지 나 원."

"임마. 넌 항상 2차를 가잖아. 생각해서 해줬더니만……. 자식."

"넌 초상집에서도 섹스 하냐?"

"웬 초상집?"

"이게 초상집보다 못하냐? 다 죽을상에 한 여자는 술에 취해서 떨어졌고……."

"이놈 술맛 떨어지게……. 고만해라. 마이무따 아이가?"

"지랄. 그래, 이놈아. 술이나 먹자. 술맛 나겠네. 오늘 한번 취해보자. 씨발."

한동안 두 사람은 말없이 양주잔을 들이켰다. 몇 잔을 마시자 양주 한 병이 바닥을 보였다. 유한은 다시 한 병을 시키면서 밴드마스터도 불렀다. 침울했던 분위기를 반전시키기 위해서 밴드마스터를 불렀지만, 너무 무거운 얘기로 시작된 만남이었는지 분위기는 어색함만 지속되었다. 옆자리에 앉은 파트너는 아랑곳 하지 않고 두 사람의 술잔이 비워지면 그 술잔에 양주를 따르는 데만 몰두했다. 그런 후 아가씨들은 자기들끼리 밴드랑 노래를 부르며 무료함을 달래는 듯 했다. 어느덧 시계는 새벽 두 시를 향해가고 있었다.

"석현아. 내일은 일요일이니까 쉬지?"

"아니야. 급한 인쇄가 있어서 늦더라도 나가봐야해. 요즘 애들은 사장이 안 나오면 그냥 농땡이야."

"시간이 너무 늦어지는 거 아냐? 제수씨 성질내겠다."

"너 내려왔다고 술 한잔 한다고 했으니까 신경 쓰지 마. 자주 오는 놈도 아닌데 그 정도야……."

"다혜가 자는 거 보고 내려오긴 했는데, 너무 예민해서 좀 걱정이 되네."

"야 임마. 다 너 책임이야. 널 위해서 기다린 시간이 얼만데? 아마 나라면 돌아버렸을거야."

"또 시작이네. 짜식."

"그래, 돈도 돈이지만 다혜 씨가 1년을 어떻게 기다려 보겠다니?"

"현재론 그 방법밖에. 다혜가 결혼했을 땐 난 그냥 다혜를 포기했었지."

"다혜 씨가 결혼을 누구 땜에 한 건데?"

"알지. 그래도 잘 살 줄 알았지. 저렇게 혼자가 될 줄 몰랐지."

"안 봐도 비디오다. 그게 잘 살 수 있는 결혼 생활이겠냐?"

"그럼 중간에 나한테 연락을 했어야지."

"그걸 몰라? 너한테 부담 안주려고 혼자서 버텨온걸? 나는 알겠다."

"넌 집에 들어갈 거야?"

"야, 이 좋은 기회에 내가 집을 왜 들어가? 너랑 밤새 술 마시고 사우나 간다고 했는데. 하하하."

"내 그럴 줄 알았다. 니가 여자를 마다하겠냐? 하하하."

"이제 그만 시마이땡 하지. 시계도 두 시 반이 되었는데, 계산서 가져오라고 해."

"계산은 내가 한다. 왜이래?"

"아냐. 오늘은 내가 할게. 늘 니가 술값 냈잖아."

술값을 계산한 석현은 유한과 작별을 하고 파트너를 데리고 객실로 올라갔다. 유한은 '알라딘'에서 나와서 밤공기를 마시고 싶다는 생각에 잠시 해변으로 나와 도로변 경계석에 걸터앉았다. 호주머니에 잡히는 핸드폰을 꺼내어 메시지를 확인하자 한 시간 전에 다혜가 보낸 문자가 와있었다. 밴드마스터의 반주 소리에 미처 메시지가 온걸 모르고 있었던 유한은 다혜가 잠에서 깨었다는 것을 알고 급하게 호텔로 향했다.

룸에 들어서자 방 안에는 형형색색의 양초들로 불이 켜져 있어서 마치 영화 속에서나 본 듯한 그런 신비로운 분위기를 연출되어 있었다. 응접실에는 와인과 과일이 있었고 다혜는 예쁘게 화장을 하고 나이트가운을 입고 유한을 맞이했다. 낮에 일어난 다혜의 통제 불능의 감정은 어디론가 없어져 버렸고 예전의 다혜 모습으로 다정하게 다가왔다. 유한은 비록 술에 취해 있었지만 그 취기와 방 안의 분위기가 섞여서 몽롱한 기분을 만들기에 충분했다.

"오빠. 이쪽으로 오세요."

"미안해. 늦어서. 석현이랑 한잔하느라고 문자 확인을 못했네."

"괜찮아. 와인 한잔해요. 괜찮죠?"

"당연히 괜찮지. 괜찮고 말고. 천사같이 이쁜 다혜가 주는 와인인데 마셔야지. 암 마시고말고."

다혜는 와인 잔 하나에만 와인을 따랐다. 그리고 그 와인을 입안에 넣고 자신을 입을 통해서 유한의 입안에 넣어주는 것이었다. 와인 한 모금을 유한에게 넣어주면 동시에 짙은 키스가 자연스럽게 이어졌다. 그리고 딸기 한 알을 입에 넣고 씹었다. 딸기와 침이 흥건히 뒤섞여 주스가 된 딸기 즙은 다시 유한의 입으로 건너갔다. 에로티시즘의 행위는 서로 성욕을 불러일으키기에 충분했고 세 모금 받아 마신 와인을 끝으로 두 사람은 한 몸으로 뒤엉키고 말았다.

유한은 술에 취해있었지만 몽롱한 분위기는 이성과 감성의 언저리에서 헤어나지 못하는 환상의 극치를 달리게 했고, 적극적인 다혜의 성적 유혹은 새로운 밤을 느끼기에 충분했다. 소파에서 마시던 두 사람은 카펫 위로 내려왔고 다혜는 유한의 옷을 하나하나 벗겨나갔다. 어느덧 알몸이 되어버린 유한의 몸 위에 다혜의 나신이 덥쳐갔다. 다혜의 입술은 유한의 입에서 시작하여 밑으로 내려갔다. 30대의 요염한 몸매는 농익을 대로 익어서 만지면 터질듯 했고, 그 욕정을 하룻밤 만에 다 태워버릴 듯이 몸부림쳤다. 영원할 것처럼 아니 마지막일 것처럼 그렇게 다혜는 모든 걸 불살랐다. 그렇게 시작된 두 사람의 향연은 먼동이 떠오를 때쯤에 끝이 났고 두 사람은 그때서야 깊은 잠에 빠졌다.

유한이 눈을 떴을 땐 오후 다섯 시가 넘고 있었다. 만 아홉 시간 정도 길고 긴 잠에 빠져버린 것이지만 다혜는 미동도 하지 않았다. 유한은 다혜를 흔들어 깨웠다. 그러나 다혜를 흔드는 유한의 손길에 열기가 가득했다. 다혜의 온몸이 불덩이처럼 뜨거웠다. 유한은 급히 룸서비스를 불렀다. 30분 후 룸서비스는 의사와 함께 룸에 들어왔다. 의사는 다혜를 진찰한 후 링거를 꽂고 체온을 식히기 위한 냉찜질을 했다. 두 사람의 섹스로 인하여 온갖 채취가 그대로 남아있는 다혜의 몸을 의사는 차가운 얼음과 수건으로 닦아내고 있었다. 의사가 내방한다는 말에 유한은 다혜의 나체에 팬티 한 장만 입혔었다.

"선생님, 이 사람 어떻습니까?"

"신경성에 탈진증세가 보이는 거 같습니다. 링거 하나 맞고 좀 쉬시면 좋아질 겁니다. 몸의 열기는 계속해서 이렇게 빼주십시오."

"다른 데 아픈 덴 없습니까?"

"특별히 이상 징후는 보이지 않지만……, 일단 회복되시면 병원에 들러 주십시오."

"아, 저희들은 서울에서 내려와서……."

"억양이 이쪽 같아서 부산 분이신줄 알았습니다. 그럼 서울 가시면 한번 종합 진단을 받아보도록 하십시오."

"아. 네."

"부인께서 많이 쇠약해지신 거 같아서 드리는 얘기입니다."

"감사합니다."

의사가 다녀간 후 두 시간이 지나서야 다혜는 눈을 떴다. 체온도 정상으로 회복되었고, 링거 속의 포도당도 거의 끝나가던 무렵이었다. 다혜는 자신의 팔목에 꽂혀진 링거바늘을 보고 놀라서 일어났다.

"이게 무슨 일이에요?"

"다혜가 몸이 너무 뜨거워서 의사선생님이 다녀가셨어. 탈진이랑 고열이 있었어."

"그래요? 난 지금 아무렇지도 않은데……. 이것 좀 빼줘요."

"잠깐만."

유한은 룸서비스를 불렀고 룸서비스는 급히 올라와 링거를 빼주면서 의사의 처방전으로 하루치의 약을 주고 사라졌다.

"몇 시예요?"

"여덟 시."

"나 배고파요."

"나도 배고파. 하루 종일 우린 먹은 게 없잖아. 배고픈 게 정상이지. 뭐 먹을까?"

"맛있는 거……. 회 먹고 싶어."

"그럴까? 어디로 가지?"

"유람선 선착장 쪽으로 가요. 광안리는 너무 멀어."

"그래……. 새벽에는 출발해야 해. 내일 난 출근이야."

"알고 있어요. 운전은 내가 할 테니까 오빠 회 먹으면서 한잔해요."

"괜찮겠어? 몸도 안 좋으면서."

"내 몸은 내가 더 잘 알아요. 걱정 마."

유한은 다혜의 고집을 알기에 더 이상 말리지 않았다. 유한은 다혜가 말한 횟집으로 갔다. 유람선 선창가는 비릿한 바다 냄새가 코를 자극했다. 전망이 좋은 횟집에는 제법 손님들로 북적였다. 두 사람은 바닷가 조망을 볼 수 있는 2층 방으로 올라갔다. 유한은 광어와 우럭, 소라, 멍게를 시켰다. 다혜가 좋아하는 우럭 매운탕과 소주, 콜라를 주문했다. 두 사람이 먹기에는 많은 양이었지만, 남기는 것을 대수롭지 않게 생각하는 유한이었기에 식당 주인은 얼굴이 환해졌다.

잠시 후 푸짐한 상차림이 들어왔고, 두 사람은 허기진 배를 채우기 위하여 정신없이 먹었다. 운전을 하겠다던 다혜는 소주잔을 유한에게만 건네고, 유한이 잔을 비우기가 무섭게 소주를 따라주었다. 평소 소주를 잘 마시지 않는 유한도 다혜가 따라주는 소주잔은 쉽게 비워내고 있었다.

"오빠. 몇 시쯤 출발할거죠?"

"식사하고 좀 쉬다가 배가 좀 꺼지면 출발하지. 아침 출근 시간은 맞추려면 1시쯤 출발하지 뭐. 내일은 회사에 중요한 일정이 있거든."

"언제까지 그 회사, 회사 할 건데? 이제 그만 내려놓아요."

"내가 그랬잖아. 1년 안에 모든 것 정리한다고. 1년만 기다리라고……"

"내가 얘기했죠. 난 못 기다린다고."

"또 그런다. 이 얘긴 다음에 다시 하자."

다시 언쟁이 시작되자 유한은 다혜의 말을 끊어 버리고 자리에서 먼저 일어섰다. 다혜는 유한의 행동에 몹시 기분이 상했다. 유한이 계산하는 동안 다혜는 횟집 앞 백사장으로 걸어갔다. 유한이 따라오는지 뒤돌아보지도 않고 샌들을 벗어 손에 들고서 천천히 조선비치호텔 쪽으로 걸었다.

유한이 계산을 하고 나오자 다혜가 백사장을 저만치 걸어가고 있었다. 그 뒤를 10미터 간격을 두고 따라갔다. 유한이 빨리 따라오기를 기다리는 다혜. 걷는 걸음을 멈추길 바라는 유한. 그렇게 두 사람은 동상이몽이었다.

두 사람은 10미터 간격을 유지한 채 조선비치호텔까지 와버렸다. 유한이 잡았더라면 파라다이스호텔로 돌아갔을 것을 꽤 먼 길을 걸어서 머물던 호텔 반대편까지 온 것이다.

다혜는 조선비치호텔 2층에 있는 '오킴스'로 곧장 걸어갔다. '오킴스'는 스포츠 바로 홀 중앙에 포켓볼이 있었고 벽면에는 다트가 있었다. 창가와 포켓볼 주위에 테이블이 있었으나 다혜는 중앙 홀을 지나 창가에 앉았다. 창가는 해변 건너편 선착장까지 펼쳐진 백사장을 한눈에 볼 수 있었다. 야간이지만 밝은 조명으로 불 밝혀진 해변은 장관이었다.

잠시 후, 유한이 들어와 마주 앉았지만 말없이 담배만 꺼냈다. 다혜는 유한이 꺼낸 담배를 한 개비 입에 물고 불을 붙였다. 두 사람은 웨이터가 와서 주문을 받을 때까지 말이 없었다.

"손님, 뭘 드시겠습니까?"

다혜는 웨이터가 건네주는 메뉴판을 보고 키위 주스를 시키면서 유한에게 메뉴판을 테이블 위로 밀었다. 말하고 싶지 않은 무언의 표현이었다. 유한이 하이네켄을 시키자 주문을 받고 웨이터는 사라졌다.

"왜? 이제 말도 하기 싫다는 거니?"

"우린 얘기가 안 되잖아요. 나는 나대로 당신은 당신대로 서로 주장만 하는데……."

"이때까지 참고 기다렸는데 1년을 더 못 참아?"

"이제 한계에 다다르나봐."

"내가 다음 달부터 일주일에 3일은 다혜 집에서 잘게."

"그게 어떻게 가능해요? 당신 집에는 뭐라고 하고?"

"그건 내 몫이니까 내가 알아서 할 테니까 염려하지 말고."

"말도 안 되는 얘기 하지 말아요."

웨이터가 가져온 주스와 맥주는 이미 다 마셔 버렸고 유한은 하이네켄 두 병을 더 시켰다. 시계는 밤 열한 시를 지나고 있었지만 두 사람은 여행 온 첫날부터 시작된 논쟁은 한 치의 양보도 없이 극도의 신경만 곤두서고 있었다.

"오늘은 얘기 그만해요. 이러다간 서울도 못가겠어."

"서울 가서 다시 얘기해보자. 다혜 힘든 거 아니까……."

"몇 시에 출발해요?"

"한 시 반쯤?"

"지금 열두 시가 다되어 가는데 준비해야죠."

"벌써 시간이 그렇게 된 건가?"

유한은 시계를 쳐다보고는 계산서를 들고 일어섰다. 계산을 하고
는 호텔 입구에 있는 콜택시를 불렀다. 걸어갈 수도 있는 거리지만
서울까지 운전을 한다는 다혜에게 피곤을 덜어주기 위하여 택시를
타고 파라다이스호텔로 향했다. 택시가 조선비치호텔을 빠져 나올
때 검은색 그랜저가 택시를 뒤따라 왔다. 택시가 파라다이스호텔
입구에 서자 그랜저도 자취를 감추었다. 두 사람은 곧장 엘리베이
터를 타고 룸으로 향했다.

다혜가 가방을 꾸리는 동안에도 유한은 냉장고에서 캔 맥주를
꺼내어 테라스에서 마시고 있었다. '오킴스'에서 마신 맥주를 합치면
꽤 마신 셈이었다. 횟집에서 마신 소주가 맥주와 뒤섞여 취기가 올
라왔다. 온전히 운전을 다혜한테 맡기기로 작정한 듯 했다. 차 안
에서 또 다시 논쟁을 하느니 취해서 자는 게 운전하는 다혜에게도
좋겠다고 생각한 것이다.

"내가 계산하고 로비에 있을 테니까 30분 후에 내려와."

서로 주장이 다른 두 사람이 마주 앉아 있는 것이 유한도 불편
했으리라. 유한은 다혜의 시선을 피하려고 계산한다는 핑계로 먼저

프런트로 내려갔다. 계산을 한 후 로비에 앉아 조간신문을 읽으면서 다혜가 내려오기를 기다렸다. 정확하게 30분 후 다혜는 가방을 끌고 로비에 내려왔다.

호텔 회전문을 나서자 체로키가 바로 눈앞에 서있었다. 가방을 뒷자리에 실은 후 다혜는 운전석에 올랐고, 유한 역시 아무런 말도 없이 조수석에 올라앉았다. 체로키는 파라다이스 호텔을 빠져나가 광안리 쪽으로 꺾어 도시고속도로로 진입했다. 조선비치호텔에서 택시를 뒤따르던 검정색 그랜저가 어느새 나타나서 50미터 간격을 두고 체로키를 따르고 있었다.

두 사람은 파라다이스호텔을 나올 때부터 아무런 대화가 없었다. 어쩌면 유한이 대화를 피한다는 느낌을 다혜가 받았지만 다혜 역시 즐거울 수 없는 대화를 시작하기 싫었다.

체로키가 도시고속도로를 진입하자 속도를 내기 시작했다. 시속 100킬로미터를 넘자 유한은 다혜를 곁눈질로 쳐다본다. 도시고속도로에서 뭘 그렇게 빨리 달리나 하는 무언의 눈길이었으나 다혜는 본 체도 하지 않았다. 다혜는 한밤중인데도 선글라스를 끼고 있어서 도무지 그 표정을 읽을 수가 없었다. 유한은 답답함을 느꼈다. 이대로 가다간 서울에 도착하기 전에 숨 막혀 죽을 것만 같았다.

"뭐라고 얘기 좀 해 봐."

"뭘 얘기해요?"

"아, 무슨 얘기든지……. 이렇게 계속 운전만 할 거야?"

"얘기가 안 되잖아요. 오빠 오빠 입장만 얘기하니까."

"뭐가 내 입장이야? 우리가 잘해보자고 하는 얘기지."

"뭘 잘해요? 1년 후면 뭐가 달라지는데? 10년이 넘도록 기다렸는데……. 뭘 어떻게 더 기다려요?"

"그래……. 넌 10년인데……, 난 14년을 이 악물고 버티고 살았어. 그런데 어떻게 아무런 보상도 없이 물러나라는 거야?"

"오빠 내가 원하는 게 뭔지 몰라? 내가 뭘 원하는지 한 번도 생각해보지 않았나봐."

"내가 뭘 모른다고 그래?"

"그럼 오빠가 얘기해 봐요. 다혜가 뭘 원하는지?"

"사랑……, 행복……, 유한……."

"알긴 아는데 난 그 안에 돈을 포함하진 않았어. 오빠 항상 돈이 우선이지만."

"돈이 필요 없어? 돈이 얼마나 중요한지 몰라?"

"물론 필요하지. 지금 현재로도 우리가 살아가기엔 풍족하진 않지만 충분하잖아요."

"뭐가 충분한데?"

"오빠 우리를 위한 돈이 아니야. 오빠의 새로운 사업을 위한 돈이지."

"내가 새로 시작하는 사업은 우리를 위한거지. 나 혼자만 위한 건 아니잖아."

"천만에. 그건 오빠의 이기적인 생각이죠. 난 오빠가 하겠다는 사업도 싫고. 사업을 위해 준비하는 돈은 더욱 싫어."

"나보고 뭘 어쩌라고?"

"지금 현재 내가 가진 돈과 오빠가 가진 돈이면 큰 레스토랑 하나는 충분히 하고도 남잖아요."

"나보고 레스토랑에 목을 매달라는 거야?"

"아니. 다혜한테 목매달라는 거지. 우리를 위해서."

다혜는 한 마디도 유한에게 지려고 하지 않았다. 다혜의 생각에는 남자의 야망은 안중에도 없었다. 오로지 두 사람의 관계가 전부였고 두 사람의 사랑이 전부였다. 여자는 사랑만 먹고살 순 있지만 남자는 그렇지 못하다는 것을 다혜는 모르고 있었다. 아니, 알려고 하지를 않았다.

남자와 여자의 차이는 이런 사소한 것에서도 구분되었다. 이런 얘기로는 언제나 서로의 주장으로 평행선을 달리듯이 결론이 나지 않았다. 그게 여자란 존재였다. 유한은 새로운 출발과 함께 새로운 야망을 꿈꾸고 있었다. 나만의 기업으로 남보란 듯이 키워보고 싶었다. 대일그룹을 키웠듯이 충분히 기업을 키울 수 있다고 자신을 믿고 있었다. 그런데 그 야망의 포기하고 한 여자만 바라보라는 것은 살아있는 남자가 할 짓이 아니라고 유한은 생각했다.

"1년이야. 겨우 1년이라고……."

"겨우? 지금 겨우라고 했어요? 내겐 앞으로 1년은 우리가 만난 10년보다도 더 길어."

"무슨 그런 억지를 부려?"

"내가 어떻게 사는지 알기나 해요? 밤마다 불면증으로 약으로 버틴다는 걸?"

"내게 그런 얘기 안했잖아."

"그래요. 얘기 안했죠. 당신이 걱정할까봐……. 그런데 당신이 조금만 관심을 가졌어도 알았을 거야."

"왜 잠을 못 자는데? 언제부터 그런 건데?"

"왜냐고요? 오빠 때문에 그런 거지, 왜 그렇겠어요. 다 오빠 때문에……."

"또 내가 뭘?"

"모르는구나. 오빠는 모르는구나. 내가 왜 이렇게 되었는지……."

어느새 다혜는 울고 있었다. 검은 선글라스 아래로 눈물이 흐르고 있었다. 한 남자를 지극히 사랑하면서도 그 남자의 무관심에 서러움이 복받쳐서 울고 있었다. 이혼 후 맞이한 현실의 어려운 벽 앞에…….

한땐 톱 탤런트로 영화배우로서의 자신이 한없이 초라해져버린 것도 힘들었지만, 밤마다 약으로 술로 불면증과 싸우는 것도 너무도 힘들었다. 그러나 유한을 만나는 날이면 밤마다 무섭게 찾아온 불면증은 어디론가 도망 가버리고 유한의 품안에서는 여유로운 숙면을 취하는 것이었다.

그런 다혜에게 1년이란 시간은 너무도 가혹했다. 스스로 버틸 수 없다고 생각하는 게 문제였다. 그만큼 다혜는 극심한 우울증과 불면증으로 심신이 만신창이가 되어 있었다. 체로키는 고속도로 톨게이트에 가까이 오면서 속도를 늦추었다. 다혜는 창문을 내려 통행권을 뽑았다.

"차 옆으로 세워봐. 내가 운전할게."

"무슨 소리예요? 오빠 운전을 안 하겠다고 술까지 마셨으면서……."

"네가 우니까 그러지. 그렇게 울면서 운전 어떻게 하려고 해?"

"그럼 나한테 말시키지 마."

"아직 우리 얘기가 끝나지 않았잖아."

"난 분명 안 되다고 했어. 1년은 못 기다린다고 분명히 말했다고요."

"그럼 나보고 어떻게 하라고?"

"우리 이젠 그만 헤어져요."

"무슨 소리야? 그 말은?"

"난 1년을 기다리다가 죽을 거 같아. 죽고 싶지 않으니까 그만 헤어지자고요."

"그런 억지가 어디 있어?"

"억지? 지금 내가 억지를 부리는 걸로 보여요?"

"그럼 억지지. 아님 내가 어떻게 생각하겠어? 우리가 헤어질 거면 아마도 9년 전에 헤어졌을 거야."

9년 전, 그랬다. 두 사람이 헤어질 운명이었다면 그들은 9년 전에 헤어졌어야 했다. 처음으로 두 사람이 여행을 갔던 날. 9년 전 가을 어느 토요일이었다. 강릉 경포대를 가자고 약속한 날……. 유한은 집에서 나올 때 친구 부친 상중이라고 퇴근 후 부산을 갔다 온다고 아내한테 말하고 나왔다.

토요일 오후 1시, 퇴근을 하고 명동 롯데백화점에서 다혜를 만나 여행에 입고 갈 옷을 사기로 했다. 두 사람은 리바이스 청바지와 점퍼를 사고 흰색 폴라 티셔츠랑 나이키 운동화를 세트로 똑같이 사 입고 경포대로 여행을 갔던 것이다.

1박 2일 여행 내내 신혼여행을 온 거 같은 착각에서 달콤한 시간을 보냈지만, 경포대 백사장에서 찍은 폴라로이드 사진 한 장이 문제가 되었다. 여행을 갔다 온 후 집에 들어갈 때 양복으로 옷을 갈아입으면서 함께 찍은 사진을 양복상의 겉주머니에 넣어둔 것이 문제의 발단이었다.

유한의 행동이 전 같지 않다고 느낀 아내가 유한이 잘 때 양복을 뒤지다가 사진을 발견했다. 그때 찍은 사진은 무슨 변명을 할 만한 건더기가 전혀 없었다. 유부남이 가족이 아닌 다른 여자랑 똑같은 옷을 입고 낯선 경포대에서 함께 사진을 찍었다는 것만으로도 앞뒤를 다 유추할 만큼 불륜의 현장 그 자체임에 충분했다. 유한의 섬세하지 못한 행동으로 아내를 비롯하여 유한의 누나들까지 알게 되고, 유한의 누나가 다혜의 집에 찾아가게 되면서 주변사람들이 모두 두 사람의 관계를 알게 된 그날, 그게 9년 전이었다. 두 사람이 헤어질 운명이라면 이때 헤어졌다는 게 유한의 말이었다.

두 사람은 대화를 하는 것이 아니었다. 단순한 논쟁도 아니었다. 서로의 입장을 이해시키려고 언성만 높아져 갔다. 점점 목소리에 감정이 실리고 그 감정을 주체할 수 없을 만큼 고조되어 갔다. 이대로 서울에 도착한다면 정말 두 사람은 헤어지는 깊은 강을 건널 것만 같았다. 헤어지자는 다혜도 그 말을 듣고 있던 유한도 이대로 서울에 도착하기만 하면 이별이 필연처럼 올 것만 같았다.

"난 이대론 언제 죽을지 몰라. 내말 모르겠어요? 밤마다 죽고 싶을 때가 한두 번이 아니라고요."

"그게 나 때문이야? 내가 우울증의 원인이야? 내가 불면증의 원인이냐고?"

"아니, 그걸 지금 말이라고 해요? 내가 얼마나 외롭고 힘든데. 겨우 한다는 소리가……. 흑흑."

"차라리 3년 전에 스캔들이 터지도록 두지 그랬어. 그럼 넌 그놈한테 안가도 되었고. 나 역시 그때 모든 게 정리되었겠지."

"그게 할 소리예요? 내가 누구 때문에 그랬는데? 내가 누구 때문에? 이젠 다 끝났어."

"왜 그것도 나 때문이야? 그러네. 나 때문이네. 근데 왜 그랬어? 그때는 그랬으면서 1년은 왜 못 기다린다는 거야?"

유한은 평소와 다르게 다혜의 감정을 건드리고 있었다. 심신이 나약해진 여자의 감정을 매몰차게 짓누르고 있었다. 어쩌면 다혜로부터 유한이 제시한 1년이란 시한을 인정받기 위한 몸부림이었겠지만 다혜는 급우울증으로 마음을 주체할 수조차 없었다. 눈물이 흐르고 숨이 막혔다. 창문을 약간 열어 바깥 공기를 차 안으로 끌어들였다. 긴 호흡을 하면서 힘들게 운전해 갔다.

"아니. 이제 더 이상 얘기도 안할 거야. 서울 가면 오빠랑 이제 끝이야."

"잘한다. 그게 말이야?"

"내가 살기위한 선택이야. 아님 난 정말 죽을 거야."

"무슨 말만하면 죽는다고 하고……. 나도 지친다."

"뭐 잘되었네. 당신도 이제 지쳐가니까. 각자 살 길을 찾아요."

"그게 할 소리야? 그게 정말 할 소리냐고?"

"그럼 나보고 어떡하라고? 나보고 살라는 거야? 죽으라는 거야? 흑흑흑."

체로키는 양산으로 가는 오르막을 지나 다시 내리막을 달렸다. 오른쪽으로 굽는 도로에서 차가 두 개의 차선을 걸치고 지나갔지만 두 사람 중 누구도 그런 것에 개의치 않았다. 차 안에는 우는 소리와 점점 커지는 목소리만 윙윙 울릴 뿐 서로에게 이성적인 생각을 할 수 없게 했다. 목소리는 밀폐된 차 안에서 울려 귓가에 더욱 커지게 들렸고, 귓가에 들린 소리는 뇌파의 진동을 타고 심장을 강하게 자극했다.

"무슨 말을 못하겠네. 내가 죽어라고 하는 거야?"

"그게 바로 날보고 죽으라고 하는 거와 뭐가 달라? 흑흑흑."

"도대체 무슨 얘기를 하는 거야?"

"그건 날보고 죽으라고 하는 거라고요. 그래, 차라리 지금 같이 죽어요. 그게 낫겠어. 흑흑흑."

양산 초입에 다다랐을 때 도로는 넓어지고 있었다. 김해에서 들어오는 차선과 합쳐지는 지점에서 다혜는 모든 걸 포기한 듯이 체로키의 핸들을 중앙선 가드레인 쪽으로 꺾어버렸다. 차는 순간적으로 두 개의 차선을 넘어 가드레인 쪽으로 질주했다. 그러자 놀란 유한은 핸들을 반대방향 오른쪽으로 돌렸다. 시속 120킬로미터로 달리던 차가 좌측으로 30도 꺾인 차를 우측으로 40도를 급하게 꺾었으니 차가 온전할 리가 없었다.

체로키는 무게 중심을 잃고 운전석에서 조수석으로 데굴데굴 굴렀다. 비교적 넓은 차선에서 생긴 전복사고라 다른 차와 충돌사고는 피했지만, 뒤따르는 차들은 앞차를 피하느라 브레이크 밟는 소리가 굉음처럼 들렸다.

체로키는 아홉 바퀴를 돌다가 멈추어 섰다. 바깥바람을 쏘이려고 운전석의 유리 창문으로 다혜는 원심력으로 인하여 차창 밖으로 튕겨 나가 머리를 도로에 크게 부딪치고 말았고, 사고의 흔적들이 도로를 50미터 이상 덮고 있었다.

사고의 흔적으로 보면 차 안에 타고 있는 사람은 살아있을 수가 없었다. 뒤따르는 몇 대의 승용차들이 차를 세워 사람들이 차에서 내렸고, 웅성거림과 함께 112에 신고를 하는 사람들도 있었다.

검정색 그랜저는 체로키가 사고 나는 현장을 50미터 후방에서 처음부터 쳐다보다가 달리는 속도로 머뭇거림도 없이 그냥 사고 현장을 지나쳐갔다. 부서진 차 안에서 신음이 들려왔다. 유한은 차창 밖으로 튕겨 나가지 않고 차 안에 남아 살아남은 것이었다. 의식이 없는 중에도 사고로 인한 고통으로 신음하고 있었다.

"저기 밖으로 떨어져 나온 여자는 즉사한 거 같네요."

"어머, 저기 피 좀 봐……."

"여기 사람이 살아있습니다!"

"경찰과 구급차를 불렀으니까 함부로 손대지 맙시다."

뒤따르던 차에서 내린 사람들이 사고 차 가까이에 와서 유한의 생존을 확인하고 있었다. 사고현장은 자동차의 기름과 다혜의 피로 얼룩졌다.

양산종합병원

아침 먼동이 떠오를 때쯤 벤츠 한 대가 양산 톨게이트를 빠져나 갔다. 서울에서부터 비상등을 켠 채 질주하던 벤츠는 톨게이트를 벗어나면서 속도를 늦추었다. 잠시 후 양산종합병원에 멈춘 벤츠에 서 운전기사가 바쁘게 내리더니 뒷좌석 문을 열었다.

이른 아침의 병원 앞은 한가로웠다. 몇몇 사람만이 서울 번호판 을 단 벤츠를 쳐다볼 뿐 큰 관심을 가지지 않았다. 재호는 재희를 데리고 먼저 원장실로 향했다. 보통 담당의사를 만나는 게 순서이 지만 재호는 서울에서 출발하면서 병원장과 직통전화로 통화를 하 였고, 그 때문에 병원장도 이른 시간임에도 불구하고 원장실에서 대기하고 있었다. 재호는 유한의 입원을 극비리에 해달라는 언질과 함께 도착시점에 원장실에서 담당의사와 병원장을 만나기로 미리 약속을 해두었던 것이다.

7층 원장실에 들어서자 공병길 원장은 일어나서 그들을 맞이하 며 정중하게 안내했다. 병원장도 새벽에 전화를 받고는 사고 당사자 인 유한에 대해서 보완을 철저하게 하고 특실로 입원시키도록 지시를 해둔 것이었다. 응급실에 교통사고로 실려온 환자의 상태를 자택에서 보고 받기도 극히 드문 일이지만, 사망자가 이다혜임을 알고는 바로 병원장에게 보고한 응급실 담당의사도 눈치가 빨랐다. 또한 이다혜와 동승한 입원환자에 대한 중요성도 느낌으로 알았던 것이다. 지방 소도시의 병원에서는 좀체 일어날 사안이 아니었다.

경추수술을 하기 위하여 하루나 이틀이면 타 병원으로 이송을 하여야 함에도 불구하고 병원장은 최대한의 편의를 제공하고자 노력하는 것이 보였다. 응접실은 화려하지는 않지만 정갈하게 꾸며져 있었다. 지방 병원임에도 비서실을 통해서 원장실로 들어가는 구조는 병원장의 보수적 성향과 강한 자존심을 소유한 사람이란 것을 간접적으로 대변하고 있었다.

재호는 명함으로 자신이 누구인가를 병원장에게 밝히면서 가벼운 악수로 인사를 대신했다. 60대의 병원장은 40대의 젊은 신사에게 깍듯하게 대했다. 그게 바로 명함이 주는 무게감이리라. 마흔 중반의 나이임에도 불구하고 재벌기업의 대표이사의 위치에 있다는 것은 60대의 노련한 병원장도 그 명함이 주는 무게감을 충분히 알고 있었다.

"아이고, 이 먼 길을 오셨습니다."

"급히 내려오느라고 빈손으로 온 것을 양해해주십시오."

"원, 별말씀을……. 서로 도우면서 살아야지요."

"환자 상태는 어떻습니까?"

"오전 9시에 다리골절수술을 하여야 합니다. 다리뼈가 피부 바깥으로 튀어 나와서 세균 감염이 있을 수 있기에 수술을 최대한 빨리 하도록 준비를 미리 지시해 두었습니다."

"감사합니다. 신경써주셔서."

"그리고 문제는 경추골절인데……, 엑스레이 검사 결과는 경추 5번이 골절된 거 같습니다. 저희 병원에서는 경추수술은 불가능합니다. 신경계를 건드리는 워낙 중요한 수술이라서 상위 병원에서 하셔야 합니다. 오전에 다리 수술이 끝나면 바로 대학병원으로 옮기시죠. 혹시 정해두신 병원은 있으신지요?"

"강남세브란스로 옮겼으면 합니다. 강남세브란스에는 이미 연락을 해뒀으니까 수술 후 이송을 도와주십시오."

"저희 병원 응급차를 이용하십시오. 아직 수술을 하려면 두 시간 정도 시간이 있습니다."

"환자는 의식이 있습니까?"

"뇌는 다행히 이상이 없어서 깨어있을 겁니다. 그동안 환자도 만나보시고 아침 요기도 하십시오."

재희는 원장실을 나오면서 한없이 상념에 잠겼다.

'미국에서 유한을 처음 만나던 날, 그와 함께 파티에서 흥겹게 놀던 날, 그와 함께 보낸 첫날 밤, 울면서 자신의 과거를 애기하던 그날, 그리고 기숙사에 머물던 유한과 하우스를 얻어 함께 동거생활을 시작했던 날, 그리고 아들 영현을 임신하던 날, 유한이 학위를 받던 날, 들뜬 마음으로 유한과 함께 서울행 비행기에 올라타던 날, 아버지 박병호를 유한과 함께 첫 인사를 하러 찾아 가던 날, 그리고 결혼식을 하던 워커힐 호텔…… 유한과 다혜가 경포대에서 함께 찍은 사진을 보게 되던 날……'

이런 것들이 마치 어제 일처럼 재희의 뇌리에 스크린업 되고 있었다. 그리고 옛 남자를 다시 만나고 잊어버렸던 아들을 찾아서 엄마의 도리를 다하고자 새로운 울타리를 만든 것도 모두 유한의 외도 탓으로 돌리듯이 단란했던 가정이 파국으로 치닫게 된 것도 모두 유한의 책임이라고 굳게 믿고 있었다.

이제 그 파국이 끝이 보이는 듯 했다. 모든 것들이 외부에 노출되어서 감추려고 해도 감출 수 없는 지경에 와버린 것이었다. 재희는 10년 전 유한이 다혜를 만난 걸 계기로 전처럼 평화로운 가정의 유지가 어렵다는 것을 알고 있었지만, 재희 역시 자신의 혼전 과거로 인하여 모든 걸 참고 살겠다고 마음먹은 것은 나름의 당위성이 있었기 때문이었다. 그것은 아버지 박병호 회장이 말한 그룹의 명성과 아버지의 채면에 누가 되지 않기 위해서였다. 그래서 평생 한 지붕에서 각자의 삶을 영위해도 무방하다고 재희는 생각했다. 언제부터인가 두 사람은 서로가 사생활마저 서로 간섭하지 않았다.

701호 특실에 재희와 재호가 들어서자 유한은 지그시 눈을 감고 있었다. 자는 것은 아니지만 차마 눈뜨고 재희를 바라볼 수 없었던 것이었다. 재호는 둘만의 대화가 필요하다고 생각했는지 재희만 병실에 남겨두고 담배를 피운다고 자리를 피했다. 재호는 병실에서 한마디도 유한에게 건네지 않으며 옆모습만 쳐다보고 나올 뿐이었다. 평소 회사에서는 소통이 잘되는 처남 매부지간이면서 좋은 파트너였지만, 오늘의 재호는 소가 닭 보듯 했다. 재호는 평소와 너무 달랐다.

"영현아빠……."

유한은 마지못한 듯이 감은 눈을 떴다.

"괜찮아요?"

"언제 왔어?"

"조금 전에 오빠랑 같이 왔어요. 곧 다리 수술 한다고 하던데……."

"담당의사한테 얘기 들었어."

유한은 경추골절로 재희를 향해 쳐다보지도 못하고 천장만 바라보았다. 어쩌면 천장만 바라보는 것이 다행이라고 생각했다. 다혜의 죽음으로 정신이 멍해진 유한은 아무런 생각도 할 수 없었다. 이사고가 앞으로 어떤 결과를 가져올 지 전혀 유추할 수도 없었다. 아내의 방문도 아내의 얘기도 아무 생각 없이 데면데면했다. 슬픈 표정도 미안한 표정도 어색했다. 어쩌면 두 사람 중 자신이 살아남았다는 게 불행이고 치욕이라고 생각했으리라. 누군가 말을 거는 것도 찾아오는 것도 다 귀찮을 뿐이었다.

"다리 수술 끝나면 잠시 쉬었다가 서울로 옮길 거예요. 괜찮죠?"

"서울 어디로?"

"강남세브란스로 가기로 했어요. 얘기는 차차 하기로 하고……."

"미안해. 이런 꼴을 보여서……."

"당신 완쾌한 뒤에 얘기해요. 얼마가 걸릴 지 모르겠지만……."

재희는 법적으로 남편으로 있는 이상 유한이 완쾌될 때까지 최선을 다해서 치료하기로 마음먹었다. 그것이 두 사람만의 해피엔딩이라고 굳게 믿었다. 그것만이 조용히 슬기롭게 마무리 되는 줄 믿었기 때문이었다. 여자문제로 여러 번 힘들게 했지만 이렇게까지 상황을 만들 줄은 몰랐던 것이다. 14년의 결혼 생활 중에 10년 이상남의 남자로 살아온 남편, 재희에게도 무척 힘든 나날이었다. 내 남자의 마음을 뺏어간 이다혜, 재희는 언제나 이다혜를 그렇게 생각했었다.

2년 9개월 전 이다혜가 벤처기업가와 결혼한다고 했을 때 둘 사이는 완전히 끝난 줄 알고 있었지만, 그렇다고 두 사람의 부부관계가 회복될 수는 없는 일이었다. 10년 전 이다혜로 인하여 두 사람의 관계는 건너지 못할 큰 강을 건너버린 것은 결코 치유할 수 없었으며 영원히 지필 수 없는 불씨였다.

그러나 그 시작의 전초가 재희의 혼전관계로 인한 유한의 자괴감이라고는 재희는 전혀 생각하지 못했다. 유한의 방황은 스스로 느끼는 자괴감에서 비롯된 것이었다. 그렇게 두 사람은 서로가 서로에게 약점이 되고 상처를 주는 악연의 관계였다.

다혜가 3개월 전 TV방송 보도를 통해서 이혼한 줄은 알고 있었지만 설마 유한과 다시 만나게 되리라고 전혀 모르고 있었다. 아니 다시 만나게 되어도 별 관심이 없었다.

유한이 누구를 만나든지 관심을 두지 않았다. 대일그룹에서 필요한 사람이니까 아들의 아빠 역할, 사위 역할만 잘하면 그 뿐이었다. 그 정도면 부부관계를 지속할 수 있으리라 생각했었다. 다혜가 결혼을 한 후에도 유한은 언제나 귀가 시간이 새벽 두 시가 넘었고, 주말에는 늘 골프를 친다고 아침에 집을 나갔었다. 집에 들어왔어도 늘 서재에 있는 작은 침대에서 자거나 거실 소파에서 잤다. 그렇게 따로 각방을 쓴 것이 5년이 넘었다.

재희는 시계를 보았다. 수술이 한 시간 반 정도 남았지만 남은 시간을 유한과 함께 있기에는 서로가 불편했다. 딱히 서로에게 할 말도 들을 말도 없었다. 두 사람은 부부로써의 대화하는 방법도 잊은

지 오래였다. 겨우 아들에 대한 얘기만 묻고 답하는 게 전부였다.

재희는 수술 후에 보자고 유한에게 얘기하고 병실 문을 나섰다. 회복실에서 마취가 끝나도록 기다리던 재희는 유한이 이대로 마취에서 깨어나지 않기를 바랐다. 그냥 이대로 영원히 잠든다면 차라리 모든 상황이 쉽게 정리되리라 생각했었다.

재호는 회사에서 전화를 받고 유한이 마무리 못한 M&A 건을 매듭짓기 위하여 급히 회사로 가야했기에 공항으로 떠났고, 회복실에는 재희 혼자 유한이 깨어나도록 기다리고 있었다. 회복실로 옮겨지고 30분이 경과하자 유한이 깨어났다. 간호사가 계속 마취에서 깨어나도록 유한을 흔들면서 말을 시키자 깊은 잠에서 깨어나듯이 겨우 눈을 떴지만 정신은 몽롱하고 어지러웠다.

"어때요? 정신이 들어요?"

"머리가 띵해. 어지러워."

"좀 있으면 괜찮을 거예요."

"처남은?"

"회사에 급한 일이 있어서 공항으로 갔어요. 합병 건 마무리라고 하던데……."

"내가 끝냈어야 하는 건데……."

"이제 신경 쓰지 말아요. 완쾌될 때까지."

"어쩌다가 내가……."

"한 시간 뒤에 병원 앰뷸런스로 출발할 거예요. 좀 쉬세요."

재호를 공항으로 데려다 준 벤츠가 병원으로 들어오고 있었다. 시계는 정오를 가리키고 있었지만 재희에게는 한 시간이 하루처럼 긴 시간이었다. 낯선 지방 소도시에 홀로 남은 재희. 남편은 다른 여자와 교통사고가 나고 동행했던 여자는 사고 현장에서 즉사했다는 것이 실감나지 않았지만, 유한이 수술실에서 회복실로 옮겨질 때야 비로소 현실을 자각할 수 있었다. 재희는 급하게 전화를 했다.

"민숙아. 나야, 재희."

"알아, 이것아. 웬일이야?"

"나 지금 경남 양산에 있는데⋯⋯."

"양산은 왜 갔니? 무슨 일인데?"

"남편이 교통사고를 당했어. 좀 있다가 강남세브란스로 옮기는데, 간병인 좀 구해줘."

"어쩌다가 그랬니? 많이 다친 거야?"

"이야기가 길어. 자세한 건 만나서 얘기하기로 하고, 병원에 장기 입원 할 거 같아. 대소변도 혼자 못 보니까, 경험 있는 여자로 간병인 구해봐."

"왜 여자 간병인이야?"

"내가 자주 못가니까 아무래도 여자가 있어야지. 그게 내 마음이 편할 거 같아서 그래."

"알았어. 오늘 중으로 구해서 전화할게. 나이 대는 얼마정도가 좋은데?"

"좀 젊은 게 낫겠지. 마흔 살 전으로. 그래야 내가 부리기 쉬울 테니까."

"오케이. 연락할게."

민숙은 대학교 동문이었다. 친구도 많지 않았지만 그 중에서도 허물없이 대화가 통하는 친한 친구가 바로 민숙이었다. 민숙은 여성의류 매장을 10곳이나 운영하는 패션계에서는 보기 드문 수완을 가진 커리어우먼이었다. 대학에서 디자인을 전공 하고 바로 자신의 브랜드로 패션계에 뛰어든 당돌한 여자였다. 남편 역시 패션계에서 알아주는 디자이너로써 남편은 남편대로 매장을 운영할 만큼 사업적인 측면에서 둘 다 성공한 케이스였다.

민숙은 여성복을 하기에 상류층 여성고객이 많아서 발이 상당히 넓었고, 가끔 그 넓은 발 덕분에 재희의 어려운 부탁을 들어주곤 했다. 통화가 끝날 무렵 특실 담당 간호가가 재희에게 다가왔다.

"원장님께서 차 한잔하자고 하세요. 원장실로 오시라고 합니다."

"네. 알겠습니다."

재희는 원장실로 들어섰다. 원장실에는 조금 전 유한의 수술을 담당한 의사와 원장이 재희를 맞아 주었다.

"사모님. 어서 오십시오. 이쪽으로 앉으세요."

"수술 담당 이승호 전문의입니다."

"수고 많으셨어요."

수술 담당의사는 노란 봉투 하나를 재희에게 내밀었다.

"천천히 차 드시면서 들으셔도 됩니다. 수술 결과에 대한 소견서입니다. 세브란스에 가셔서 담당의사한테 드리시면 됩니다."

"수술은 잘 되신 거죠?"

"크게 염려 안하셔도 됩니다만……, 뼈가 살 밖으로 나왔기에 붙이긴 했지만 봉합은 아직 못했습니다. 붓기가 빠지려면 이틀 정도 걸릴 겁니다. 봉합은 세브란스에서 해도 되니까 염려마시구요."

"완쾌가 되려면 얼마나 걸리죠?"

"다리 붓기가 빠지고 봉합이 되면 반 깁스로 4주, 깁스로 8주……, 보통은 깁스를 먼저하고 반 깁스를 하지만 환자분은 특별히 반 깁스 후에 깁스를 해야 합니다."

"그리고요?"

"그렇지만 재활치료와 물리치료를 하고 보행에 지장이 없으려고 하면 6개월 이상 경과되어야 하지만 정상적인 보행은 좀 더 걸려야 될 겁니다. 아마 경추골절은 수술이 잘된다면 4개월이면 아마 목을 가눌 수 있을 겁니다."

"생각보다 많이 걸리는군요."

"다리골절이 단순골절이 아니고 복합골절이라서 그렇습니다. 다리보다 중요한 건 경추골절인데……, 경추 5번은 하반신 마비가 올 수 있는 부위라서 세심한 수술이 필요합니다만……, 세브란스에서는 잘 하리라고 생각됩니다."

"네……."

"아까 박사장님께서 가시면서 카드를 주시고 가셨습니다. 사모님은 사인만 하시면 됩니다."

"넉넉하게 청구하세요."

"감사합니다. 신경을 쓴다고 했는데……, 불편하지 않으셨는지 모르겠습니다."

보통 교통사고 환자는 보험회사에서 비용을 산정하고 처리하기에 다소 수익성이 많이 나는 환자는 아니지만, 유한의 경우는 수술비 일체를 보험이 아닌 일반 환자로 처리하였기에 병원장은 충분한 금액으로 계산을 하여 입이 턱에 걸릴 만큼 좋아했다.

"원장님 배려 덕분에 편했어요. 정말 감사합니다."

"오히려 저희들이 감사하죠. 앰뷸런스 대기시켜놓았습니다."

"네……."

"사모님께서는 앰뷸런스 뒤따라가시면 불편할 겁니다. 먼저 세브란스에 가셔서 좀 쉬시면서 입원수속 밟는 게 더 편할 겁니다. 자. 이제 준비하시죠."

　"네, 알겠습니다. 혹 서울에 오시면 연락 한번주세요. 식사라도 대접하고 싶어요."

　"아이고, 말씀만 들어도 감사합니다. 하하하……. 자, 나가시죠."

상실감이 부른 일탈

강남세브란스 10층 특실에는 정적이 흘렀다. 박병호 회장이 처음으로 유한의 병실을 찾은 것은 유한이 다리봉합수술과 경추수술을 끝난 3일 후였다. 경추수술로 인하여 꼼짝하지 못하고 천장만 바라보는 유한은 병실에 들어온 사람의 목소리만으로 누구인지 짐작할 뿐……. 일부러 누가 왔는지 물어보지도 않았다.

14년 전 결혼을 허락할 때도 탐탁하게 생각하지 않은 박회장은 유한이 입사한지 3년 정도 되었을 때 유한의 업무처리 능력을 알고 난 이후부터 공식적으로 하나뿐인 사위라고 자랑할 정도로 신중했던 사람이었다.

그러나 한 번 신임을 하면 전폭적인 지원을 아끼지 않는 박회장이었다. 간혹 불거지는 여자문제는 남자들의 치기정도라고 생각할 뿐 심각하게 받아들이지 않는 눈치였다. 그 이면에는 하나뿐인 딸의 혼전 과거가 한몫을 한 것도 있겠지만 겉으로는 한 번도 내색을 하지 않을 뿐만 아니라 오히려 남자는 다 그런 거라고 말하기까지 했었다.

"몸은 좀 어떤가?"

"견딜만합니다. 이런 꼴을 보여드려서 죄송합니다……."

"주치의를 만났는데 장기간 입원을 해야 한다더군. 딴 생각 말고 먼저 쾌차해야지."

"네……."

"얘기는 차차하기로 하고……. 거성중공업 인수 합병 건 마무리는 잘되었네. 그동안 고생했어."

"네……."

"자. 그럼 몸조리 잘하고 편히 쉬게나."

박회장이 자리에서 일어날 동안 함께 있던 재희나 재호는 무슨 불호령이 일어나진 않을까 몰라서 숨죽이고 있었다. 죄는 미워도 사람은 미워하지 말라고 했던가……. 유한의 사고로 인하여 이런 불상사가 일어났지만 재희는 유한을 측은하게 생각하고 있었다. 자기를 만나 청춘을 다 바쳤는데 결과는 참담하게 수렁에 빠져서 헤어나올 수 없는 지경에 처해 버린 것이 안타까웠다. 차라리 그 전에 이 사람 놓아줬더라면 이 사람 제대로 대우받아서 독립도 할 수 있었을 텐데……. 재희는 한때나마 유한을 사랑했던 감정이 되살아나서 회한에 복받쳤다.

"자, 다들 나가자. 유서방 편하게 쉬도록……. 우리가 있는 게 불편할거야."

"영현아빠……. 간병인 금방 들어올 거예요. 그리고 토요일에 영현이랑 같이 올게요."

재희는 토요일에 오겠다며 병실을 나갔으나 유한은 알겠다는 대답만할 뿐 어쩐 주장도 할 수 없었다. 철저하게 모든 주도권이 재희에게로 넘어가버린 지금 유한은 처분만 기다리는 죄인의 꼴이 되어있었다.

앞으로 모든 상황들이 어떻게 전개될 건지 까마득하기만 했다. 언제나 모든 일에 계획적이었던 유한은 처음으로 계획을 할 수 없는 상황이 되어버린 것이다. 언제 퇴원을 하게 되는지? 언제 정상인으로 활동을 할 수 있는지? 재희와의 관계는 복원이 되는지? 이혼을 하게 된다면 재정적 기반은 어떻게 되는지? 도통 예측할 수가 없었다.

불확실한 미래가 유한의 숨통을 조금씩 조여 왔다. 사고 이후 이틀 동안 차라리 다혜와 함께 죽는 것이 백번 낫다고 생각하던 유한은 혼자 살아남아서 이 모든 치욕과 고통을 안고 살아야 한다는 것이 너무도 힘겨웠다.

그러나 그 힘겨움은 이제 시작일 뿐이었다. 간병인이 들어왔다. 이틀 전 재희의 친구로부터 소개받고 간병인으로 채용된 선애는 36세의 이혼녀였다. 하나 있는 딸을 키우기 위하여 6년 전 간병인 자격증을 따서 간병인 6년차로 접어든 베테랑이었다.

유한은 수술 후 지금까지 식사를 하지 못하다가 오늘 저녁부터 묽은 미음으로 첫 식사를 할 예정이었다. 목을 전혀 못 움직이기 때문에 천장을 바라보고 반드시 누워서 먹어야 했다. 전적으로 간병인의 세심한 주의와 관심이 필요했다.

"저……."

"사장님 편하게 선애라고 부르세요. 한동안 같이 지내야 하는데……."

"그래요. 선애 씨……. 목이 마른데 마실 거 좀 줘요."

박회장은 가족회의를 하자고 가족들을 자택으로 불러 모았다. 가족회의에 참석할만한 가족이라 해야 아이들을 빼고는 아내, 그리고 재희, 재호, 며느리뿐이었지만 건강이 안 좋아서 요양 차 속초에 가있는 아내를 제외하면 현재 세 사람뿐이었다. 그 세 사람이 박회장의 호출로 긴급히 모인 것이다. 유한의 사고에 대해서 뭔가를 정리할 필요가 있다고 생각한 박회장은 세브란스병원을 나오면서 비서를 통해 참석자인 가족들에게 미리 연락을 해둔 상태였다. 저녁식사를 할 시간은 이미 지나버렸기에 거실에는 가정부가 준비한 다과상과 시원한 레몬차가 놓여졌다.

아홉 시가 조금 지나자 박회장은 서재에서 나와 딸과 아들 내외가 있는 거실로 나왔다. 응접세트는 이탈리아제 원석과 피혁으로 만들어진 고급스러운 7인조 클래식 풍의 소파였다. 응접세트만 봐도 박회장의 취향을 엿볼 수가 있었다. 고풍스러우면서 보수적인 성향에 대외적으로 대단한 자존심과 과시욕을 소유한 사람이었다. 집을 방문하여 거실의 구조만 보더라도 그 주인의 사회적 위치를 대변할 수 있을 만큼 웅장했다.

"자……, 편하게 차들 마시면서 얘기하지. 다들 알겠지만 유사장 사고에 대해서 미리 정리를 해두어야겠어."

"아버님, 그게 무슨……."

"아빠……, 아직 유서방 병원에 있는데 너무 성급하신 거 아녜요?"

재희는 직감적으로 박회장이 뭘 얘기할건지 알 것만 같았다. 유한의 사고는 도저히 묵과할 수 없다는 게 박회장의 생각이었다. 재희는 그런 박회장의 뜻을 알기에 박회장의 입에서 말이 나오기 전에 먼저 막으면서 나섰다.

"유사장 능력이야 내가 더 잘 알고 있지만 이건 개인의 능력과는 무관한 가족사 문제이기에 이제는 정리를 해야겠다."

"그래도 유서방이 한동안 병원에 있어야 하는데……."

"재희야. 네가 심성이 여린 건 알지만 이럴 때 독하게 마음먹어야 해. 일단 아버님 말씀부터 듣자."

"그래. 재호 말이 맞다. 지금까지 유사장을 묵묵히 지켜봤지만 여자 문제가 처음이 아닌 것도 나도 안다."

박회장은 이렇게 시작된 말을 한 시간이나 지나서야 끝이 났다. 결론은 유한이 퇴원을 하면 두 사람은 정리를 하는 게 낫다는 것이었다. 그동안 대일그룹에 이바지한 공을 인정하여 퇴직금과 위로금은 넉넉히 주겠지만 이혼에 대한 사유를 제공한 것이 유한 본인이기에 더 이상의 배려는 없다는 것이었다. 그 말은 재희가 현재 과거의 남자와 혼전 아들을 만나는 것을 전혀 모르고 있다는 뜻이기도 했다. 재호는 조금도 유한의 입장을 대변하지도 않고 박회장의 뜻을 만류하지도 않았다.

며칠 전만 해도 최고의 파트너로 대일그룹의 쌍두마차로 그룹을 함께 이끌던 두 사람이었는데 도저히 재호의 행동이 이해되지 않았다. 3년 전부터 매번 중요한 프로젝트를 유한이 전적으로 혼자서 독식하는 것에 대한 앙금이 있었던 것일까? 처남매부의 관계가 하루아침에 타인이 되는 순간이었다. 박회장의 한마디가 두 사람의 14년간 이어진 부부의 연을 두 동강 내버린 꼴이었다.

재희는 눈물만 흘릴 뿐 아무런 대꾸를 할 수가 없었다. 유한의 바람기도 알고 보면 재희의 혼전 과거이력 때문에 파생된 것이지만 재희 역시 남편의 배신감에 과거의 남자를 다시 만났고 그의 아들과 함께 살 수 있는 공간을 아무런 죄의식 없이 만든 것이 유한을 더욱 밖으로 돌도록 하기에 충분했다고 그녀는 스스로 깨닫고 있었다. 14년간이나 한 결혼생활은 아들 영현이를 봐서라도 계속 유지하고자 했던 것이 재희의 마음이었다. 결국 예상된 파국은 박회장이 결론을 내린 꼴이었다.

재희는 유한이 입원해 있는 동안 냉각기를 가지고 신중하게 생각을 해볼 참이었지만 그마저도 그녀의 의지대로 할 수가 없었다. 아버지의 결정사항을 어떻게 유한에게 얘기할 것인가가 그녀에게는 그것이 더 고민이었다. 병실에 누워서 목 하나도 자기의 힘으로 움직이지 못하는 남자. 교통사고가 아니었다면 유한은 그래도 매일 밤 그녀가 있던 집으로 들어오는 아들의 아빠였다.

재희는 갑자기 상실감에 빠졌다. 모든 사태의 시초는 자신이 제공한 것이라고 생각하니 참을 수 없는 죄스러움이 자신을 엄습해왔다. 재희는 박회장집을 빠져나오자 가끔 친구들과 술을 마시러 다니던 '시스루'로 차를 몰아갔다. '시스루'는 테헤란로에 위치한 깔끔한 비즈니스 바였다. 벤처 기업이 생기면서 벤처기업 대표들이 주로 찾는 고급스러운 바였다. '시스루'에 들어서자 일하는 웨이트리스가 재희를 알아보며 다가와서 인사를 한다.

"사모님, 어서 오세요. 오늘은 일행이 몇 분이세요?"

"혼자 왔어. 그냥 조용히 한잔하려고. 룸으로 좀……."

'시스루'는 모든 서빙을 여자들이 담당하는 남자 손님 위주의 바이지만 가끔은 여자들도 이용하는 곳이었다. 여자들이 가면 자연스럽게 남자들은 합석을 원했고 여자가 원하는 경우에만 합석이 가능했지만 함께 놀다보면 다른 장소로 옮겨서 술을 더 마시기도 했다. 출입하는 여자들의 면면은 벤처기업 CEO를 능가하는 능력을 가지고 있는 경우가 많아서 남자들이 더욱 적극적이었다.

룸으로 들어간 재희는 로얄살루트를 시켰다. 평소 담배를 피우진 않지만 이런 곳에서 술을 마실 때는 담배를 피웠다. '시스루'에는 재희가 피우던 담배를 늘 사놓고 있어서 언제든지 편하게 피울 수가 있었다.

재희는 마일드세븐 한 개비를 꺼내 물고 불을 붙였다. 깊게 빤 연기가 심란했던 가슴을 진정시키는 거 같았다. 요염 끼가 무르익은 중년의 여자가 혼자 룸에서 고급 코냑을 마시면서 담배를 피우는 자체가 남자들의 시선을 집중시키기에 충분했다. 웨이트리스가 따라주는 코냑을 한 번에 들이킨 다음 두 잔째를 받았다.

"아가씨도 한잔해."

"네, 사모님. 한잔만 주세요. 근데 오늘은 왠지 울적해 보이세요."

"좀 그래……. 오늘은 취하고 싶네."

"들어오실 때 저쪽 룸에 계신 분이 사모님과 술 한잔 하고 싶다고 하시던데……. 괜찮으시겠어요?"

"누구?"

"시큐리 벤처기업체 CEO인데 우리 가게 단골이세요. 점잖은 분이시고요."

"그래? 글쎄……. 잠시 후에 룸으로 오시라고 해 봐."

재희는 우울한 감정을 어떤 방법이든 떨쳐버리고 싶었다. 오늘 같은 기분은 정말 싫었다. 유한에 대한 미안한 마음도 서운한 마음도 모두 떨쳐버리고 싶었다. 그냥 술에 취하고 싶었다. 이 감정을 떨쳐버릴 수만 있다면 무슨 짓이라도 하고 싶었다.

메인 안주가 들어오기 전에 스트레이트로 코냑을 세 잔이나 들이켰다. 위에서는 금방 반응이 왔다. 빈속은 아니었지만 코냑의 위력이 나타나는 순간이었다. 안주가 들어오고 나서 잠시 후 한 남자가 재희가 있는 룸으로 들어섰다.

"실례해도 괜찮으시다면 함께 자리하고 싶네요."

"들어오세요. 저도 술 친구가 필요한데……."

남자는 푸른 줄무늬 양복을 입고 있었지만 노타이였다. 30대 후반에서 40대 초반까지로 가늠하기 힘든 나이. 재희는 유심히 상대를 쳐다봤다. 남자는 재희의 오른쪽에 앉자 양복 상의를 벗었다. 흰색에 푸른 줄무늬가 있는 와이셔츠에 카오스 버튼을 한 깔끔한 차림으로 턱에는 짧은 수염이 덥혀있어 제법 개성있는 얼굴을 소유하고 있었다.

재희는 코냑을 스트레이트 잔에 부어 그 남자에게 권했다. 남자는 목례와 함께 잔을 비우고 그 잔에 자신이 들고 들어온 위스키를 따르고 재희에게 건넸다. 재희는 남자가 주는 위스키를 마다하지 않고 받아 마셨다. 코냑과 위스키가 위속에서 섞이자 취기가 확하고 달아올랐다. 그렇게 술잔이 오고 가면서 두 사람의 어색한 분위기는 다소 없어져 갔다.

"어떻게 혼자 오셨어요? 전에는 친구 분들과 같이 오시던데."

"전에도 절 보셨군요."

"미인들은 눈에 익는 법이죠."

"비행기 태우지 마세요. 미인은 무슨?"

"아닙니다. 정말 미인이십니다. 그런데 오늘은 혼자 오셨어요?"

"오늘은 울적해서……."

"통성명이나 먼저 합시다. 난 김범수라고 합니다."

"전 박재희……."

"근데 무슨 일로 그렇게 울적하십니까? 제가 알면 위로를 해드릴 수 있는데……."

"위로……, 위로가 될까요?"

"되죠. 아름다운 분이 우울하시다는 데 어느 남자가 가만히 있겠습니까? 하하하."

"글쎄요. 오늘부로 혼자가 되었는데."

"그게 무슨?"

"어쩌면 오늘부로 돌싱이 된다는 뜻이기도 하죠."

"저런……. 정말 울적하시겠구먼. 이럴 땐 술이 최곱니다. 자, 한 잔 받으세요."

재희는 잿빛 원피스를 입고 목걸이부터 귀고리와 반지까지 온통 흑진주로 치장을 하고 있었다. 잿빛과 어우러지는 흑진주는 룸의 조명 안에서도 은은한 빛을 발하고 있었다. 원피스는 짧아서 앉아 있으면 허벅지가 한껏 드러나는 섹시한 의상이었다. 남자의 눈은 재희의 허벅지와 젖가슴에 쏠렸고 두툼한 왼손은 어느새 재희의 오른손을 덮고 있었다. 왼손으로는 재희의 손을 만지작거리면서 오른손은 술잔을 들었다.

코냑 한 병과 위스키 한 병이 다 비워지자 남자는 위스키 한 병을 더 시켰다. 재희는 술이 약한 편은 아니었지만 얼굴에 홍조가 나타나기 시작했다. 즐겁게 마시는 술이 아니기에 취기가 보통 때보다 빨리 올랐다.

남자는 왼쪽 팔로 재희의 어깨를 감싸 안았다. 재희의 숨소리는 점점 거칠어졌고 심장 고동소리는 커져만 갔다. 남자는 오른손으로 재희의 허벅지를 만지더니 점점 짧은 치마 속으로 조금씩 들어갔다. 그러면 그럴수록 재희의 몸은 움츠려 들었다. 그렇다고 거부하는 몸놀림은 아니었다. 남자는 시간이 지날수록 더욱 대담해졌다.

재희가 타워펠리스에 도착한 시간은 새벽 두 시가 넘어서고 있었다. 문을 열고 들어가자 가정부가 그녀를 반겨주었다. 아들은 엄마를 기다리다가 한 시간 전에 잠자리에 들었다고 가정부가 귀띔해 주었다. 큰 집에 세 사람만이 있다는 게 실감나지 않았다.

드레스 룸에서 옷을 벗고 바로 욕실로 향했다. 월풀에 물을 가득 채우고 알로에 엑기스 한 병과 샤워코롱을 쏟아 부었다. 칫솔을 집어들면서 거울에 비친 전신을 쳐다봤다. 거울에는 김범수와 짙은 키스를 하는 재희의 모습이 보였다. 어쩌면 저럴 수가 있을까. 처음 본 남자와 저렇게 딥키스를 하다니……. 재희는 거울에 비치는 자신의 나체에 김범수가 오버랩 되어 두 사람이 나란히 서있는 것처럼 느껴졌다.

양치질을 끝내고 욕조에 들어갔다. 욕조에는 알로에 향기로 가득했다. 반신욕을 즐기는 재희는 욕조 속으로 머리까지 담갔다가 숨을 못 참을 때 얼굴을 물 밖으로 들어올렸다. 긴 머리에 물기를 가득했다. 천장과 세 방향 벽면이 거울로 휘감긴 욕실에서는 재희의 모습을 여러 각도에서 볼 수 있었다.

김범수가 깨물어 주던 젖꼭지를 살며시 만졌다. 그러다가 젖꼭지를 비틀었다. 그 남자가 비틀어줄 때 그 느낌 그대로 느끼고 싶었다. 김범수의 손이 들락거리던 가랑이 사이를 손으로 쓰다듬었다. 미끈한 액체가 질 주위를 휘감았다. 그 느낌을 잠재우려고 뜨거운 욕조 속으로 미끄러지듯이 주저앉았다. 뜨거운 욕조 안에는 샤워 코롱 거품이 알로에 향과 어울려서 코끝을 자극했고 재희의 온몸에도 거품이 뒤엉켰다.

미끈거리는 느낌을 즐기는 재희는 거품을 젖가슴으로 모아 젖무덤 전체에 거품으로 마사지를 해나갔다. 미끄러운 촉감은 어느새 온 신경을 자극하고 그 신경은 아래까지 전달되었다.

남편과 잠자리다운 잠자리를 해본 지가 언제였던가? 굳이 남편과의 잠자리가 아니더라도 재희는 늘 손만 뻗으면 자신의 욕구를 해결해줄 남자가 가까운 거리에 있었지만 젊고 힘 있는 남편과의 관계를 원했다. 과거의 남자와 혼전에 태어난 아들 때문에 자주 보기는 하지만 다시 만난 이후로는 친구 이상의 관계는 아니었다. 가끔 식사를 아들과 함께 하는 게 전부였다. 물론 그 남자도 무리하게 요구하지 않았기에 만남이 가능했다. 순전히 엄마의 손길이 필요한 아들을 위해서 조금이나마 책임을 다할 뿐이었다.

그러나 유한과는 성적으로 너무도 거리가 먼 타인으로 느껴졌다. 서로 사랑을 나눈 지 몇 해가 되었는지 헤아리기도 어려울 정도였다. 재희는 욕정을 스스로 푸는 방법을 터득했다. 거품목욕을 하면서 젖을 마사지하고 젖꼭지를 꼬집듯이 자극을 주면 아래에도 반응이 온다는 것을 알았다.

'시스루'에서 만난 낯선 남자와 나눈 잠깐의 유희가 잠자던 욕망을 불러내어 더욱 재희를 힘들게 만들었다. 마사지로 인해 젖꼭지가 점점 솟아올랐다. 한 손은 젖꼭지를 만지고 한 손은 가랑이 사이를 자극하기 시작하자 자신도 모르게 신음을 내뱉었다. 거칠어지는 숨소리는 모든 촉각으로 전달되었고 그 촉각은 다시 자위에 몰입하게 만들어 급기야 최고의 오르가즘에 도달하고 말았다. 취기에 의한 성적 쾌감은 평소보다 더욱 고조되어 온몸에 전율이 일었다. 잠시 후 샤워 부스로 옮겨 온몸에 묻은 거품과 고조된 흥분을 씻어 내렸다.

가족회의에서 결론을 일방적으로 내어버린 박회장의 결심은 딸의 이혼이었고 다만 유한이 퇴원하고 난 후 절차를 밟는다는 것이었다. 그때 까지만 유보된 것이라는 사실에 재희는 이제부터 모든 감정 정리를 해야만 했다. 감정이라고 해야 아이의 아빠라는 사실 외에는 아무것도 남아있지 않았지만, 막상 이혼이라는 단어가 나오자 느낌은 사뭇 달랐다. 유부녀와 이혼녀는 어감도 다르지만 세상 사람들이 보는 눈도 상당히 다르다는 것을 그녀는 알고 있었다. 그 감정은 겪어본 사람만이 아는 새로움이었다.

이제 집착마저 놓아야 할 때였다. 감당하기 힘든 무수한 일들이 한꺼번에 일어나서 길고긴 하루처럼 느껴졌다. 전부 잊고 싶었다. 오늘밤은 그냥 잠이라도 편하게 자고 싶었다.

욕실에서 나오자 룸 바로 향했다. 브랜디를 와인 잔에 반쯤 따르더니 그것을 단숨에 마셔 버리고 실오라기 하나도 걸치지 않은 채 곧장 침대 속으로 들어갔다. 수면안대를 쓰고는 이내 깊은 잠에 빠져들었다.

재희가 침대에서 눈을 떴을 때에는 11시가 다 되어 갈 때쯤이었다. 아들은 학교에 가버렸고 집에는 가정부와 재희뿐이었다. 가정부는 청소를 하다가 실오라기 하나 걸치지 않고 거실로 나오는 재희를 보고는 깜짝 놀랐다.

"어머나, 사모님……. 그렇게 나오시면 어떡해요?"

"왜? 이런 모습 처음 보는 것도 아니면서 호들갑이니?"

"그래도 그렇죠. 남사스럽게……."

"서연아, 넌 내 몸이 탐나니? 남사스럽긴 뭐가? 둘뿐인데."

"사모님 몸은 당연히 탐나죠. 아직도 30대 초반의 몸으로 보이는데 탐나지 않을 사람이 어디 있겠어요?"

"30대는 무슨? 하긴 남자들이 다 좋아하긴 하지. 호호호."

"식사 차려드려요?"

"응. 배고파."

식탁 앞에서도 맞은편에 앉은 가정부 서연은 재희의 젖을 유심히 바라보고 있었다. 전라로 밥을 먹는 재희도 그렇지만 그 모습을 아무렇지도 않은 채 바라보고 있는 가정부도 다른 사람이 본다면 이상하다고 할 정도였다. 44살의 젖이 30대 초반의 땡땡한 젖처럼 보였다. 유륜의 넓이도 그렇고 젖꼭지도 그랬다. 크지도 않고 작지도 않은 남자들이 좋아할 만큼 적당한 크기였다. 젖의 크기는 B컵 정도였지만 보기에 따라서는 C컵으로 느껴질 만큼 탄력이 있었다. 그런데 그런 몸을 유한은 거부하고 있었다.

"서연아. 그만 좀 쳐다봐. 밥이 안 넘어 가잖니."

"히히히. 사모님 몸이 예뻐서……."

"내일 등이나 좀 밀어줘."

"등을 밀은 지가 벌써 일주일 되었어요?"

"일주일이 뭐야? 사장님 사고로 이틀이나 지났어."

"아이고 그랬나요?"

"서연아. 나 커피."

"네. 사모님."

죽음 뒤에 찾아온 의문

유한은 5번 경추수술로 인하여 목을 가누지 못해 꼼짝 못하고 침대에 누워 있어야만 했다. 병실에는 간병인과 단 둘뿐, 가끔 링거와 약을 가져오거나 수술한 왼쪽 다리의 반 깁스를 풀고 약을 바르는 담당 간호사만 올 뿐이었다.

처음 강남세브란스에 옮겨지고 그 다음날 누나들과 어머니가 다녀갔을 뿐 아직은 별다른 방문객이 없는 병실이었다. 그것도 그런 것이 유한의 핸드폰이 사고로 인하여 박살이 나버려서 새로이 핸드폰을 준비했지만 저장되어 있던 전화번호가 복구되지 않아 본인이 사고로 입원했다는 사실이 외부로 알려지지 않았기 때문이기도 했다. 그런 병실에 노크소리가 났다. 선애가 소변기를 화장실에 비우다가 입구로 나가갔다.

"어디서 오셨어요?"

"이 방이 유한 씨 병실입니까?"

"그런데요?"

"양산경찰서에서 나왔습니다."

"아, 네. 들어오세요."

양산종합병원에 입원한 줄만 알고 있었던 담당 형사는 양산종합병원을 방문했다가 헛걸음을 하고 부랴부랴 출장신청을 하여 어렵게 서울로 온 것이었다. 40대 후반으로 보이는 형사는 명함을 선애한테 건넸다. 유한은 천장을 바라보고 있지만 자는 게 아니어서 두 사람의 대화를 처음부터 다 듣고 있었다.

"사장님께서는 목을 가누지 못하셔서 가까이 가셔야 해요."

"알겠습니다."

형사가 유한의 침대에 다가가자 선애는 침대를 약간 세워서 서로 눈이라도 맞출 수 있도록 하고 토마토주스 한 병을 냉장고에서 꺼내어 형사에게 내밀었다.

"양산경찰서 교통계 추기태 경위입니다. 사고 다음날 바로 양산종합병원에 갔다가 허탕치고 출장신청해서 오느라 늦었습니다."

"먼 길을 오셨습니다."

"교통계 근무 10년 만에 최고로 먼 출장이었습니다."

"번거롭게 해드려서 죄송합니다."

"두 번 오기 힘드니까 오늘 조사를 마치고 가렵니다. 큰 문제가 없으면 오늘 조사로 끝나겠지만 만약 추가 조사가 필요할 때는 사건을 강남경찰서로 이첩해서 강남경찰서에서 처리할 겁니다. 괜찮으시죠?"

"저야 어디든 상관없습니다. 경위님 편하도록 하시죠."

"사고 당일 술은 유한 씨 혼자 드신 겁니까?"

"네. 운전을 다혜가 한다고 해서 혼자 마셨습니다."

"사망자의 시신은 사고 다음날 서울로 옮겨졌습니다."

"어디로 옮겨졌나요?"

"을지로 백병원에 갔다고 합디다. 이제 장례도 끝났겠군요."

'사고 후 양산종합병원에서 다리골절수술을 하고 바로 강남세브란스로 옮겨와서 그 다음날 봉합수술과 경추수술을 하는 터라 부산했던 며칠이었는데, 어떻게 시간이 갔는지 모르고 지나갔는데, 다혜의 장례식이 끝나버렸다니……'

유한은 갑자기 현기증이 나는 듯 했다. 다혜의 장례가 끝났다는 얘기를 듣자 코끝이 찡하더니 금방 눈물이 고였다. 흘러내리지 않으려고 버텼으나 위에서 아래로 떨어지는 눈물은 감출 수가 없었다. 선애가 옆에 있는 티슈 몇 장을 뽑아서 유한의 손에 집어주었다.

"경황이 없었겠지만 어떻게 사고가 난 겁니까? 이 질문에는 신중하게 답하셔야 합니다. 유한 씨 진술만으로 사고사인지? 자살인지? 타살인지? 판별되기도 하니까요."

"해운대에서 출발해서 부산톨게이트를 지나 서울로 가고 있었는데……. 양산 입구였습니다. 김해에서 들어오는 차선이 왼쪽에서 합쳐지는 지점일 겁니다. 김해에서 합류하던 차가 갑자기 끼어드는 것을 미처 발견 못했나 봅니다. 그 차를 피한다고 운전자가 핸들을 급히 돌린 걸로 압니다. 그리고 차가 전복된 거 같습니다."

"얼마나 핸들을 돌렸기에 차가 전복되었을까요?"

"글쎄요. 경황이 없어서……."

"혹시 끼어든 차종은 무엇인지 기억나십니까?"

"조수석 우측에서 갑자기 끼어든 거라 어떤 차인지 전혀 기억나지 않습니다."

"그런데…… 운전자가 급박한 상황인데 왜 브레이크를 밟지 않았을까요?"

"브레이크를 밟지 않았다고요?"

"사고 현장 주변에 스키드마크 자국이 전혀 없습니다. 위험하면 본능적으로 브레이크를 밟게 되거든요."

"그래요?"

"끼어들어온 차를 피한다고 해도 브레이크를 밟으면서 핸들을 꺾는 것이 통상적이거든요."

"아, 그렇습니까?"

"이것이 현재는 풀리지 않는 수수께끼입니다만……."

유한은 사고 경위를 사실대로 말할 수가 없었다. 진실을 외곡하기 위한 변명만은 아니었다. 망자에 대한 배려요. 자신에 대한 합리화였다. 두 사람이 언쟁을 하다가 운전자가 홧김에 죽고 싶다고 핸들을 돌렸고 그걸 막기 위해서 동승자가 핸들을 되돌리다가 차가 전복되어 운전자가 죽었다면 어떻게 될까?

두 사람의 얘기는 포털의 검색순위 1위는 물론이고 핫이슈로 세상을 떠들썩하게 할 게 뻔했다. 거기다가 유한에게는 꼬리표처럼 따라다니는 대일그룹 사위라는 것이 있어서 대일그룹의 기업 이미지에 먹칠을 하는 건 불을 보듯 뻔한 일이었다. 그 뿐이랴. 함께 죽자고 핸들을 돌린 것은 다혜이지만, 그 핸들을 되돌려서 차가 전복되고 한 사람이 죽게 되었다면 핸들을 되돌린 사람은 과실치사에 해당될 수밖에 없는 게 현실이었다. 이런 현실 앞에 진실은 결코 밝혀질 수 없었다. 아니, 감춰지는 게 당연했다.

"보험회사에서는 왔다 갔나요?"

"아직입니다."

"그래요? 보험회사에서 조사를 따로 할 겁니다만 두 분은 생명보험에 가입한 적 있죠?"

"네. 9년 전에 함께 가입해서 지금까지 유지하고 있었습니다."

"사망보험금은 얼마인줄 아십니까?"

"각각 5억 원으로 기억합니다만……."

"어떤 이유로 같이 가입하게 되었나요?"

"우리가 만난 지 1년 되는 날을 기념하여 함께 보험에 가입한 것입니다."

"이다혜 씨의 사망보험금은 유한 씨가 받고 유한 씨의 사망보험금은 이다혜 씨가 받는 걸로 했었나요?"

"네. 그게 무슨 문제가 있습니까?"

"이다혜 씨가 사망을 했고 유한 씨가 살아있다는 것이 현재로는 문제일 수 있겠는데……."

"무슨 말입니까? 보험금을 노린 살인이라고 들리네요. 제 연봉이 얼마인지 아십니까? 그리고 대일그룹 기획조정실장이 돈 몇 푼에 그걸 말이라고 합니까?"

"그런데 이다혜 씨가 다른 남자와 결혼을 한 이후에는 왜 계속 보험을 유지한 것입니까?"

"그건 그 사람을 위한 배려입니다. 물론 보험료를 제가 납부를 하던 것이라서 멈추기도 좀 그랬지만 그 사람이 다른 남자와 결혼을 했더라도 내 마음속에 이다혜라는 여자가 계속 남아있었으니까요. 그리고 보험금은 유족에게 양도할 거니까 이상하게 상상하지 마십시오.”

“잘 알겠습니다. 보험회사 조사관에게 진술하시는 내용도 같아야 할 겁니다.”

“그게 진실이니까 당연한 거 아닙니까?”

유한은 진술하는 동안 흥분되어 있었다. 어쩌면 유한의 현재 위치가 아니라면 보험금을 노린 살인이나 자작극으로 몰리기에 충분한 사건이었다. 추기태 경위는 두 시간을 거쳐서 꼼꼼하게 조사를 마치고는 자리에서 일어섰다.

“조사에 응해주셔서 감사합니다. 몸조리 잘하시고 빠른 쾌유를 바랍니다.”

형사가 나가자 유한은 이마에는 땀이 송골송골 맺혔다. 박병호 회장을 처음 만났을 때와 같은 긴장감이 온몸을 휘감고 지나가자 피로감이 밀려왔다. 선애는 세워진 침대를 누이고 물수건으로 땀이 가득한 유한의 이마와 손바닥을 닦아주었다.

다시 병실에는 정적이 감돌았다. 선애는 정적을 없애려고 TV를 켰다. 간병인은 별로 말이 없는 여자였다. 재희가 선택하여 보내준 간병인이기에 처음에는 불필요한 말은 하지 말라고 한 줄 알았지만 그것이 아니었다. 그냥 말이 없고 묵묵히 자신의 일만 열심히 하는 수다스럽지 않은 조신한 여자였다.

처음 나흘은 선애가 먹여주는 죽을 받아먹었지만 뒤처리가 문제였다. 변을 못 보기 시작하자 결국 선애가 관장을 해주는 일이 벌어졌다. 계속 누워있는 환자는 욕창을 주의해야만 해서 날마다 온몸을 구석구석 물수건으로 닦아주어야 했다. 속옷을 입지 않고 있는 유한을 바지를 벗겨서 사타구니까지 닦는 것도 힘들었지만, 누워 있는 상태로 변을 보는 것은 더욱 민망했다. 그런데 젊은 여자의 손으로 관장까지 해서 억지로 나오지 않는 변을 보는 것은 젊은 남자로써는 더는 못할 짓이었다.

유한은 한번 관장을 하는 소동을 겪은 후 식사하기를 거부했다. 스스로 화장실을 갈 수 있을 때까지 링거를 통한 영양제로 식사를 대신하자고 고집을 부렸다. 결국 재희의 동의로 입원 5일차부터 링거로 식사를 대신했다. 지방질이 없는 링거는 하루가 다르게 유한을 병자로 만들었다. 얼굴에는 기름기가 없어지고 피부도 푸석푸석해지면서 조금씩 말라갔다.

간병인은 유한을 위해서 최선을 다했다. 이혼을 하고 딸아이와 친정어머니와 사는 선애는 간병 수입으로 살아가고 있었다. 워낙 성실하고 착해서 주로 특실 환자만 전담하는 간병인으로 활동했다. 24시간 간병인지라 몸은 힘들어도 친정어머니가 함께 살게 되면서 딸은 할머니와 생활하게 되었고 가끔 집에 드나드는 정도였다.

수입은 세 식구가 살기에 충분했다. 돈을 모아서 작은 가게라도 하겠다는 꿈으로 열심히 사는 여자였다. 특별히 할 일이 없으면 유한의 팔과 다리를 주물러 주기도 하고 따뜻한 물수건으로 온몸을 닦아주기도 했다. 잡지책이나 신문을 읽어 주기도 했고, 생과일을 강판에 갈아서 유한의 입에 숟가락으로 넣어주기도 했다.

"선애 씨. 오늘은 집에 한번 갔다 오세요."

"괜찮아요. 사장님."

"내가 안 괜찮아서 그래요. 간병한지 벌써 며칠째인데 한 번도 집에 안 갔잖아요."

"사장님께서 움직일 수 있을 때 그때 다녀올게요."

"그러지 말고……. 지금 세 시니까 집에 갔다가 아홉 시쯤 와요. 딸아이랑 저녁식사도 한번 하고 오세요."

"정말 괜찮은데……."

"갔다 오시다가 서점에 들러서 재미있는 책도 몇 권 사가지고 오고……."

"네. 어떤 책 사다드려요?"

"초한지 10권짜리 사가지고 오세요."

"네. 일찍 올게요. 다녀오겠습니다."

다음날도 그 다음날도 병실은 적막했다. 식사시간에도 유한이 식사를 하지 않아서 간병인만 소파 한 구석에서 조용하게 식사를 하기에 분주함이 없었다. 아들이 다녀갔지만 평소 바깥으로 도는 유한이기에 서로 대화가 별로 없어서 병실에 한 시간을 있는 것도 아들은 지겨워했다. 여름방학이지만 집에서 늘 과외를 하기에 자주 찾아오라고 말할 수도 없었다.

간병인은 점심을 먹고 나서 유한이 갈아입을 환자복을 가져왔다. 환자복도 스스로 입을 수 없는 자신이 답답했다. 입원 후 열흘이 경과하자 간병인이 옷을 갈아입히거나 물수건으로 맨살을 닦아주는 것도 서서히 익숙해져갔다. 유한이 환자복을 갈아입고 나자 낯선 남자가 병실로 들어왔다.

"어떻게 오셨어요?"

"유한 씨 병실이죠?"

"그렇습니다만 어디서 오셨죠?"

"네. 삼성생명보험에서 나왔습니다."

"이쪽으로 오세요. 사장님께서 목을 못 움직여서 가까이 오셔서 말씀하셔야 합니다."

유한은 선애가 비스듬히 올려주는 침대위로 머리가 벗겨진 늙은 사내와 마주했다. 남자는 삼성생명보험의 사고조사반 김형일 팀장이었다. 삼성생명보험의 사고조사반은 다섯 개 팀으로 되어있었다. 팀장이나 팀원들은 모두가 전직 경찰 출신으로 사고 조사에는 베테랑이었다. 보험금 지급대상의 사고 중에 의심스럽다고 생각되는 사고는 끝까지 파고들어서 보험사기를 예방함은 물론이고 회사가 최소한의 보험금을 지급하기 위하여 보험금 수혜자를 온갖 방법으로 회유하기도 하고 겁을 주기도 하는 치사한 인간들이었다. 사내의 첫 인상도 니글거리는 찢어진 눈매에 곰보 코를 가지고 있어서 기분 좋은 인상이 아니었다.

"안녕하십니까? 삼성생명의 김형일 팀장입니다."

"아, 네. 어떻게 오셨습니까?"

삼성생명보험은 유한이 다혜와 함께 9년 전에 가입한 보험회사였다. 대학 후배의 권유로 처음 가입한 보험이지만 두 사람이 만난 1년 기념으로 무려 보험금을 5억 원으로 정하여 제법 많은 보험료를 매달 납부했던 것이다. 매달 납입하는 보험료가 많다는 것은 사망후 수령 보험금도 많다는 뜻이기도 했지만 대학 후배를 도와준다는 차원에서 납입 보험료가 많은 보험을 가입했던 것이었다.

"삼성생명에 가입한 보험 때문에 조사차 나왔습니다. 이다혜 씨와 함께 가입을 하셨죠?"

"네. 9년 전에 가입을 했습니다."

"보험금 액수가 큰 편이던데요?"

"대학 후배가 광화문 영업소장으로 있을 때 권유해서 가입한 건데 후배를 도와주려고 좀 큰 것으로 가입한 것입니다."

"어떻게 두 분이 함께 가입을 한 건가요?"

유한은 머뭇거릴 수밖에 없었다. 지난번 양산경찰서에서 온 경찰에게도 얘기했지만 누구에게 떳떳하게 얘기할 사안이 아니었다. 부부도 아니면서 보험을 함께 가입을 한 것도 그렇지만 사고가 나면 서로를 보험금 수혜자로 만들어 놓아서 더더욱 설명하기가 곤란했다.

"이다혜 씨와 저는 연인 관계였습니다. 그래서 함께 가입을 한 겁니다."

"유한 씨께서는 미혼이셨나요?"

조사관은 유한의 아픈 곳만 골라서 의도적으로 찌르고 있었다.

"아뇨."

"그럼 두 분이 내연관계인가요?"

"내연관계면 보험을 함께 가입하지 못합니까?"

유한은 조사관의 입에서 내연관계라는 말에 성질이 났다. 교통사고에 대한 조사를 하겠다는 것인지 간통혐의에 대한 조사를 하는 것인지 모를 만큼 조사관은 유한을 몰아세웠다. 두 사람의 대화를 듣고 있던 선애는 슬며시 병실 밖으로 잠시 피해버렸다.

"아, 안 된다는 것이 아니라 두 분의 관계를 물어보는 겁니다."

"그리고 말씀 가려서 하십시오. 지금은 환자로 누워있지만 김팀장님이 그렇게 막 대해도 되는 그런 사람 아닙니다."

"알겠습니다. 그런데 두 분은 보험을 가입하실 때 보험금 수령을 상속인 앞으로 하지 않고 왜 서로에게 수령인으로 하셨습니까?"

"그것도 얘기를 해야 합니까?"

"네. 말씀 좀 해주시죠."

"서로 사랑하니까 그렇게 한 겁니다. 됐습니까?"

"너무 기분 나쁘게 생각하지 마십시오. 의례적으로 이런 조사는 다 하는 겁니다."

"요점만 간단히 하시고 가시죠."

"교통사고가 났는데, 이다혜 씨가 사망을 하고 5억 원이란 보험금을 살아있는 유한 씨가 수령하게 되니까 이런 조사를 하는 겁니다."

"난 그 돈 없어도 됩니다. 그 사람 죽고 내가 그 돈으로 뭘 하겠습니까? 그리고 제가 대일그룹 기획조정실장인 것은 알고 오셨습니까?"

"네, 알고 있습니다."

"알고 계시면서 말을 그렇게 합니까?"

"죄송합니다."

"그 보험금을 유족에게 양도하도록 하겠습니다."

"그래요? 꽤 큰돈인데……. 괜찮으시겠습니까?"

"그룹 기획조정실장인 제가 그 정도의 돈이 중요하겠습니까?"

"그런데 말이죠."

"또 뭐가 문제입니까?"

"사고는 났는데, 사고 현장에 사고라는 정황이 없습니다."

"정황이라니요?"

"분명히 사곤데 사고 현장 어디에도 스키드마크가 없다는 겁니다."

"지난번에 경찰관도 그런 말을 하더군요."

"제가 보험사고 조사를 15년간이나 했어도 스키드마크가 없는 사고는 처음입니다."

"그건 어떤 뜻입니까?"

"보통 이런 건 자살이거나 타살일 경우인데……."

"뭐라고요?"

"아아, 진정하시고 생각을 한번 해보세요. 사고라면 본능적으로 브레이크에 발을 올리는 게 당연한데 그게 없다는 겁니다."

"내가 돈 5억 원에 다혜를 죽였다는 겁니까?"

"아, 진정하시고. 꼭 그렇다는 게 아니고요. 그게 아니라면 자살일 수도 있다는 겁니다."

보험회사는 사고사만 아니기를 바라는 눈치였다. 자살이면 보험금 지급 사유가 안 될 것이고 타살이면 가해자에게 보험금을 청구할 수 있기 때문이었다. 가해자가 만약 보험금을 변제할 수 없다면 결손 처리가 가능하기에 사고사만 아니면 보험회사로서는 만족한 결과였다. 조사관은 어떻게든 사고사가 아닌 다른 원인을 찾기 위해서 무던히 노력하고 있었다.

"다혜가 자살을 왜 합니까?"

"이다혜 씨가 3개월 전에 이혼을 했고 그 이후로 유한 씨를 계속 만난 겁니까?"

"네."

"그럼 9년 전에 두 분이 보험을 함께 가입을 하고 그 이후로 계속 만난 겁니까?"

"아뇨. 다혜가 결혼한 이후로는 만나지 않았습니다."

"그런데 이다혜 씨 결혼 이후에도 유한 씨는 계속 보험료를 내셨는데……, 왜 보험료를 내신 겁니까?"

"처음부터 제가 내던 거라서 보험을 중단시키는 것이 좀 그랬습니다. 그리고 그나마 보험료라도 납부하는 것이 제게는 위안이기도 했고요. 다혜가 결혼을 했지만 난 그녀를 잊을 수가 없었습니다."

"그렇다면 이다혜 씨는 왜 이혼을 했나요?"

"내가 그것까지 얘기를 해야 합니까?"

"타살이 아니라면 자살일 수 있기 때문입니다. 이혼의 사유가 그 동기일 수도 있겠죠."

"모든 사람들이 이혼을 하면 다 자살을 합니까?"

"사고지점이 여행 갔다 오시다가 생긴 거 같은데……, 그 얘기를 해줄 수 있습니까?"

유한은 내키지 않았지만 다혜를 자살로 만들 수는 없었다. 그것은 보험금 5억 원도 상속할 수 없을 뿐 아니라 신문에 대서특필되는 비련의 여자로 만들고 싶지 않기 때문이었다. 여행을 가게 된 동기나 100일 기념으로 티파니에서 산 5천만 원짜리 목걸이를 줬다는 등 자세하게 조사관에게 얘기를 했다.

"그럼 티파니 영수증을 제게 주실 수 있습니까?"

"내일 티파니에 연락해서 김팀장님께 보내드리도록 하겠습니다."

"그렇다면, 이혼 후 두 분이 다시 만나서 행복한 나날을 보냈다면 자살할 이유는 없는 건데……, 그럼 혹시 누가 원한을 살만한 분은 없습니까?"

"원한이요?"

"자살도 아닌 거 같고……. 유한 씨도 그럴만한 동기가 없다면 다른 누군가가 이다혜 씨를 살해했을 수도 있다는 거지요."

"아닌 밤중에 홍두깨라더니……. 무슨 난데없이 타살 쪽으로 몰아갑니까? 경찰이 그래요?"

"아뇨. 경찰과 저희가 공조해서 모든 가능성을 열어두고 조사하고 있습니다만 아직은……."

"괜히 초상까지 치른 사람 자살이다 타살이다 해서 신문에 나오게 하지 마십시오. 그건 죽은 사람한테 못할 짓입니다."

"그런데 만일에…… 만일에 말입니다. 타살이라면 이다혜 씨가 너무 억울하지 않겠습니까?"

"뭐요?"

유한은 기가 막혔다. 지난번에 경찰이 조사를 하고 갈 때에는 사고사로 잠정 결론이 난 것으로 알고 있었는데 자살도 아니고 난데없이 타살이라니……. 조사관이 하는 말에 어이가 없어서 욕이라도 해주고 싶었다. 차라리 자살이라고 하는 게 맞는 일이었다.

"저희들은 스키드마크가 없는 것에 대하여 무척 관심을 가지고 있습니다. 그래서 국과수에 사고 차량을 의뢰해둔 상태입니다."

"국과수요?"

"아마 시간은 좀 걸리겠지만 뭔가 나오면 유한 씨께도 알려드리도록 하겠습니다."

"나 참, 갈수록 태산이라더니……."

"근데 한 가지만 더 물어보고 가겠습니다."

"말씀하십시오."

"혹시 대한생명에 보험 드신 것 없습니까?"

"대한생명이요? 전 없습니다."

"저희들이 조사한 바로는 유한 씨가 대한생명에 아홉 개의 보험에 가입되어 있습니다."

"뭐라고요? 그럼 누가 가입했는지도 알거 아닙니까?"

"가입자는 박재희 씹니다. 총 보험금은 38억 원이고요."

"네?"

"박재희 씨가 부인입니까?"

"네. 제 아내입니다."

"아마 유한 씨가 사망하셨다면 대한생명에서 난리가 났을 겁니다."

유한은 해머로 뒤통수를 맞은 기분이었다. 사고가 단순한 교통사고는 아닌 것은 유한도 알고 있는 것이었다. 그것은 사고의 당사자인 유한이 자살인지 타살인지 아님 사고사인지 누구보다 소상히 알고 있는 일이었다. 생각지도 못하게 보험회사 조사관이 말한 자살의혹과 타살의혹에 유한은 어안이 벙벙했다.

유한은 본인 때문에 다혜가 저 세상에 갔다고 믿고 있었다. 다혜가 핸들을 돌려서 중앙 가드레인을 박았다면 차가 전복은 되지 않았을 거라고 생각하는 유한이었다. 본인이 되감는 핸들에 차가 전복되어 다혜가 차창 밖으로 튕겨나가 죽었다고 유한은 그렇게 믿고 있었다.

'스키드마크가 없다고 이런 추론을 할 수 있을까? 스키드마크가 없는 건 다혜가 나랑 함께 죽고 싶어서 브레이크를 밟지 않은 것인데, 그렇게 말해줄 수는 없지 않은가. 그런데 내 앞으로 아홉 개의 보험이 들어있다고? 이건 또 뭐야? 그것도 보험금 총액이 38억원? 아니 이 사람이 언제, 무엇 때문에 이 많은 보험에 들어났다

는 거지?'

유한은 복잡했다. 다혜의 죽음은 사고사를 가장한 자살이지만
경찰이나 보험회사에서는 타살로 무게를 두고 사고 차량을 국과수
에 의뢰했다는 것이 믿어지지 않았다. 보험회사가 보험금을 미루거
나 지급하지 않기 위하여 자살로 몰아가는 경우가 많다는 것을 유
한도 알고이었다. 그래서 유한은 다혜가 자살할만한 이유가 전혀
없다고 조사관에게 강력하게 어필한 것이 자살이 아니면 타살일
수 있다는 말에 겁이 났었다. 유한이 아는 타살이라면 가해자가 본
인이기 때문이었다.

"오늘은 이쯤하고 가겠습니다. 아마 자주 볼 거 같네요."

"네? 자주 본다고요? 조사가 다 안 끝났습니까?"

"이다혜 씨 보험금은 사건이 마무리 되어야 지급결정이 날 겁니
다. 아직 사고사인지? 자살인지? 타살인지? 아무런 결론을 낼 수가
없군요. 국과수에서 조사내용이 나오면 다시 오겠습니다."

"아……, 네."

"그럼 몸조리 잘하십시오."

조사관이 다시 온다는 말도 기분이 나빴지만 저 니글거리는 찢어
진 눈에 곰보 코를 다시 본다는 게 유한은 너무도 싫었다. 조사관이
나가자 간병인이 문 밖에 서 있다가 바로 들어왔다.

"사장님 목소리가 커지는 거 보고 잠시 나가 있었어요."

"잘했어요. 신경을 썼더니 갈증이 나네요. 주스에 얼음 띄워서
한 잔 줄래요?"

"네. 사장님."

시원한 주스를 빨대로 마신 유한은 교통사고로 부서진 핸드폰의 연락처가 복원되었다는 서비스센터의 전화를 받고는 선애를 서비스센터에 빨리 다녀오라고 했다. 모든 연락망이 끊어진 후 답답하기 짝이 없었던 유한은 한시라도 급했다. 한 시간이 지나자 선애는 서비스센터에서 유한의 새 핸드폰을 가지고 왔다. 천 개가 넘는 전화번호를 다시 그룹별로 정리하는데 꽤 많은 시간을 허비했다. 전화번호부가 정리되고 난 후 제일 먼저 전화를 걸은 곳은 유한이 근무하던 대일그룹 비서실이었다.

"비서실 윤정희입니다."

"미스윤! 나 유사장인데……."

"어머나, 사장님! 몸은 좀 어떠세요? 한번 가본다고 했는데 눈치가 보여서 못 갔어요."

"그래. 잘 지내지? 오늘 퇴근하고 병원에 와 줄 수 있어? 좀 늦은 시간이면 좋겠는데……."

"네. 갈게요 사장님. 뭐 드시고 싶은 건 없으세요? 갈 때 사 갈게요."

"아니야. 그냥 빈손으로 와. 10시까지 오도록 하고."

"네. 나중에 뵐게요."

비서실에는 비서실장과 여비서가 둘이었다. 그중 윤정희가 유한의 담당 비서였다. 정희는 이화여대 불문과를 졸업하고 바로 입사하여 유한의 비서로 5년째 근무하고 있었다. 9시가 근무 시작이기에 일반 직원이나 임원들은 8시 반까지만 회사에 도착하면 되지만 유한은 항상 7시쯤 출근했다. 유한이 일찍 출근하기 때문에 비서도 일찍 출근할 수밖에 없었다.

유한이 출근하기 10분 전에 정희는 비서실에 나와서 유한을 맞이했다. 충주가 고향인 정희는 이른 출근 때문에 회사 부근에 원룸을 얻었고, 아침 출근 때에는 집에서 만든 샌드위치를 가져와서 아침식사를 하지 않는 유한에게 커피와 함께 늘 유한의 방 응접실 테이블 위에 올려놓았던 것이다.

비서의 노고에 유한은 답례를 할 줄 알았다. 매월 월급날이면 비서 월급의 50%의 과외 돈을 봉투에 넣어 정희에게 지급했던 것이다. 과외 돈은 정희가 입사한 다음 달부터 지급되었다. 서로가 살뜰하게 챙기는 관계이기에 비밀스러운 업무 지시도 편하게 했던 것이다.

회사에는 오피스 와이프라는 것이 존재한다. 쉽게 말하면 직장 내에서 와이프처럼 챙겨주는 여직원을 말하는 것이다. 보통은 상사를 챙기는 것을 말하는데 오피스 와이프는 누가 시켜서 되는 것이 아니라 여직원이 스스로 그 역할을 한다는 것이다. 그러다가 부적절한 관계가 이루어지기도 하는 게 다반사였다. 유한에게도 정희가 오피스 와이프였다.

정희, 새로운 만남

다혜가 결혼한 후 매일 술로 하루하루를 보낼 때였다. 그날도 전날 술을 많이 마셔서 코를 찌를 만큼 입에서 술 냄새가 났다. 아침 출근 후 잠시 소파에 기대어 눈을 붙이고 있을 때 정희는 사장실로 샌드위치랑 커피를 가지고 들어왔다. 응접 테이블에 살그머니 놓고 나간다는 것이 그만 테이블에 접시가 부딪히는 소리가 커서 그 소리에 유한이 눈을 뜬 것이다.

"죄송합니다."

"아냐, 괜찮아. 윤비서는 아침식사는 한 거야?"

"저는 아침을 안 먹어요. 그냥 커피 한잔으로 때우는걸요."

"그래? 윤비서가 나랑 일한지 얼마나 된 거지?"

"이제 두 달 있음 만 2년째예요."

"나 땜에 많이 힘들지?"

"처음에 입사해서는 힘들었는데 이제 적응이 되어서 힘든 줄 모르겠어요."

"윤비서 마실 커피도 가져와. 함께 마시게."

"사장님, 전 괜찮습니다. 밖에서 마실게요."

"아냐. 가져와. 한 번도 윤비서랑 사적인 얘기를 한 적이 없어서 그래."

그랬다. 유한은 늘 업무적인 지시를 제외하고는 비서와 다른 사적인 얘기를 해보지 않았다. 물론 두 사람의 위치도 위치겠지만 무심하리만큼 비서에게 관심을 두지 않았다. 보통은 부하직원의 사생활을 어느 정도는 파악하는 것이 상사이지만 유한은 달랐다.

처음 입사했을 때 인사 담당자에게서 받아본 비서의 이력과 가족관계 등은 알았겠지만, 2년이란 시간이 흐를 동안에 그 기억이 남아있지도 않을뿐더러 그냥 꼼꼼하게 지시한 것을 잘 한다는 정도로만 알고 있을 뿐 더 이상 관심의 대상이 못되었다.

정희가 입사했을 무렵에는 유한이 다혜와 계속 만나고 있을 때였고, 가끔 핸드폰이나 직통 전화가 되지 않았을 때 다혜가 직접 비서실로 전화를 한 적이 몇 차례 있었기에 정희도 유한에게 부인 이외의 여자가 있다는 정도만 알고 있을 뿐이었다. 그 여자가 다혜라는 것은 전혀 모르고 있었다.

정희는 이화여자대학교를 나올 만큼 수재였지만 가정형편은 녹록치 않았다. 고등학교를 충주에서 졸업하고 서울에서 대학을 다닌다는 것도 형편상 벅찬 일이었다. 지금은 아버지가 건설회사 현장소장으로 정년퇴임하고 충주에 있는 아파트 경비원으로 소일하고 있었지만 2남 2녀를 모두 대학을 졸업시키기 위하여 늘 지방에 있는 현장을 다니느라고 집에는 한 달에 한 번 정도만 들어오는 가장이었다.

장녀임에도 공부를 잘한다는 이유로 서울로 유학을 보내기로 결심했지만 학비 이외에는 집에 기댈 수 있는 여건이 아니었기에 정희는 대학교를 졸업하는 내내 아르바이트로 생활비를 마련했다. 호프집에서 서빙을 하기도 했고, 편의점, 커피점, 주유소 등 할 수 있는 일거리는 악착같이 찾아서 했다. 특히, 편의점에서 일할 때에는 날자가 지난 삼각김밥이나 도시락을 가져와서 그 다음날까지 먹기도 했을 만큼 최대한 낭비하지 않으려고 무진 애를 쓴 검소한 아가씨였다.

대학교 3학년에 과외를 시작하고부터는 형편이 나아졌다. 운 좋게 입주과외를 맡고부터는 자취방을 정리해 버려서 졸업 때까지 방세를 내지 않아도 되었고, 학교 공부를 할 수 있는 시간적인 여유도 생겼다.

4학년이 되고부터는 본격적인 취업준비에 매달려서 4학년 10월 대일산업에 당당히 공채로 입사하였고, 입사를 한 이후에도 과외를 맡고 있던 고등학교 3학년의 공부를 입시가 끝나는 날까지 봐주었으며, 그 학생이 대학교에 거뜬히 붙은 덕에 입주과외를 그만두고 나오는 날, 학생의 어머니로부터 거액의 보상금을 받아서 나오기도 했다.

그 다음해 1월, 자신만의 공간을 준비한다고 원룸을 구하러 다닐 때에도 전세를 얻을 수 있을 만큼의 돈을 모았고, 회사에서 가까운 삼성동에 원룸을 얻을 수 있었다. 회사까지는 걸어서 15분 거리에 있는 가까운 곳에 집을 준비한 것도 비서로써의 책임감도 있었지만, 난생 처음 입사하여 발령받은 부서가 그룹기획조정실장의 비서라는 막중한 업무를 잘 감당하기 위한 나름의 각오이기도 했다. 입사 후에도 알뜰함은 여전했다. 밑으로 3명이나 있는 동생들을 위하여 받는 월급의 반을 집으로 보낼 만큼 장녀로서의 책임감도 강한 여자였다.

"윤비서는 집이 어딘가?"

"회사에서 가까워요. 걸어서 15분 정도예요."

"그래? 집하고 가까운 회사에 취직이 되었네."

"아니에요. 취직이 되고 나서 가까운 곳으로 집을 옮겼어요."

"부모님이 귀찮으셨겠네."

"부모님은 충주에 사세요. 저도 고향은 충주구요. 대학 때부터 서울생활을 했죠."

"서울생활 힘들지 않아?"

"6년이 다되어 가는데요. 뭘."

"일하다가 힘들면 언제든지 말해."

"사장님 말씀만 들어도 감사해요. 술은 조금만 드시고요."

"하하하. 그래."

두 사람의 모닝 티타임은 이렇게 끝났다. 퇴근 후 유한은 이 날도 어김없이 강남으로 술을 마시러 나갔다. 모처럼 대학 후배들을 불러내어 일식집에서 거하게 한잔 하고는, 2차로 한잔 더 하자면서 삼성역에 있는 인터콘티넨탈호텔로 향했다.

호텔 로비 라운지에서 가볍게 위스키나 한잔 하자며 가던 길에서 정희를 만났다. 정희는 친구들과 호텔 로비 라운지에서 맥주를 마시고 나오던 길이었다. 한 사람은 들어가던 길이었고 한 사람은 나오던 길이었다.

"어머나, 사장님!"

"어? 윤비서가 여긴 웬일이야?"

"친구들과 맥주 한잔 하고 나가는 길이예요. 사장님도 한잔 하러 오신 거예요?"

들어가던 일행과 나오던 일행들은 일제히 걸음을 멈추었다. 유한의 일행도 정희의 일행도 두 사람의 대화만 듣고 있는데, 후배 하나가 유한의 귀에 대고 말을 걸었다.

"선배님! 누굽니까?"

"내 비서야."

"예? 비서라고요?"

"그래. 내 비서."

"그럼 같이 한잔 해요. 그냥 보내지 말고."

남자는 어쩔 수 없는 남자였다. 술도 한잔 했고 평소 같으면 상상도 할 수 없는 일이 벌어졌다. 유한의 일행은 네 명, 정희의 일행은 세 명이었다. 유한은 후배의 말에 못이기는 척 하면서 같이 한잔 하자고 말은 하지만 나이 차이가 10살이 넘게 나는 자신이 뭐하는 짓이지? 하며 멋쩍어했다.

"윤비서, 바쁘지 않으면 같이 한잔 하고 가."

정희는 웃으면서 친구들을 바라보았다.

"얘들아! 내가 모시는 우리 사장님이야. 인사드려."

"안녕하세요. 김도희예요."

"안녕하세요. 엄순임입니다. 사장님이 젊으시구나. 호호호."

"네. 반갑습니다. 우리 윤비서 친구들인데 내가 한잔 사겠습니다."

"야호. 오늘 정희땜에 봉 잡았네. 무슨 겟날이니? 호호호."

그렇게 일곱 명은 라운지 바로 들어갔다. 유한의 일행은 일식집에서도 양주 세 병을 비우고 온 터라 술을 적게 마신 것은 아니지만 바에서도 술은 위스키로 마셨다. 늘 위스키만 마시던 유한은 발렌타인 30년산을 시키자 후배들도 윤정희의 친구들도 난리가 났다.

"선배님을 만나니까 30년산을 마십니다. 우리 같은 봉급쟁이가 이런 건 꿈이죠."

"맞아……. 유 선배님, 가끔 불러주십시오. 좋은 자리에 계실 때 팍팍 인심을 쓰는 겁니다. 이런 것이 다 공덕을 쌓는다는 겁니다. 하하하."

"알았네. 이 사람아……."

후배들이라고 해도 나이 차이가 많이 나는 편은 아니었다. 많아야 4년 정도의 차이지만, 사회적인 지위는 하늘과 땅 만큼 많은 차이가 있었다. 유한은 밖에서는 사장이란 호칭을 후배들에게 쓰지 말라고 일러두었기에 늘 선배라고만 불렀었다.

후배들이랑 술 마실 때에는 학교 얘기가 주로 나왔지만 새로운 객꾼이 끼인 술자리는 공통의 얘기꺼리를 찾기도 어려웠다. 한 사람은 사장이고, 또 한 사람은 사장의 비서이기에 더 어려웠다. 그러다 보면 조그만 일에도 크게 웃고, 손뼉을 치기도 하는 리액션이 많아지기도 했지만 서먹서먹한 자리는 술을 금방 비우게도 만들었다.

정희의 친구들은 집이 멀다는 이유로 한 시간 정도 있다가 먼저 일어났지만, 유한의 후배들과 대화 중에 집이 부근이라고 말한 바람에 정희는 후배들이 일어나지 못하게 해버렸다. 걸어서 10분 거리에 있는 집이기에 늦어도 괜찮다고 생각은 했지만, 자신이 모시는 사장님과 늦은 시간까지 술을 마셔도 괜찮은지 그게 더 걱정이었다.

위스키가 세 병째 들어왔을 땐 유한의 후배 중 두 명도 결국 술에 취해서 먼저 가버렸다. 남은 사람은 단 세 명. 유한과 후배는 누가 술이 센지 시합을 하는 거 같았다. 오늘 아침에도 술 냄새가 진동을 하던 유한을 바라보며 걱정되었다. 정희 역시 맥주를 마신 터라 위스키 몇 잔에 취했지만 유한 앞에서 악착같이 버티고 있는 중이었다. 취해서 쓰러질 정도는 아니지만 근래에 보기 드물게 마신 술이었다. 일행 중 유한의 후배는 술에 취해서 비틀거리면서 화장실을 갔다 온다며 나가고는 자리로 돌아오지 않았다.

　그때 유한도 술에 취해 있었다. 다혜가 결혼한 이후로 유한은 힘들었다. 다혜를 만난 7년 동안 다혜를 만나는 재미로 살았다고 해도 과언이 아니었다. 회사에서 일을 할 때에는 일에 빠져서 살았지만 퇴근 후에는 늘 다혜와 시간을 보낸 유한이었다. 7년을 그렇게 했다가 퇴근 후에 갈 곳을 잃어버린 사람이 되어버린 것이다. 다혜를 만날 때에는 술을 마셔도 분위기 있는 곳을 찾아다니면서 마셨지만 지금은 술을 취하기 위하여 마시는 것이었다. 취하면 잠이라도 잘 수 있다는 생각에서 매일 술이었다. 그렇게 술을 마신 것이 벌써 3개월째였다.

　정희는 난감했다. 유한의 일행들이 다 빠져 나간 바에는 이제 두 사람만 남았다. 술에 취해서 소파 뒤로 머리를 기대고 자는 유한. 흔들어도 말이 없었다. 세상에 태어나서 이렇게 난감한 적이 없었다. 시험에 빠진 느낌이었다. 정희는 잠시 생각에 잠겼다. 술에 취해서 정신을 못 차리는 남자를 택시에 태워본들 집에 찾아갈 수도 없을 거 같았다. 정희는 한숨을 크게 내쉬고는 결단을 한 듯이 유한의 양복 안주머니에서 지갑을 꺼내어 카운터로 걸어갔다.

"여기 계산이요. 얼마예요?"

"210만 원입니다."

"저기 콜택시 하나 불러주세요."

정희는 호텔에 방을 잡고 유한을 호텔 침대에 눕히고 나갈까도 생각했지만 이대로 잤다간 아침에 출근도 못할 거 같은 생각에 머리를 흔들었다.

"콜택시 도착했습니다."

"저, 죄송하지만 택시까지 부축 좀 해주시겠어요?"

"알겠습니다."

웨이터가 유한을 부축하여 호텔입구에 나가자 모범택시가 기다리고 있었다. 후덥지근한 여름이지만 8월 말의 밤바람은 시원했다. 유한을 택시에 태운 정희는 자신이 사는 빌라로 향했다. 기본요금도 나오지 않는 거리를 2만 원을 주면서 3층까지 부축해달라고 운전기사에게 부탁을 하지 운전기사는 흔쾌히 수고를 마다하지 않았다.

정희는 남자를 사귀어보지 않았다. 고등학교를 다닐 땐 공부밖에 몰랐고 매번 전교 일이 등을 다투던 정희는 이화여대를 입학할 수 있었다. 여대에 다니면서도 사는 데 급급해서 그 흔한 미팅 한번을 하지 않았다. 특히나 난생 처음 여자가 아닌 남자가 자신이 사는 집에 들어왔다는 자체만으로도 대단한 일이었다.

정희는 영화나 소설 속에서 일어나는 사건이 자신에게 일어나고 있다고 생각했다. 남자의 경험이 없는 정희는 지금의 행동은 경험에서 나오는 것이 아니었다. 오로지 영화나 소설을 통해서 얻어진 간접적인 경험과 본능이었다.

원룸은 작았다. 10평도 채 안 되는 공간에 욕실이 있고 싱크대가 있었다. 큰 침대를 둘 수가 없어서 바닥에는 매트리스가 놓여있고 매트리스에는 여름용 요와 이불, 1인용 베개가 있었다.

정희는 유한을 힘겹게 끌어서 매트리스 위에 눕혔다. 자신만 자는 공간에 남자가 누워있는 것이 놀라기도 했지만 한편으로는 신기했다. 26년 동안에 처음 만난 남자였다. 유한을 매트리스에 눕혀놓고는 양말을 벗겼다. 그러고는 생각했다. 내일 출근하는 남자의 양복을 이대로 입히고 재울 수는 없다고 생각했다. 바지 혁대를 풀고 바지를 벗기려고 해도 쉽지가 않았다. 70킬로그램이 넘는 남자의 엉덩이를 드는 것이 쉽지 않다는 것도 처음 느끼는 순간이었다. 바지와 양복 상의를 벗기는데도 정희는 땀을 뻘뻘 흘렸다.

에어컨을 약하게 틀고는 이불을 유한의 목까지 덮었다. 유한의 양말을 세면기로 가져가서 깨끗이 빨고는 수건걸이에 걸었다. 수건 한 장을 꺼내어 온수에 담갔다가 꼭 짜고는 자고 있는 유한의 얼굴과 손, 발을 닦아내렸다. 얼굴을 닦을 때에는 유한이 깰까봐 조심조심했다. 발가락 사이사이 닦으면서 이러는 자신이 놀라웠다. 그러고는 자신도 잠옷으로 갈아입었다. 평소에 입던 나시 잠옷을 차마 입을 수가 없어서 트레이닝복 바지에 얇은 티셔츠를 입었다. 집에만 들어오면 답답하다고 벗었던 브래지어도 풀지를 못했다. 화장을 지우고 세수를 하고 난 시간이 새벽 두 시. 구겨진 양복을 다림질하기 위해서 다리미판을 세우고 다리미에 불을 꽂자 유한이 잠꼬대를 한다.

"다혜야……, 다혜야……."

수차례 다혜를 부르다가 옆으로 돌아눕고는 미동도 하지 않는

다. 정희는 유한의 아내를 본 적이 세 번 정도 있었다. 아내가 회사로 찾아오는 것을 무척이나 싫어해서 정희가 1년 10개월간 근무하는 동안에 세 번 정도 본 게 전부였다. 그러나 유한이 만나는 여자가 있다는 것은 눈치를 챘지만 그 여자가 누구인지는 몰랐다. 지난 3개월간 매일 유한이 술을 마신다는 것은 알 수가 있었다. 아침마다 술 냄새가 진동을 하는 사장실에 들어가면서 유한의 신변에 이상이 있다는 것은 감지했지만 말단 여비서가 물어볼 수는 없는 일이었다. 물론 자신이 모시는 사장님의 부인 이름이 박재희라는 정도는 정희도 알고 있었다.

유한의 양복을 다려서 옷걸이에 걸고는 구석에 쪼그리고 앉았다. 맥주와 위스키를 많이 마셨지만 술이 달아나 버렸다. 그도 그럴 것이 난생 처음 자신의 눈앞에서 남자가 누워 있는데 어떻게 술이 취하겠는가. 유한이 자는 모습을 바라보았다. 에어컨을 끄고 선풍기를 약하게 켰다.

'재벌의 사위인데 무엇 때문에 날마다 술을 취할 만큼 마실까? 부자는 고민이 없을 줄 알았는데……. 우리 사장님은 고민이 많은가 보네……. 저 남자가 내 남자라면……. 이대로 우리 집에서 살았으면…….'

정희는 한 편을 소설을 쓰고 있었다. 상상의 나래를 펴는 동안 눈꺼풀이 무거워져서 자꾸만 내려왔다. 정희는 베개도 없이 팔을 베고 누웠다. 방 안은 떨어져 누워도 팔만 뻗어도 손끝에 다이는 좁은 공간이었다. 정희는 유한이 팔을 뻗으면 닿을 수 있는 거리로 가

까이 다가갔다. 차마 유한을 바라보며 누울 수가 없어서 유한을 등
지고 누웠다.

'그래. 이제 그만하자. 내 상상은 이것으로 된 거야. 엄감생심 내
가 누구를 넘보는 거야? 우리 사장님은 나이도 많잖아. 그래. 아마
내일이면 고맙다고 하시겠지. 그러면 된 거지.'

그렇게 생각을 하며 잠이 들었다. 한 시간이나 흘렀을까. 유한의
몸부림으로 정희의 등에 유한의 몸이 닿았다. 두 사람이 등을 지
고 누웠었는데 한 사람이 반대로 돌아눕자 두 사람의 거리는 더 좁
아져 버린 것이다.

유한의 몸이 닿는 순간 정희는 잠에서 깼다. 도망을 갈래야 갈 수
도 없는 공간. 정희는 호랑이 앞에 놓인 토끼마냥 꼼짝할 수가 없었
다. 돌아누우면 바로 얼굴과 얼굴이 마주칠 거리. 잠이 확 달아나
버렸다. 유한의 움직임에 촉각이 곤두서있었다.

유한도 지금 이 곳이 여비서의 집인 줄은 알고 있었다. 술에 취했
다고는 하지만 정신을 완전히 놓은 건 아니었다. 택시에서 내릴 때
잠깐 정신이 들었고 정희가 얼굴을 닦아줄 때에도 잠깐 정신이 들
었던 것이다. 그러나 잠깐 정신이 들었지만 이성을 조정할 만큼 감
각이 살아있지는 않았다. 그냥 오늘은 술에 못 이기고 싶었고, 못
이겨서 여비서의 집에서 하루 신세 지는 것으로 하자고 유한은 정
신이 잠시 들었을 때 그렇게 생각했었다.

몸부림을 치다가 유한이 잠에서 깨버렸다. 등을 돌리니까 눈앞에
여자가 등을 보이며 자고 있었다. 팔을 뻗으면 남자 품으로 들어올

수 있는 여자. 유한은 다혜랑 헤어진 후 여자와 새롭게 엮이지 않고 싶었다. 여자를 싫어하는 유한은 아니지만 사랑하고 싶지는 않았다. 사랑했던 여자를 놓아줄 수밖에 없었던 한심한 남자가 자신이라고 느끼고 있었다. 하나를 얻으면 하나를 버려야 하는 순리 앞에서 두 개를 다 얻으려고 하는 자신이 한심스러웠다.

정희는 유한이 정신이 돌아온 것을 몰랐다. 남자를 사귀어 보지 않아서 남자가 술을 취했을 때 어디까지가 술이 취한 행동인지도 몰랐다. 유한이 바에서 술에 취한 이후 지금까지 정신이 없는 줄만 알고 있다가 등 뒤에 유한의 몸짓에 얼음이 되고 말았다. 잠시나마 내 남자였음 좋겠다고 생각했지만, 남자와 잠자리를 한 번도 하지 않은 정희로서는 유한을 내 남자로 만드는 일도 서툴렀다.

'어떻게 하지? 만약에 사장님이 팔로 끌어안으면 난 어떻게 하지? 뿌리칠까? 뭐라고 하면서 뿌리치지? 뿌리칠 거면 왜 데려왔냐고 물으면, 난 뭐라 하지? 아님 그냥 가만히 있을까? 안으면 그냥 안겨버릴까? 왜 이렇게 가슴이 뛰지? 맥박도 빨라졌네.'

이런 생각에 머리 아파서 죽을 지경인데, 정말 유한의 팔이 정희를 끌어안았다. 이불을 유한만 덮어주고 이불도 없이 팔로 베개 삼아 누워있던 정희에게 유한이 이불을 끌어다 덮어주려고 유한 쪽으로 정희를 끌어왔다. 그러나 정희는 유한이 자신을 끌어안는 줄 알았다. 어두운 불빛에 자세한 얼굴을 볼 수 없는 것이 다행이라고 정희는 생각했다.

유한이 당기자 정희는 용수철처럼 돌아누우면서 기다렸다는 듯이 유한의 가슴으로 파고들었다. 순간 유한도 놀랐다. 비서와 이런 순간이 오리라고는 상상도 할 수 없는 일이었다. 유한에게는 여자 란 널리고 널린 존재였다. 젊고, 돈 많고, 잘생겼고, 재벌 사위였으 니까 필요하면 여자는 언제든지 있었다. 그런데 비서와 함께 누워 있다는 것도 그랬지만 비서가 자신의 품속으로 들어왔다는 것이 신 기했다. 유한은 정희의 볼을 어루만졌다.

"아직 안 잔거야?"

"아뇨. 잠시 잠들었다가 방금……."

"나 땜에 고생했지?"

"아니에요."

유한은 정희의 이마에 입술을 맞추었다. 정희는 유한의 행동에 전혀 거부감이 없었다. 지그시 눈 감은'정희의 눈에 입을 맞추고는 코를 지나 입술로 내려왔다. 난생처음 남자와 하는 키스는 숨이 막 히고 정신이 몽롱했다. 잠깐 딴 세상에 간 기분이었다. 술을 아무리 취해 봐도 이런 몽롱한 기분은 없었다. 정희는 유한과의 첫 키스는 평생을 살아도 잊을 수 없는 황홀함으로 다가왔다. 유한의 손은 정 희의 티셔츠 속에 있는 브래지어로 다가갔다.

"괜찮겠어?"

"네. 괜찮아요."

"너한테 상처를 줄지도 몰라."

"나 사장님께 바라는 거 없어요."

두 사람은 더 이상 말이 없었다. 아니, 말할 필요가 없다고 생각 했다. 정희는 오늘 그냥 하룻밤이라도 내 남자였음 하는 바람뿐이 었다. 내 생애 첫 남자가 유한이라는 남자이기에 감사했다. 26년간

정희, 새로운 만남 151

간직해온 순결을 이 남자라면 후회 없겠다고 생각했다.

유한이 브래지어를 풀자 자신이 옷을 벗겠다고 얘기하면서 일어나서 희미한 등 밑에서 티셔츠와 트레이닝복 바지를 벗고는 팬티 한 장만 걸치고 유한의 품 안으로 날아왔다. 유난히 아프다고 유한의 가슴팍을 밀어내기도 하고 남자를 위한 테크닉이라고는 전혀 없는 정희가 섹스가 처음이라는 것을 알게 된 것은 선홍색 피가 발갛게 물든 요를 보고 유한은 알았다. 남자는 여자의 생리 때 나오는 검붉은 피와 살갗이 찢어진 피는 바보가 아닌 이상 다 알아볼 수 있었다. 그것을 모를 줄 알고 속이려고 하는 여자가 정말 바보인 것이다.

"정희야, 처음인거야?"

"네."

"아니, 남자랑 잠자리를 한 번도 해보지 않은 거야?"

"남자 사귈 시간이 없었어요."

"대학 다닐 때는?"

"아르바이트 한다고 미팅도 못한걸요."

"그런데 왜 나랑 했어?"

"전 사장님의 와이프잖아요."

"뭐?"

"놀라시긴요. 오피스 와이프, 모르세요?"

"난 또……."

"제가 회사에서는 와이프 이상으로 챙겨드리잖아요. 호호호."

"맞네. 정희가 회사에서는 내 와이프 맞네. 하하하."

"절대로 회사에서도 티 안 낼게요."

"앞으로 널 다시 안 만날지도 몰라."

"알아요. 사장님. 제가 짐이 되지는 않을 거예요."

병원은 저녁 9시만 되면 조용해진다. 중환자실 면회도 그 시간이면 끝이 났고 1층 편의점도 9시면 문을 닫기에 왕래가 끝나는 시간이 보통 저녁 9시 전후였다. 움직일 수 있는 정형외과 환자들만 휠체어를 끌고 바람을 쉬거나 모퉁이에서 담배를 피우거나 할 뿐이었다.

병실은 보통 11시면 취침시간이었다. 아침 6시면 아침밥이 나오고 정오면 점심밥이 나오고 저녁 6시면 저녁밥이 나오는 규칙적인 시간에 의해서 움직여지기에 다인실은 밤 11시면 간호사가 소등을 해 버리는 것이다. 9시 뉴스가 끝나면 10시 연속극, 연속극이 끝나는 11시가 취침인 것이었다.

유한은 움직일 수가 없기에 낮에도 잠을 자고 밤에도 잠을 잤다. 어떨 땐 밤에 한 잠도 못자다가 낮에 종일 자기도 했다. 열흘이 넘도록 보지 못한 정희를 본다는 설렘보다는 병실에 찾아오는 손님이 없어서 종일 간병인 선애와 단 둘이 있는 무료함이 정희를 더욱 기다리게 했다.

유한은 선애에게 비서가 왔을 때 먹을 수 있는 과일과 음료수를 준비하라고 일러두었다. 저녁식사를 마친 선애는 병원 앞 과일 가게로 가서 제일 좋은 걸로 포도, 수박, 복숭아를 사고 9시 반쯤에 씻고 잘라서 쟁반에 곱게 담아놓았다. 정확하게 10시가 되자 정희가 장미 한 아름을 안고 병실로 들어왔다.

침대를 약간 세우게 하고는 또각또각 걸어오는 정희를 곁눈으로 보았다. 다혜가 결혼한 지 3개월 정도 되었을 때 우연히 하룻밤을 함께 보내고 난 후 한두 달에 한 번 정도는 정희의 집을 찾아 가곤 했지만, 지난 3개월간 다혜를 다시 만나고부터는 함께 하는 시간을 가지지 않았었다. 다시 못 만날 줄 알았던 다혜를 만나고부터는 전혀 다른 곳에 눈을 두지 않았다. 그러나 정희에게 어떤 말도 해줄 수가 없었다. 정희는 유한과 헤어진 여자가 다혜인 줄, 다시 만난 여자가 다혜인 줄, 교통사고로 다혜가 죽은 줄 전혀 모르고 있었다.

"사장님……."

"그래. 어서와. 내가 목을 아직 못 움직여서……. 이쪽으로 와."

"많이 다치셨네요. 아프시죠?"

"좀 아프긴 하지만 견디고 있어. 그래, 어떻게 지냈니?"

"사장님 안계시니까 바쁘진 않아요. 모두 회장님 수발만 하면 되니까."

"회장님은 여전하시지?"

"네. 요즘은 박재호 사장님께서 자주 회장실을 찾아오시던데요."

"아마 그럴 거야. 거성중공업 인수 건으로. 나도 오늘 핸드폰이 복구되었어."

"아, 그래서 전화가 안 되었구나. 전화를 걸었더니 꺼져있다고만 나오더라고요."

"과일 좀 먹으면서 얘기 해. 내 얼굴이 좀 푸석푸석하지?"

"네. 사장님 얼굴이 영 안 좋아요. 왜 그러세요?"

"아직 음식물을 못 먹어서 그래. 링거로만 버티니까 지방이 빠져서 그런가봐."

"언제까지 식사를 못하세요?"

"누워서 똥 누는 게 싫어서 그래. 하하하."

"에이. 그래도 그렇죠. 식사를 하셔야죠. 사장님 식사 제가 챙겨 드려요?"

"회사는 어쩌고 내 식사를 챙겨?"

"전에도 회사 다니면서 사장님 식사 잘 챙겼잖아요. 호호호."

"그거야 옆에 있으니까 그런 것이고. 하하하."

"가끔 찾아와도 되죠?"

"그래. 자주 와."

"사모님은 자주 오세요?"

"입원하고 세 번 봤나보네. 잠깐 왔다가 가곤 해."

정희는 간병인이 함께 있는 자리에서는 유한을 사무적으로 대했다. 사장과 비서 이외에는 어떤 것도 용납하지 않았다. 그만큼 유한을 생각했었고 조금이라고 유한에게 짐이 되지 않는 존재이기를 원했다. 유한은 선애에게 볼펜과 메모지를 가져오게 하고는 잠시 병실 밖으로 내 보냈다. 비서가 찾아올 때에는 그만한 이유가 있는 줄 알고 한 시간 있다가 온다고 하며 병실 문을 나섰다. 유한은 정희에게 메모지에 받아 적으라고 했다.

"이제 우리 둘뿐이네."

"근데 어쩌다가 사고가 난 거예요?"

"그건 차차 얘기해 줄게."

"오만 상상을 다했어요. 사고 났다는 얘기 듣고."

"그런데 찾아오지도 않아?"

"제가 그러지 못한다는 거 사장님도 뻔히 아시면서……."

"아냐. 농담이야."

"앞으로 자주 올게요. 와이프니까."

"그래. 자주 와. 이건 내 방에 있는 금고 번호야. 금고 키는 내 책상서랍 우측 상단에 있으니까 이걸로 열어."

"어떤 것을 가져다 드려요?"

"일단 금고 안에 있던 건 전부 가져와. 한 번으로는 안 될 거야. 현금도 있고, 통장이랑 도장도 있고, 주식도 있고, 서류봉투도 몇 개 있을 거야."

"언제 가져와요?"

"이번 주 토요일과 일요일 이틀 동안에 가져와."

"네. 알겠어요. 일요일은 병원에서 사장님이랑 놀아도 되죠? 맛있는 거 만들어 올게요."

"안 먹는다니까 그러네."

"안 먹고 어떻게 버텨요? 대변보는 거 겁내지 마시고……. 아셨죠?"

"마누라처럼 잔소리네."

"제가 와이프잖아요. 오피스 와이프. 호호호."

"내 방 금고 열 때에는 다른 직원들 다 퇴근한 후에 열어. 이상하게 생각하니까."

"네. 알겠어요."

"토요일과 일요일은 내방객이 없으니까 언제든지 오면 돼. 출발할 때 꼭 전화하고."

유한은 정희를 믿고 있었다. 두 사람과의 관계가 아니라도 사장과 비서로서의 신뢰감만으로도 충분히 믿음이 가는 비서였지만 비밀을 공유할 만큼의 믿음은 2년 6개월 전부터 가능했다. 하지만 한 번도 정희를 테스트 하거나 비밀스러운 일을 시키지는 않았다. 금고

에서 가져오는 현금이나 주식, 통장, 서류 등 모든 것도 보관할 장
소가 필요했다. 그 보관 장소로 정희의 집이 최고로 적합하다고 유
한은 생각했다. 지금 처한 상황에서 어쩌면 최고의 조력자가 정희
가 될 것이라고 유한은 생각했다.

불사르는 밤

목요일, 재희는 다섯 시부터 나갈 준비를 했다. 지난주 '시스루'에서 만난 남자를 만나기 위해 준비하고 있었다. 명함을 보고 망설이다가 일주일 만에 전화를 하고 만나러 나가는 것이었다. 샤워를 하고 온몸에 프랑스제 바디로션을 발랐다. 속살이 비치는 팬티와 브래지어를 하고 가터벨트를 했다. 밴드스타킹으로 섹시함을 더하고는 보라색 짧은 원피스를 입었다. 치마의 길이는 허리를 숙이면 가터벨트가 노출될 정도로 짧아서 사람들의 시선을 받기에 충분했다. 진주 목걸이와 귀고리, 반지를 끼고 허리에는 금색 벨트로 포인트를 주었다.

전신 거울 앞에 선 후 재희는 비치는 자신의 모습을 보았다. 오늘은 그 남자와 긴 밤을 지낼 각오로 준비하는 자신을 발견하고는 입가에 잔잔한 미소를 띠었다. 이제 재희에게는 유한이라는 존재는 없었다. 아니, 가슴에서 지우려고 했다. 숱한 세월동안 가졌던 집착마저도 이젠 다 지워버리려고 노력하고 있었다.

라마다르네상스호텔 입구에 벤츠가 들어섰다. 발렛파킹을 위해

호텔 입구에 차를 세우자 운전석 문이 열렸다. 차에서 내리는 재희를 보고 일제히 남자들의 시선이 쏠렸다. 나이보다 젊어 보이는 농염한 자태에 섹시미를 한껏 자랑한 패션에다 고급 세단에서 내리는데 그건 당연한 일이었다.

남자들의 시선을 뒤로 한 채 회전문을 밀고 로비 라운지 커피숍으로 들어섰다. 다섯 시부터 준비는 하였지만 호텔에 들어선 시간은 약속시간을 훌쩍 지나고 있었다. 남자보다 늦게 나가는 게 당연하다고 생각하는 재희였다.

김범수가 호텔 로비 라운지 커피숍에 들어온 시간은 여섯 시 삼십 분, 남자는 무려 한 시간을 기다리면 애태우고 있었다. 5분 간격으로 시계를 쳐다봤고 일곱 시 삼십 분쯤 전화를 해볼까 하는 순간 재희가 입구로 들어오고 있었다. 재희를 발견하고는 자리에서 일어서서 재희를 향해 손짓을 했다. 재희의 모습에는 후광이 비치는 거 같았다. 밝은 빛이 재희를 감싸 안고 오는 것 같았다. 김범수에게는 그렇게 비쳤다. 많은 여자를 만나봤지만 재희와 같은 여자를 보지는 못했었다.

"제가 좀 늦었어요."

"아닙니다. 제가 좀 일찍 왔죠. 너무 아름다우십니다."

"호호호. 그래요?"

"일단 커피 한잔을 하시고……. 재희 씨는 뭐 좋아하십니까?"

"회가 좋겠어요."

"호텔 뒤편에 일식집이 있는데 그쪽을 가죠."

"네. 좋아요."

재희는 김범수가 안내한 '다마시까'에 들어섰다. 종업원은 김범수를 보고 큰소리로 인사하며 룸으로 안내했다. 김범수는 주인을 부르자 주방장 차림의 건장한 사내가 들어왔다.

"사장님, 어서 오십시오."

"장사는 잘 되십니까?"

"자주 찾아주시니까 그 덕분에 먹고 살죠."

"오늘 귀한 분과 함께 왔으니까 특별히 신경써주세요."

"아이고, 여부가 있겠습니까……. 바로 준비해 드리겠습니다."

"술은 가벼운 사케로 주세요."

"네. 알겠습니다."

잠시 후 회를 비롯한 해산물이 담긴 접시들이 가득 들어왔다. 일식집 크기에 비해서는 음식들이 고급스럽게 나온다고 재희는 생각했다. 유한이 입원하고는 열흘이 넘도록 세 번밖에 가지 않은 것이 마음에는 걸렸으나 만나봐야 서로 할 말도 없어서 엉뚱한 얘기를 하는 것이 재희는 싫었다. 한 달에 300만 원을 받는 24시간 간병인이 있으면 되겠지 하는 생각뿐이었다. 남편이 회사에 나갈 때에도 편하게 생활하던 재희였지만 병원에서 몇 달을 꼼짝 못한다고 하니까 살판 난 것은 재희 한 사람 뿐이었다. 옛날에 유한이 하던 사랑놀이를 이제는 재희가 하는 것이었다.

"아가씨, 이제부터는 내가 부르기 전에는 문 열지 마."

"네. 사장님."

종업원은 그 말하는 뜻이 무엇인지 알듯이 미소를 머금고 문을 닫고 나갔다.

"자주 오시나 봐요?"

"가끔 옵니다. 접대를 하거나…… 아님 친구들과 오죠."

"제가 한잔 드릴게요. 잔 받으세요."

"오늘 즐겁게 마십시다. 재희 씨를 위해서······."

따뜻한 사케가 목젖을 타고 들어가자 긴장했던 마음이 녹아내렸다. 붉은 조명과 함께 야릇한 분위기에 재희의 볼은 붉게 홍조를 띠었지만 낯선 남자가 건네는 술 한 잔은 어색한 분위기마저 떨치기에 충분했다.

김범수는 양복 상의를 벗어 벽에 있는 옷걸이에 걸었다. 진청색에 흰색 스트라이프 줄무늬의 와이셔츠는 같은 청색계열의 양복과 매칭이 되어 세련미가 돋보였고 늘 유한이 그렇게 하듯이 금색 카오스 버튼이 소매에서 반짝거렸다. 바지의 칼 같은 주름은 빈틈이 없어보였고 양말과 구두까지 의상과 함께 조화로워 보였다. 벤처기업의 대표라기보다는 패션업계 대표라고 해도 인정할 정도의 패션 감각이 뛰어났다. 김범수는 그런 남자였다. 자수성가로 이루어낸 사업이 어느 정도 안정세에 접어들면서 자신이 꿈꾸었던 풍요를 즐기는 유형이었다.

"김사장님은 고향이 어디세요?"

"말투가 어디 같아 보입니까?"

"서울 분 같은데······."

"충청도 촌놈입니다. 대학교도 지방에서 나왔고 직장생활 10년만에 독립을 한 거죠."

"사업하신 지는 얼마나 되셨어요?"

"올해로 만 8년차입니다. 이제 안정세에 접어들었다고 자평할 정도죠."

"경쟁업체도 많겠는데······."

"현재는 경쟁업체가 좀 됩니다만 우리 회사처럼 업력이 있는 곳이 많지는 않아서 할 만하죠."

"거래업체가 어떤 곳이에요?"

"하하하. 재희 씨는 궁금한 것도 많으십니다. 평범한 주부는 아닌 거 같아요."

"평범한 주부죠. 들은 게 많다보니까……. 혹 알아요? 제가 도움이 될지……. 호호호."

"도움이라……. 그것 좋죠. 미래에 도움을 주실 분인데 오늘 확실히 모셔야겠군요."

"호호호. 말이 그렇다는 거죠."

"자, 제 잔 한잔 받으세요. 오늘 기분 좋게 취하는 겁니다."

김범수는 호기롭게 술잔을 재희에게 건넸다. 재희의 짧은 치마는 가터벨트와 거리감이 있어 맨살의 허벅지가 훤히 보였다. 마주앉았던 김범수는 술잔을 들고 재희 곁으로 자리를 옮겼다. 남자가 옆자리에 앉자 짙은 향수가 코끝을 자극했다. 여자가 좋아하는 남자 특유의 강한 향수는 재희가 숨을 쉴 때마다 가슴까지 전달되고 있었다. 앞가슴이 깊게 패인 원피스는 살짝만 쳐다봐도 젖무덤이 고스란히 보였다. 낯선 남자랑 일탈을 꿈꾸며 입고 나온 옷이기에 남자의 시선은 당연히 젖가슴에 쏠릴 수밖에 없었다.

재희는 김범수가 건넨 술잔을 들이키고 그 잔을 김범수한테 내밀었다. 그 잔을 받던 김범수는 잔을 잡으면서 재희의 손도 함께 잡았다. 그러면서 왼팔로 자연스럽게 재희를 어깨동무하며 재희를 지긋이 바라봤다.

"오늘은 제가 편한대로……, 마음 가는대로 해볼랍니다."

재희는 남자의 얘기에 대꾸할 수가 없었다. 김범수는 그 말이 끝나기가 무섭게 재희의 입술을 덮쳤기 때문이었다. 두툼한 입술이 작은 입술을 덮은 꼴이었다. 가벼운 입맞춤인줄 알았던 재희는 남자의 혀가 입안으로 들어오자 잠시 머뭇거리다가 그 혀를 이내 받아들였다. 사케의 은은한 향이 혀를 타고 혀로 전해오자 남자가 잡은 손에 힘이 가해졌다. 남자는 다 그런 동물인가. 여자의 느낌을 촉감으로 알아차리면 더 맹수로 돌변한다.

입맞춤을 하던 입은 목을 타고 점점 아래로 내려간다. 간혹 귓불을 자극하다가도 가슴 쪽을 파고든다. 목표가 젖가슴이기에 목표가 목적지로 바뀌면서 밑으로 내려간다.

"아……. 누가 보면 어쩌려고요."

"볼 사람 없습니다. 아무도 못 들어와요."

"그래도……. 으흠……."

재희는 남자의 손이 브래지어 속으로 들어오고 손가락이 젖꼭지를 비틀자 참았던 숨을 토해내기 시작했다. 그 숨은 한을 토하는 숨이 아니라 육체의 향연의 전주곡이었다. 남자는 재희의 원피스 앞가슴 쪽을 내리더니 젖무덤을 옷 밖으로 끄집어 내버렸다. 그러고는 재희의 젖가슴을 입술로 덮쳤다. 진홍색 유륜과 젖꼭지가 남자의 입안으로 들어갔다.

"아…… 아…… 음……, 어떻게 해요……."

분위기가 이렇게 되어버리자 술 마시는 건 뒷전이 되어버렸다. 보통은 술을 마시다가 주방장이 서비스로 회를 더 가져오고 술 한 잔을 받으면 팁을 챙겨나가지만 오늘 예외였다. 김범수도 여자랑 단둘이 이곳에서 술을 마시기는 처음이지만 하는 것은 프로처럼 노련했다. 최소한 재희한테만큼은 프로 같았다.

입은 재희의 젖을 애무하면서 오른손은 재희의 허벅지를 타고 점점 팬티 쪽으로 올라오고 있었다. 조그만 팬티는 남자의 억센 손에 의하여 그만 가터벨트 밑으로 내려왔다. 그런 동작이 순식간에 일어난 것이라서 재희도 어떻게 저지할 수가 없었다. 모든 신경이 젖으로 가있다가 어느 한순간에 팬티가 엉덩이에서 벗겨져버린 것이었다. 남자 손은 젖을 대로 젖어버린 계곡 사이를 헤집고 들어왔다. 젖가슴을 남자가 빨 때부터 재희의 아래는 조금씩 젖어오고 있었다. 여자는 자신의 육체가 어느 정도로 반응을 하는지 어느 정도 젖었는지 알고 있다. 젖은 계곡 사이로 손가락 하나가 들어오자 재희는 숨이 멎을 것만 같았다.

얼마 만에 느끼는 감정일까. 외간남자랑은 쉽게 몸을 허락하지 않는 재희도 오늘은 무너지고 있었다. 김범수의 매력일까? 아니면 유한에 대한 애증의 반증일까? 재희는 복잡하고 착잡한 심정을 낯선 남자로 인하여 모두 지워버리고 싶었다. 고통을 잊기 위해서는 술과 섹스만큼 좋은 것이 또 있을까? 재희는 오늘밤 술에도 취하고 섹스에도 취하고 싶었다. 지난주 처음 만난 낯선 남자랑 '시스루'에서 이루어진 엔조이가 오늘까지 이어지고 있었다.

김범수는 재희가 어떤 여자인지 알 수가 없었다. 그냥 부유한 집의 사모님으로만 알 뿐이었다. 그냥 즐기고 싶은 여자로만 생각하고 있었다. 오늘 김범수의 행동이 그것을 말해주고 있었다. 행동에 교양이 있을 수 없고 손끝에 내일을 생각하지 않았다. 그냥 오늘 하루 여자와 즐기는 것 뿐, 다른 생각을 하지 않았다.

남자의 손가락은 클리토리스를 터치하기 시작했다. 한번 터치할 때마다 재희의 몸은 들썩이고 있었다. 감정의 고조가 높을수록 분

비되는 액체는 더욱 많아졌다. 액은 손가락을 타고 남자의 손바닥까지 적셨다.

"아…… 아…… 그만…… 그만해요……. 미치겠어요……."

"하하하. 그 정도로 그래……."

어느새 남자는 재희에게 말을 놓고 있었다. 남자가 질속에 있던 손가락을 빼더니 흥건하게 묻은 액을 재희의 입안으로 가져가자 그녀는 아무런 내색 없이 손가락을 깨끗하게 빨았다.

"그럼…… 내꺼 입으로 빨아봐."

재희는 남자의 말에 군소리가 없었다. 전혀 반항을 할 생각조차 없는 듯 했다. 로봇처럼 주인이 조정하는 리모컨대로 움직이는 것 같았다. 남자의 벨트를 풀고 지퍼를 내렸다. 그러나 남자는 일어나서 바지와 팬티를 무릎까지 내려버렸다. 칼 같이 다려진 바지에 구김이라도 생기는 것을 걱정한 것이었는지 재희가 오랄 하기 쉽도록 배려하는 것인지 알 수가 없었다.

남자가 자리에 앉자 재희는 고개를 쳐든 심벌을 손으로 만지면서 천천히 혀로 빨았다. 처음이 힘든 거지 두 번째는 쉬운 게 이런 행동이었다. 지난주 이 남자의 심벌을 오랄 한 적이 있다는 게 다행스러웠다. 혀가 귀두를 감싸더니 이내 목구멍까지 들어가고 부드럽게 때로는 강하게 심벌을 자극하기 시작했다. 남자는 굵고 긴 심벌을 목구멍 깊숙한 곳까지 쑤셔 넣었다. 재희는 역류하는 느낌을 억지로 참으면서 받아들이고 있지만 입안에서 자연스럽게 흘러나오는 침은 어쩔 수가 없었다. 침은 심벌을 잡은 재희의 손을 지나 남자의 사타구니로 내려갔다. 미끈거리는 남자의 액과 재희의 침은 합쳐져서 윤활유 역할을 하기에 충분했다.

재희는 일단 남자를 사정시키는 게 자신에게 편할 거라는 생각이 들자 손으로 심벌을 흔들기 시작했다. 입은 귀두를 살짝살짝 건들면서 손은 계속해서 왕복운동으로 심벌을 자극하자 잠시 후 남자의 두 손이 재희의 머리를 잡아 입안 깊숙이 심벌을 넣었다. 그러자 활화산에 분출되는 뜨거운 용암처럼 남자의 정액이 입안 가득 쏟아졌다. 남자는 그것을 삼키라고 압박하자 재희는 두 눈을 꼭 감고 단번에 꿀떡 삼키자 남자는 웃으면서 사케 한 잔을 마시라고 건네준다.

"한잔해요. 입안도 헹굴 겸."

재희는 남자가 건네준 사케를 입 안 가득 담고서 남자의 입술로 가져갔다. 남자는 당황하면서도 싫지가 않은 듯이 재희가 입으로 건네주는 사케를 한 방울도 흘리지 않고 받아마셨다.

"이런…… 내가 내 것을 먹은 결과군. 허허허."

"조금 전 자기도 그랬잖아요. 손가락 내 입에 넣어준 거."

"저런 복수를 한 거구만."

"싫으시면 안 드셔도 되는데……."

"싫긴. 이런 술은 나도 처음이라서 당황한 거죠."

뜨거웠던 열기가 차츰 가라앉아갔다. 열기가 식어가자 남자는 전처럼 다시 존댓말을 했다. 남자는 흥분했을 때와 흥분이 가라앉았을 때가 확연히 달랐다. 성난 늑대가 되었다가도 순한 양이 되기도 했다. 그게 남자였다.

"술이 그대로예요. 이젠 술에 취해 봐요."

"재희 씨는 술 잘하시나 봅니다."

"친구랑 마시면 양주 반병 정도는 먹어요."

"여자가 그 정도면 제법 마시는 거죠. 자 건배합니다. 오늘밤을 위하여!"

　김범수와 재희는 한 시간을 더 머물다가 일식집을 빠져나왔다. 사케 세 병을 같이 마셨으나 재희는 벌써 취기가 오르고 있었다. 르네상스호텔로 걸어가는 내내 김범수는 왼팔로 재희의 허리를 감고 부축하며 걸었다. 갑자기 우울해진 재희는 취기와 함께 온몸을 가눌 힘이 빠져버렸다.

　재희를 만나기 전 미리 룸을 예약한 범수는 곧장 엘리베이터로 향했다. 엘리베이터 안에는 다른 한 쌍의 남녀가 같이 탔다. 그들은 남자한테 기대어 선 여자를 곱지 않은 시선으로 바라봤다. 엘리베이터가 11층에 멈출 때까지 재희는 범수의 가슴에서 떨어질 줄 모르고 안겨있는 모습이었다. 1118호실 앞에 선 범수는 문을 열고는 재희를 안고 들어갔다.

　룸으로 들어간 범수는 재희를 침대에 앉히고는 욕실로 향했다. 욕탕에 온수와 냉수를 적당히 조절하여 틀어놓고 침대로 갔다. 남자의 욕망은 여자의 감정과는 무관한 모양이었다. 우울해진 재희는 안중에 없는 듯 범수는 재희의 입술을 덮쳐왔다. 재희는 남자의 욕망을 순순히 받아주고 있었다. 이렇게 다른 남자의 품에서 유한을 잊기라도 하겠다는 듯이 낯선 남자의 짙은 키스를 받아내고 있었다. 범수는 키스를 하면서 왼손을 재희의 치마 속으로 집어넣었다. 밴드스타킹과 연결하고 있는 가터의 후크가 열렸다. 손은 자연스럽게 팬티 속으로 들어갔다. 키스만으로도 충분히 젖어버린 재희는 급히 남자의 손을 뿌리쳤다.

　"잠깐만요. 시간 많은데 천천히 해요. 우리."

　"당신이 너무 매력적이라서 참을 수가 있어야지."

"일단 샤워부터 하구요. 내 몸에서 냄새나는 거 싫어."

"난 그 냄새도 좋은데……. 당신의 모든 게 다 좋은데 뭘……. 내 손에 나는 냄새 맡아봐."

"싫어요."

범수는 재희의 액이 묻어있는 손을 재희 코끝으로 들이대자 얼굴을 붉히며 뿌리쳤다. 재희는 민망한 듯 범수의 얼굴을 쳐다보았지만 범수는 아무렇지도 않은 듯 담배 한 개비를 꺼내 물었다.

침대에서 일어난 재희는 입고 있던 원피스를 벗었다. 밴드스타킹과 가터벨트도 벗어 던져버리고 조그만 팬티와 브래지어만 입은 나신으로 범수 앞에 섰다. 40대 중반이라고는 믿을 수 없을 정도의 몸매……. 탄탄한 힙과 풍만한 젖가슴은 남자를 유혹하기에 충분했다. 재희의 젖가슴은 원래 A컵 정도로 작았지만 5년 전 유방확대수술을 받아 큰 B컵으로 만든 것이었다. 유난히 작은 젖가슴으로 콤플렉스를 안고 있다가 유한의 승낙으로 젖가슴을 키운 것이었다. 유한이 승낙할 때에도 재희의 가슴에는 흥미가 없었다. 본인이 하고 싶다고 하니까 하라고 한 것뿐이었다.

"당신은 나이에 비해서 얼굴도 그렇지만 몸매도 아주 좋군. 군살도 없고."

"특별히 몸매관리를 하는 것도 없어요."

"와우. 그래? 선천적인데 그럼."

"비행기 너무 태우지 마세요."

"아냐. 비행기라니. 하하하."

재희는 젖가슴을 키운 것에 대해서 늘 만족하고 있었다. 간혹 사우나를 갈 때에도 자신감이 생긴 것을 스스로 느끼는 것이었다. 유방확대수술을 한 후에도 유한과의 부부관계가 호전되지는 않았지만 재희는 자기만족으로 충분했다. 재희는 힙으로 오는 범수의 손길을 마다하고 욕실 안으로 들어갔다.

욕탕은 적당한 온도의 물이 차오르고 있었다. 브래지어와 팬티를 벗은 후 샤워기를 틀었다. 재희는 화장이 지워질까봐 얼굴을 제외한 온몸에 조심스럽게 물을 뿌렸다. 비누는 젖가슴과 목을 지나 배와 사타구니를 지나갔다. 비누칠을 한 온몸을 손으로 문지르자 거품이 가득했다. 젖가슴을 쓰다듬자 자신도 모를 신음이 터져 나왔다. 모든 성감대가 유두에 있다는 믿음이 사실로 드러나는 순간이었다. 문 밖에는 남자가 있지만 재희는 혼자만의 공간에서 젖가슴이 주는 성감을 느끼고 싶었다.

극도로 흥분이 되자 받아놓은 물속으로 온몸을 담갔다. 따뜻한 물이 전신에 퍼지자 흥분이 가라앉고 노곤함이 몰려왔다. 낯선 남자랑 단 둘이 호텔방에 온 것이 긴장되었을까, 아님 사케로 인한 취기에 그런 것일까 하는 생각을 하며 욕탕을 나와 물기를 닦았다. 욕실 문을 열고 나오자 범수도 벌거벗은 채 소파에 앉아있었다.

"금방 나올게. 울 예쁜이."

범수는 재희를 어린 여자아이 다루듯 볼을 살짝 꼬집고 욕실로 들어갔다. 어두운 침대에 걸터앉은 재희는 갑자기 온갖 상념에 빠졌다. 이게 뭐하는 짓인가, 내가 이래도 되는 건가 하는 생각에 가슴이 먹먹해지면서 눈에는 눈물이 고여 왔다. 재희는 안하던 짓을 하고 있었다. 일탈이라고 하기에는 너무 과한 행동이라고 스스로 생각했다. 그냥 나갈까 하는 생각도 했지만 이미 늦어버린 것이었다. 빠져 나가기에는 시간이 너무 없었다. 벗은 옷을 다시 입기에는 시간이 촉박하다고 생각되자 집으로 가는 것을 포기하고 말았다. 식탁 위에 놓인 담배를 꺼내 불을 붙였다. 깊게 빤 담배연기가 폐 속까지 전달되자 마음이 진정되는 듯 했다. 몇 모금을 빨고 있을 때 범수가 나왔다.

"술 한잔 해. 냉장고에 마시고 싶은 거 꺼내봐."

남자는 늘 평소와는 다르게 여자와 관계를 할 때에는 반말로 하대를 했다. 남자의 우월감 때문일까. 남자가 하대를 하면 반대로 재희는 순종적으로 변했다. 남자다운 남자한테 매력을 느끼는 여자. 재희가 유한과 결혼을 결심한 것도 유한의 남자다운 매력 때문이었다. 가진 건 없어도 명석하고 남자다운 와일드함이 재희를 사로잡았다고 해도 과언이 아니었다.

재희는 냉장고에서 위스키 미니어처 두 병을 꺼내어 잔에 따랐다. 두 병을 한 잔에다 따르자 잔이 가득했다. 전라의 모습으로 남자에게 다가가자 남자는 한 팔로 허리를 감아 자신의 허벅지 위에 재희를 앉혔다. 위스키 한 모금을 마시고 잔을 남자한테 건넸다. 목을 타고 들어간 위스키의 향이 위까지 도달하는 거 같았다. 남자는 위스키 한 모금을 머금고 여자의 입술을 덮쳤다. 남자의 입에서 전달되는 위스키가 여자의 입안으로 들어왔다. 예상 못한 남자의 행동에 당황한 여자는 입가로 흐르지 않도록 남자의 입안에 있던 술을 다 받아 마셨다. 남자는 여자가 하던 짓을 따라 하고 있었다. 사케로 인한 취기, 뜨거운 욕탕, 그리고 위스키 두 모금, 여자는 몽롱한 기분을 가눌 길이 없었다. 남자의 입안에는 위스키가 떨어졌는데도 여자는 남자가 주는 침마저 빨아대고 있었다. 남자는 그런 여자를 안고는 침대에 뉘었다.

일신기획

문을 두드리는 소리가 들렸다. 선애는 늦은 시간 병실을 찾아올 손님이 없을 줄 알았다. 시계는 밤 열 시를 넘고 있었다. 유한에게 책을 읽어주다가 깜짝 놀라 병실 문을 열었다. 문으로 들어오는 두 여자가 선애를 보고 물었다.

"유한 씨 병실이죠?"

"네. 누구신지……. 이 밤에 오셨어요?"

"유한 씨 보호자세요?"

"아뇨. 간병인이에요. 실례지만 어떻게 오셨어요?"

"유한 씨 잘 아는 사람이에요. 김유라라고 해요. 제가 만나러 왔다고 전해주실래요?"

"잠시만 기다리세요."

밤 열 시가 넘어서 병실은 찾은 두 여자는 한사코 유한을 만나고 싶다고 했다. 40대 초반으로 보이는 여자와 60대 초반으로 보이는 여자는 면회시간을 훨씬 지난 시각에 병실을 찾은 것이다. 선애는 읽어주던 책을 들고 있다가 잠이 들어버린 유한을 깨웠다. 선애는 유한이 잠이 든 줄 모르고 있다가 유한을 깨우고 있었다.

"사장님……. 사장님……."

자다가 일어난 유한이라고 해야 눈만 떴을 뿐 몸짓은 자는 모습이나 깬 모습이다 다를 바 없었다. 아직 몸을 가눌 수 없도록 목 수술 후 깁스로 꼼짝 못하는 유한은 선애가 부르는 소리에 눈을 떴다.

"무슨 일입니까?"

"저……. 누가 찾아왔는데요."

"누가?"

"김유라 씨라고 하시던데요."

"유라?"

그러자 문 입구에 여자가 큰소리로 말했다. 두 여자 중 젊은 여자의 목소리가 유한의 귀에는 익었다. 바라볼 수는 없어도 들리는 목소리로 대충 누구인지는 짐작할 수 있는 목소리였다.

"다혜 언니, 김유라라고 말해주세요."

"들어오시라고 해요. 그리고 잠시 자리 비켜주시고……."

김유라는 유한이 단골로 가던 룸살롱 '로샤'의 마담이었다. 다혜와 유한을 맺어준 장본인이자 다혜의 이종사촌 언니였다. 다혜가 결혼하기 전에 세 사람이 같이 본 이후로 3년만의 만남이었다. 다혜가 결혼을 하고 난 후에는 단 한 번도 '로샤'에 가지 않았기에 꽤 오랜만에 보는 것이었다.

유라에게는 다혜의 결혼이 옳지 못했다. 매월 삼사천만 원씩 팔아주던 단골손님이 하루아침에 발을 끊어버렸기에 유라에게는 큰 고객을 놓쳐버린 꼴이었다. 사고로 인해서 다혜가 죽고 나자 한번 찾아올 줄은 알고 있었다.

"유사장님, 오랜만이네요."

두 여자는 유한이 하늘을 보고 누워있는 터라 유한의 눈과 마주치기 위해서 가까이 다가갔다. 3년 만에 만나지만 반가울 수가 없는 만남인 것을 서로가 잘 알고 있었다. 동생은 죽고 같이 있던 남자는 살아있다는 것이 그 이유이기도 했다. 유라는 같이 온 나이 많은 여자를 소개했다.

"네. 오랜만입니다. 쳐다볼 수 없어서 미안합니다."

"사고 경위는 알고 있지만 그래도 한번은 만나야겠다고 생각해서 찾아왔어요."

"잘 오셨습니다. 정말 미안합니다."

"이 분은 다혜 어머님이세요."

"아, 네…… 죄송합니다."

다혜의 어머니는 유한을 보자 마냥 눈물만 흘릴 뿐 유한과 대화조차 할 수 없었다. 다혜한테서 엄마랑 단둘이 산다는 얘기를 들었지만 만나기는 처음이었다. 단아해 보이는 여자는 유한의 손을 꼭 쥐고 울기만 했다. 유한도 눈가에 고이는 눈물을 어찌할 수가 없었다. 하늘을 바라보는 눈가에는 눈물이 고여 옆으로 흐르지만 얼굴을 돌려 외면할 수가 없어서 손으로 눈물만 훔쳤다. 그러자 다혜의 어머니는 손수건으로 유한의 눈물을 닦아주었다.

"원망하러 찾아온 게 아니에요."

"이모는 무슨 말을 그렇게 해?"

"내 딸이랑 연이 안 된 사람이라도 어떤 사람인가 궁금하기도 하고……."

"죽으면 같이 죽지. 왜 다혜 혼자만 보낸 거예요? 우리 다혜 불쌍해서 어떻게 해요."

"그만하거라. 다혜 운명이 그것밖에 안된 걸 어떻게 하니."

"이모는 이 사람 믿지도 않아?"

"다 지난 일인데 지금 와서 원망한들 다혜가 살아 돌아오는 것도 아닌데 뭐."

"정말 죄송합니다. 정말 죄송합니다."

유한은 다른 말을 할 수가 없었다. 사랑하는 연인을 홀로 떠나보내고 살겠다고 병실에 누워있는 자체가 너무도 싫었는데 두 여자가 다시 상기해주는 것이었다. 왜 살아남았는지, 왜 목숨을 지탱하고 있는지. 꼼짝도 못하고 누워있는 지금은 목숨마저 끊을 수 없다는 게 유한에게는 더욱 죄의식으로 다가왔다. 여인은 잡고 있던 유한의 손을 꼭 쥐며 말했다.

"병원에 얼마나 있을지 모르겠지만 퇴원하면 꼭 한번 찾아와요."

"찾아오긴 뭘 찾아오라고 그래요?"

"아니야. 그래도 우리 다혜가 사랑했던 사람인데, 이건 아니지."

"유사장님. 제 연락처 알죠?"

"네. 알고 있습니다."

"전화를 주시든지, 아님 가게로 한번 오시든지 하세요. 그러면 이모 연락처 드릴게요."

"움직일 수만 있으면 먼저 찾아 가겠습니다."

"이모 때문에 또 봐야겠네."

"몸조리 잘하시고 빨리 쾌차해서 우리 봐요."

"네. 정말 죄송합니다. 꼭 찾아뵙겠습니다."

두 여자는 12시가 다 되어 병실을 나섰다. 한동안 다혜를 잊고 있던 기억들이 유한을 엄습해왔다. 처음 만난 기억부터 사고 나는 순간까지 스크린처럼 머릿속에 가득 찼다. 이 많은 기억들을 어떻게 잊을 수가 있을까? 지울 수만 있다면 하는 생각에 두 여자가 나간 후에도 솟아오르는 눈물을 주체할 수가 없었다.

병실 밖 소파에 앉아서 기다리던 선애가 병실로 들어왔다. 두 여자와 유한과의 관계를 모르는 선애는 울어서 눈이 퉁퉁 부어있는 유한을 보고 놀랐다. 눈물로 환자복이 다 젖어서 어깨 쪽이 흥건히 젖어있는 것을 보자 아무 말 없이 옷을 갈아입히기 위하여 여분의 환자복을 캐비닛에서 꺼내었다.

살아있어도 산 것 같지 않은 나날이었다. 얼마나 더 오랜 시간을 병원생활을 해야 할 지 알 수가 없었다. 다행이 경추수술이 성공적이라는 것, 하반신 마비는 면했다는 것, 그게 유한에게는 유일한 희망이었다. 다행이 완치를 해서 퇴원을 한다고 해도 더 이상 재희와의 결혼생활이 영위될 수 없다는 것도 유한은 알고 있었다. 차라리 같이 죽었더라면 그게 훨씬 나았을지도 모른다는 생각에 유한은 다시 흐르는 눈물을 주체할 수 없었다. 목을 돌릴 수 없는 상태에서 흘린 눈물은 양쪽 귀를 타고 내려가 베갯잇을 흥건히 적셨다.

유한은 아무런 생각을 할 수가 없었다. 한 달 뒤…… 아니 일 년 뒤를 예측할 수가 없었다. 아마 이대로 회사의 모든 일에서 멀어지리라는 생각만 들 뿐이었다. 그냥 흐르는 세월에 자신의 운명을 맡길 수밖에 그 외에는 유한이 스스로 운명을 결정지을 수 있는 건 아무것도 없었다. 선애는 유한의 흐르는 눈물을 티슈로 닦아내고 있었다. 14년의 세월이 모래성과 같았다.

"사장님, 힘드시더라도 용기를 내세요. 일단 건강이 우선이잖아요."

"이런 내가 살아서 뭘 하려는지⋯⋯."

"그런 말씀 마시고, 환자복 갈아입어야 하니까 준비할게요."

유한은 누워서 4주간을 견뎌내야 겨우 목에 힘을 가눌 수 있기에 최소 누워서 대 소변을 4주간은 해결해야만 했다. 소변도 호스에 의지해서 해결해야 했기에 환자복을 간병인이 갈아입히는 것도 여간 일이 아니었다.

소변기에 꽂혀있는 호스를 꺼내고 옷을 갈아입힌 후 호스를 바짓가랑이를 통해서 다시 소변기에 꽂아야 하지만 그 전에 물수건을 온몸을 닦아야만 했다. 닦아내는 것을 등한시 할 경우에는 욕창이 생길 수 있기에 하루 한 번은 어김없이 물수건으로 온몸을 닦아 내는 수고스러움을 선애는 마다하지 않았다.

먼저 목을 가눌 수 없는 유한을 옆으로 비스듬히 밀어서 등과 엉덩이를 닦고 다시 바로 눕혀서 얼굴, 목, 가슴 순으로 밑으로 닦아야 했다. 젊은 여자의 손길이 목을 지나 가슴, 옆구리, 사타구니로 다가와도 유한은 아무런 느낌이 없었다. 정신적 스트레스가 모든 기능을 일시에 정지해버린 것인지 유한의 반응은 예상할 수가 없는 상태였다. 처음엔 음식을 먹었지만 대변이 쉽게 나오지 않자 결국에는 간병인이 관장을 해주는 지경까지 가게 된 것이다.

관장이 힘들고 창피해서 링거와 주스 등으로 식사를 대신했다. 식사를 못하자 모든 기능이 이상이 생겨버린 것이었다. 감각도 무뎌져서 선애의 손길이 온몸에 닿아도 느낌이 없었다. 남자로서의 기능이 죽어가고 있었다.

온몸을 닦고 환자복을 갈아입고 나니 새벽 한 시가 다가오고 있었다. 아침 7시면 어김없이 찾아오는 회진. 황수영 박사는 네 명의 의사와 다섯 명의 간호사를 대동하고 날마다 회진을 오는 것이다. 황박사는 정형외과 중에서는 경추부분에 최고의 권위가 있는 의사였다. 그 덕분에 최악의 상태인 하반신 마비는 면했지만 4주간의 경과를 지켜봐야 수술 후유증의 예견할 수 있다면서 4주간을 조심하라고 늘 주의를 주는 편이었다.

"선애 씨 피곤할 텐데 불 끄세요. 아침에 회진 오면 또 하루가 시작일텐데……."

"전 괜찮아요. 사장님 힘드시면 눈 붙이세요. 간접 등만 켜 놓을게요."

다음날 재희가 세브란스병원에 나타난 시각은 오후 한 시를 가리키고 있었다. 전날 라마다 르네상스에서 김범수와 뜨거운 밤을 보내고도 아무 일 없는 듯이 유한의 병실에 들어섰다. 집에서 옷을 갈아입은 것도 아니고 어제 입은 그대로 다른 남자의 체취를 몸에 담고 유한이 누워있는 침대로 또각또각 걸어왔다. 이제 재희에게는 유한이 사랑하는 사람도 남편도 아니었다. 어차피 헤어져야 할 운명이라면 스스로 빨리 정리해야겠다고 생각하고 있었다.

"사모님 오셨어요?"

"아줌마, 수고 많죠? 사장님 식사는 어떻게 해요?"

"아직 링거랑 주스로만 대신해요. 변보는 게 힘드시다고……."

"영현 아빠, 좀 어때요?"

"어떻긴……."

"황박사님 만나보고 올게요. 아무 생각 말고 몸이나 관리 잘

해요.”

“당신한테 물어볼 게 있는데……. 갔다 와서 얘기하지.”

“알았어요.”

재희의 말에는 살가운 게 없었다. 사무적인 어투와 냉랭한 얼굴로 잠시 대화를 할뿐 불편한 자리를 빨리 뜨고 싶은 것이었다. 어쩌면 양심의 가책이 남아있는지도 몰랐다. 서로 얼굴을 본다는 게 무척이나 어색하고 무척이나 낯설었다. 아직 호적상 남편 외에도 가끔씩 보는 남자가 있고 또 어젯밤처럼 원나잇으로 즐기는 남자가 있다는 것이 재희에게는 조금은 죄책감이 생겼을까. 서둘러 병실을 나온 재희는 담당의사인 황수영 박사의 방문을 노크했다.

“네. 들어오세요.”

“박사님, 안녕하시죠?”

“아, 어서 오십시오. 안 그래도 언제오시나 했습니다.”

“애기아빠한테 다른 징후가 있다고 들었는데…….”

“네. 혈당수치가 높아서 검사를 했더니 당뇨가 있더군요.”

“그럴 리가요? 이때껏 그런 게 없었는데…….”

“아마 모르고 사신 거죠. 남자가 바깥일을 하다보면 놓칠 수가 있죠.”

“또…… 다른 건요?”

“그리고 심장도 안 좋아요. 스트레스가 심하면 심근경색이 올 수 있는데…….”

“그럼 어떻게 하면 되죠?”

“일단 약물치료를 병행할 겁니다. 그리고 퇴원 후에도 계속 약물치료를 하셔야합니다.”

"언제까지 해야 하나요?"

"아마 살아있는 동안은 계속해야겠죠. 관리를 잘하면 생명에는 지장이 없지만, 관리가 잘못되면 그 반대가 됩니다."

재희는 황박사를 만나고 나오면서 기가 막혔다. 어린 나이에 자기를 만나서 젊은 청춘을 함께 보낼 때만 해도 아주 건강한 사람이었는데 어쩌다가 몸이 저 지경이 되었는지 억장이 무너졌다. 병든 남자를 버리는 악독한 여자……, 그게 재희가 될까봐 그녀는 몸서리를 쳤다.

주차장에서 세워둔 차에 앉았어도 좀처럼 운전을 할 수가 없었다. 이 일을 어떻게 해야 하나. 누구랑 상의를 해야 할 지 난감했다. 시계를 쳐다봤다. 황박사를 만나고 병실에 다시 간다고 했지만 갈 수가 없었다. 가서 뭐라고 한단 말인가. 재희는 가슴이 미어져 왔다. 성하지도 않은 사람을 내쳐야 한다는 자괴감이 재희를 힘들게 했다. 재희가 병실로 다시 들어갔을 땐 간호사가 링거를 교체하고 있었다.

"황박사가 뭐래?"

"당신 당뇨가 심하다네. 평생 관리 해야 한대요."

"뭔 난데없이 당뇨래?"

"요즘은 열 명 중 세 명은 당뇨라고. 너무 걱정하지 말래요."

"관리 안하면? 그럼 자연스럽게 죽겠구먼."

"그게 무슨……. 관리 안하면 합병증으로 더 고생이죠."

"내가 퇴원하는 날이면 당신과 이별인데 뭘 그렇게 걱정을 해?"

"그게 무슨……."

"괜찮아. 그게 수순인 것도 아니까. 내게 부담 가지지 마."

"당신 어떻게 아셨어요?"

"꼭 얘길 들어야 아나? 당신과 살아온 세월이 있는데 그 정도야 눈치로 알지. 그건 그렇고…… 당신 내 이름으로 보험 든 게 있다던데? 그것도 아홉 개나……."

"아, 그거? 아는 친구가 보험 한다고 하도 들어달라고 해서 몇 개 들었어요."

"그래서 아홉 개나 든 거야? 전부 사망보험으로?"

"두 개는 아니고……. 그나마 사망보험이 월 보험료가 작잖아요. 그래서 든거지."

"왜 나한테는 얘기 안했어?"

"뭐 특별히 얘기할 것도 아니라고 생각했죠."

"이번에 내가 죽었으면 보험금이 38억 원이 나온다는데 그게 특별한 게 아니야?"

"무슨 말을 그렇게 해요? 당신 죽었으면 내가 팔자 고쳤다 이거예요?"

"보험회사로부터 그 말을 들은 나는 기분이 어땠을까? 그런 내 기분 생각해본 적 있어?"

"내가 돈이 없어서 당신 죽으면 보험금 바라는 여자로 보여요?"

"그게 아니라면 차라리 당신 이름으로 들지."

"아무것도 아닌 걸 가지고 왜 그래요? 정말."

"아무것도 아니긴 뭐가 아무것도 아냐? 내가 누워 있으니까 우습게 보인다 이거야?"

"당신 우습게 본 거 없어요."

"당신 처신 잘 해. 아직은 내가 당신 남편이야……."

180

갑자기 정적이 흘렀다. 두 사람의 대화를 듣던 선애는 살그머니 병실 밖으로 나가버렸고 재희는 유한의 말에 얼음처럼 몸이 굳는 듯 했다. 밉던 곱던 함께 살아온 14년. 짧은 시간은 아니기에 서로가 연민을 가지고 때로는 안쓰러워하기도 했던 사이였다. 길면 1년, 짧게는 6개월, 그 기간이 지나면 서로가 남남이 된다는 현실을 서로가 알고 있었지만, 남편이 마지막으로 한 말이 가시가 되어 목에 걸렸다. 아직은 당신 남편이니까 처신 잘하라는 말은 꼭 어제 김범수와 하룻밤을 자고 온 것을 아는 듯한 말투였다.

"알았어요. 걱정하지 마세요. 근데 드시고 싶은 건 없어요?"

"나 먹는 것을 당신이 왜 신경 쓰는 거야? 간병인 있잖아. 가서 영현이나 잘 봐."

"주말에 영현이 한번 오라고 할게요."

"놔 둬. 공부하는 놈 억지로 부르지 말고 지가 오고 싶으면 오겠지. 그만 가 봐."

"필요한 게 있으면 선애 씨한테 말씀하세요."

"알았다니까. 가 봐."

"또 올게요."

유한의 말에는 가시가 돋친 듯이 딱딱했다. 열흘이 넘도록 병원에 세 번 정도만 다녀간 것부터가 유한의 심기를 자극했다. 매일 밤이 늦더라도 집에 들어갔을 때에도 자기 할 짓을 다하고 다니던 재희가 병원에서 몇 달을 꼼작 못하고 있다면 재희의 행동은 뻔했다.

평소 아들에게 관심이 없던 유한에게 이제는 하나 있는 아들이 염려되었다. 아버지로서 부족했지만 그래도 내가 존재했기에 유영현이란 아들이 대접을 받는다고 유한은 생각했다. 그런데 그런 아버지가 없다면 아들은 찬밥이 되겠구나 하는 생각에 억장이 무너졌다. 그래서 딴짓거리 하지 말고 아들한테나 신경 쓰라고 한 말이었다. 그 말에는 그렇지 않으면 용서 안하겠다는 뜻이 내포되어 있었지만 재희는 유한의 속뜻을 몰랐다.

"민숙아……. 나야. 재희."

"야, 이것아. 간병인을 소개시켜 줬더니 그 뒤로 연락 한번 없니?"

"미안. 내가 머리가 복잡해서 그래. 내일 나올 수 있니?"

"나야 네가 부르면 언제든지 콜이지. 어디로 나갈까?"

"지난번 네 생일에 만났던 일식집 알지?"

"논현동에 있는 '오사카' 말이지?"

"그래. 거기서 저녁 6시에 만나. 술이나 한잔 하자."

"오케이."

다음 날, 퇴근 시간이 임박해서 그런지 한 시간 전에 타워펠리스에서 출발했는데도 길을 잘못 선택해서 막히는 곳으로만 차를 모는 꼴이 되었다. 민숙의 생일 파티에 여고 동창들 몇 명과 어울린 후 가끔 전화만 하다가 4개월 만에 만나는 것이었다. 벤츠는 역삼역 방향으로 향했다. 도로는 차들로 빽빽했다.

라디오를 켜는 순간 재희는 또 눈물이 눈가에 고였다. 김현식의 〈사랑했어요〉의 가사가 가슴속을 헤집고 들어왔다. 그랬다. 끝나는 순간에 사랑을 새삼 느끼는 것이었다. 그땐 몰랐지만 사랑했다는 것을…….

미국에서 유한을 처음 만났을 땐 평범한 유학생으로 속이고 사랑을 시작했다. 도피 유학이었지만 최소한 유한에게는 그렇게 보이기 싫었다. 생활비도 똑같이 나누어 낼만큼 서로가 존중하며 시작한 동거생활. 그렇게 시작한 동거생활 1년 후 재희는 도피성 유학이란 것을 고백했고 아버지가 중견기업 회장이라는 것도 털어놓았다. 그리고 자신의 과거까지도 숨김없이 얘기한 재희였다.

그때는 그랬다. 사랑했으니까 버릴 수 없었고 사랑했으니까 이해할 수 있었던 것이었다. 최소한 결혼생활 2년 동안은 그랬다. 벤츠가 오사카에 도착하자 파킹을 위해 종업원이 뛰어나와 재희가 내릴 수 있도록 운전석을 열어주었다.

"어서 오십시오."

입구에서 종업원이 큰소리로 인사하자 함사장이 뛰어나왔다. '오사카'는 논현동에서 15년 정도 영업을 해온 일식집으로 제법 고급으로 알려져 있고, 함사장의 상술이 오사카를 지탱하는 데 한몫을 할 정도로 서비스가 대단했다.

"사모님, 오랜만에 오셨습니다. 잘 지내셨죠?"

1년에 서너 번 가는 일식집이지만 늘 계산을 재희가 하는 터라 주인이 몰라볼 수가 없었다. 차 안에서 음악을 들으면서 흘린 눈물 자국이 눈가에 고스란히 남아있는 것을 함사장이 보고는 더욱 조심하는 거 같았다.

"네. 오랜만에 왔죠?"

"그런데 아직 시간이 이른데……. 누가 오세요?"

"아, 제가 먼저 왔어요. 지난번에 생일이라고 하던 민숙이가 올 거예요."

"네. 기억납니다. 종업원 팁을 챙겨주시던 분 말씀이시죠?"

"네. 오면 안내해주세요. 그리고 먼저 기본안주만 주시고 술은 늘 먹던 걸로 보내주세요."

"사모님. 낮술로는 너무 과하신 거 아니세요?"

"좀 취하고 싶어서 그래요."

"그럼 안쪽에 특실로 들어가시죠. 자, 이쪽으로……."

재희는 함사장이 안내하는 룸으로 들어갔다. 재희는 어제 일들이 생각났다. 전날 낯선 남자와 하룻밤을 보낸 그 옷 그대로 입고 유한을 만난 것이 자신의 실체일까 하는 무서움이 생기기도 했다. 자신의 행동을 보면 유한을 사랑하지 않는다는 것이 정확하지만 그러면서도 재희는 늘 사랑한다, 사랑하지 않는다, 사랑한다, 사랑하지 않는다, 두 마음 속에서 흔들리고 있었다. 종업원이 기본안주라고 가져온 게 일반 룸의 스페셜 정도의 요리였다. 식탁에 안주가 놓이고 로얄살루트가 얼음통과 놓였다.

"나가기 전에 나 한 잔 따라주고 가세요."

"네. 사모님."

종업원은 온더록스 잔에 얼음을 채우고 위스키 잔에 로얄살루트를 가득 채웠다.

"나 알죠?"

"네. 전 3년 되었으니까 사모님 잘 알죠. 멋진 분이시잖아요."

"멋지다……. 그건 아니고……. 이름이 뭐죠? 처음 물어보네."

"손은경이예요."

"앞으로 우리 친하게 지내봐요."

"네, 사모님. 자주 불러주세요."

재희는 룸을 나가는 종업원 손에 십만 원짜리 수표 한 장을 쥐어주었다. 종업원은 그 액수에 놀라 허리를 숙여 인사하면 해맑게 웃고 나갔다. 로얄살루트 한 잔을 스트레이트로 입안에 쏟아 부었다.

목구멍이 타듯 하더니 이내 온몸이 짜릿하게 반응했다. 그리고 생수로 목을 축이고는 다시 한 잔을 더 마시자 얼굴이 붉게 물들어왔다. 스트레이트로 몇 잔을 마신 후 핸드백을 열어 담배를 꺼냈다. 가끔 친구들과 술을 마실 때에는 장난삼아 피운 담배가 이젠 자연스럽게 혼자 있을 때는 피우는 것이었다. 담배를 물고 라이터로 불을 붙이려고 할 때 노크소리가 났다.

"사모님, 일행 분 오셨습니다."

종업원의 목소리 울림과 함께 문이 열리고 기다리던 김민숙이 들어왔다. 결혼을 재희보다 2년 일찍 하였으나 임신이 되지 않아 애를 먹다가 인공수정을 통하여 낳은 딸이 이제 10살이었다. 민숙의 아버지는 목사였고 그의 남편은 장로의 아들이었다. 일요일은 늘 가족들이 교회를 나가지만 평소 패션 일을 할 때에는 세상 속에서 살아가는 평범한 여자 그 자체였다. 술도 마시기도 하고 친구들과 어울리면 더 이상의 행동을 보이기도 했다.

"에구, 벌써 한잔 하셨네. 울 사모님."

"왜 이리 늦어, 이것아."

"나름 총알같이 온다고 왔어. 근데 웬일이니? 초저녁부터 술을 다 마시고……."

"너 못 본 사이에 많은 일이 있었지. 자, 한잔 받아."

피우던 담배를 끄고는 양주잔을 민숙에게 건넨다. 민숙도 받은 술잔을 단숨에 마시고는 재희의 담뱃갑에서 담배 한 개비를 꺼내어 불을 붙이면서 긴 한숨을 담배연기로 날려버린다.

"한숨 쉴 사람은 난데 네가 뭔 한숨이야?"

"그런가? 호호호. 그래 이제부터 얘기해봐. 준비되었으니까."

"신랑이 지금 세브란스에 입원해있고, 나는 어제 다른 남자와 호텔에서 하룻밤 자고……."

"무슨 소리야? 다른 남자라니? 먼저 신랑이 왜 입원했는지부터 말해 봐."

재희는 그동안 일어난 교통사고의 전말과 그간 남편과 남편의 정부에 대한 얘기를 한 시간에 거쳐서 했다. 민숙은 얘기를 듣는 내내 속이 타서 양주와 물을 번갈아가며 마셨다. 어느새 양주 한 병을 비우기 직전이었다.

"이다혜는 죽었다는 거야?"

"응……."

"벌을 받았네. 회장님께서는 이제 그만 이혼하라는 거니?"

"응……."

"세상에 어쩌다가 이런 일이 일어날 수가 있니? 무슨 영화를 보는 거 같아 얘."

"나도 며칠 동안 머리가 너무 아파서 생각할 수가 없었어."

"참 힘들겠네. 나도 뭐라고 얘기하기가 그러네."

"내가 과연 영현아빠랑 이혼하고 살 수 있을까? 내가 말이야?"

"글쎄다. 한 번도 네가 이혼하리라곤 생각해보지 않아서. 우리가 놀아도 잠깐이지, 신랑이랑 헤어지자고 논 적 없잖아."

"사랑이 식었다곤 하지만 이렇게 될 줄은……."

"그래서 낯선 남자랑 하룻밤 보낸 거니?"

"도저히 혼자 잠을 잘 수가 없어. 이러다가 내가 망가지는 건 아닌지……."

"망가지긴 네가 왜? 아직 퇴원하려면 걸리잖아. 천천히 생각해.

네 마음이 문제지. 회장님이 이혼하라고 한다고 정말 할 거야?"

"그럼 어떡해?"

"판단은 다 네 몫이야."

"요즘은 영현아빠 얼굴도 못 쳐다보겠어. 밉기도 하고. 불쌍하기도 하고……."

"그게 바로 애증이라는 거야. 그게 더 힘든 법이지."

"그러게."

"어떡하나, 우리 재희. 졸지에 돌싱 될 팔자가 되어버렸네. 좋은 건지? 나쁜 건지? 나도 잘 모르겠다."

재희는 유한의 얘기를 하면서도 교묘하게 자신의 얘기는 일체 하지 않았다. 친구들 사이에도 재희의 과거를 아는 사람은 없었다. 결혼 전에 남자를 사귀었다는 것도 몰랐고, 그 남자와의 아이가 있었다는 건 상상도 못할 일이었다. 그런데 그 남자와 그 아이를 묶어서 아파트에 같이 살게 하고 자신은 일주일에 한 번 왕래를 한다는 것은 소설에서나 나올법한 얘기였다. 그런 얘기는 결코 재희에게 있을 수 없는 일이었다.

그런데 유한이 저런 상황에 처해졌다고 쳐도 재희의 진실이 송두리째 알려지면 누가 누구를 욕할 수 있겠는가? 재희의 감춰진 사생활은 터지지 않은 폭탄의 뇌관과도 같았다. 그런데 그 뇌관을 유한은 송두리째 알고 있는 것이었다.

얘기를 나누는 도중에 함사장이 안주가 들고 왔지만 대화에 빠져서 술 한 잔 건네지 못했다. 로얄살루트 한 병이 비어갈 무렵에 재희는 함사장을 불렀다. 함사장은 단골손님에게는 직접 회를 떠서 내오곤 했다. 오늘도 직접 준비한 회를 들고 들어왔지만 이야기의 심각성을 눈치 채고 조용히 나간 것이었다. 비록 주방장 유니폼을 입고 있지만 180㎝ 넘는 훤칠한 키에 어깨가 벌어지고 이목구비가 뚜렷한 50대 초반의 미남이었다. '오사카'에 여성 고객이 많은 이유이기도 했다.

"사모님, 찾으셨습니까? 저런, 안주가 그대로네. 좀 드시죠. 특별히 준비했는데."

"아깐 얘기하느라 왔다 가신 줄도 몰랐어요. 죄송해요."

"아닙니다. 제가 낄 타이밍이 아니라서 조용히 나간 거죠."

"양주 한 병 더 주세요. 같은 걸로."

함사장은 종업원을 불러 로얄살루트 한 병을 더 시키고 빈 잔을 받아서 재희가 따라주는 양주를 마셨다.

"확실히 좋은 술은 맛이 다릅니다. 역시 로얄살루트군요."

"사장님이야 자주 마시잖아요."

"아닙니다. 비싼 술 찾는 손님 그렇게 많지가 않아요. 사모님 오시니까 오랜만에 마셔보는 거랍니다. 하하하."

"함사장님. 재희가 오늘 기분이 무지 꿀꿀한데 뭐 재미난 거 없을까요?"

"대일그룹 사모님께서 기분이 꿀꿀하면 안 되시는데……. 그럼 풀어야죠."

"오늘 함사장님께서 분위기 한번 살려보세요."

민숙은 재희의 기분을 풀어줄 심산으로 함사장한테 넌지시 신호를 보냈다. 함사장은 알았다는 듯이 잠시 후 오겠다며 나갔다. 고객중에서 40대 후반, 나름 대표이사급 되는 고객 두 명이나 세 명쯤 부르기로 하고 전화기를 돌렸다.

"재희야, 괜찮지? 이럴 땐 분위기를 반전시키는 거야."

"얘는. 어제도 외박했는데……."

"뭐 어때. 이제 돌싱이나 다름없는데. 머리 아픈 건 천천히 생각하고."

"넌 괜찮아?"

"괜찮긴. 친구를 위해서 내가 희생을 하는 거지."

"들어가야 하는 거 아니니?"

"남편 해외출장 갔어. 월요일 새벽에 온데. 호호호."

잠시 후 함사장이 다시 룸으로 들어왔다.

"두 분 사모님. 오늘 스케줄 어떠십니까?"

"우리 둘 다 오늘 프리해요."

"앞으로 한 시간 후 두 분 사모님을 모실 차가 '오사카' 앞으로 올 겁니다. 아마 기대하셔도 좋을 겁니다."

"어떤 분이세요?"

"40대 중후반의 대표이사……. 아마 세 분이 두 분 사모님을 모실 겁니다."

"왜 세 명이세요?"

재희가 놀라서 묻자 함사장은 웃으면서 대답한다.

"오늘 우울하신 사모님은 남자 한 분으로 해소가 되겠어요? 하하하."

"그래도……."

"맞아요. 재희는 두 명. 난 한 명. 호호호."

"걱정 마십시오. 오시는 분들은 나름 저명한 CEO들이니까 뒤탈은 전혀 염려 안하셔도 될 겁니다. 매너가 있어서 두 분을 고이 모실 겁니다. 그리고 두 분도 신분을 숨겼으니까요. 이렇게 해야 고객이 유지되니까 비밀은 철저하답니다. 마음 같으면 제가 모시고 쉽지만 아직 초저녁이라서…… 죄송합니다."

민숙은 사실 함사장을 마음에 두고 있었다. 왜소한 남편과 너무 대조적인 외모를 갖춘 남자. 그게 함재길이었다. 젊은 나이 때부터 시작한 '오사카'는 이제 강남에서는 서비스가 좋기로 어느 정도 정평이 날 정도로 고객관리도 철저했고 자기관리도 철저했다. 오전에는 헬스클럽에서 운동을 하고 사우나를 들렀다가 가게에 나오는 것이 일상생활이었다.

"그럼…… 나중에 합류하세요……. 저도 두 남자 책임질 수 있는데……. 호호호."

"알겠습니다. 나중에 전화 주십시오. 제가 달려가겠습니다."

함사장이 함께 마셨다고는 하지만 로얄살루트 두 병을 마셨다는 것은 웬만큼 취기가 올랐다는 것이었다. 마신 시간이 세 시간이라고는 하지만 우울할 때는 취기가 빨리 올라오는 법. 아홉 시에 BMW750이 '오사카' 정문에 도착했다는 안내를 받고 재희와 민숙은 일어났다.

재희가 민숙을 만나서 술을 마시는 시간. 유한이 입원하고 있는 세브란스 특실에 남자와 여자가 노크를 했다. 남자는 40대 초반의 카키색 양복에 노타이 차림, 손에는 서류가방을 들고 있었다. 여자는 주홍색 짧은 투피스를 입고, 과일 바구니를 들고 있었다. 남자의 비서같이 보였다.

"네. 들어오세요."

"여기 유사장님 병실이죠?"

"네. 그런데…… 어디서 오셨죠?"

"네. 잘 아는 사람입니다. 문병 차…….

"잠시만요."

유한은 눈을 감고 있다가 잠깐 잠이 들었었다. 선애가 부르는 소리에 고개를 움직이지도 못하고 눈만 떴다.

"누가 오셨다고요?"

"유사장님. 일신기획 이현우입니다. 그간 안녕하셨습니까? 회사에 갔다가 교통사고 소식을 듣고 찾아왔습니다."

"아. 이대표. 내가 고개를 못 돌려서…….

"저런. 제 비서랑 같이 왔습니다. 아시죠? 방수현이라고…….

"알죠. 뭘 이런 곳에 같이 와."

"사장님, 방수현입니다."

"그래요. 반가운데 내가 입만 살아있어서…….

이현우는 영화제작을 꿈꾸는 영화사 대표였다. 일신기획이라는 영화사를 설립하고 직접 만든 시나리오와 시나리오 공모를 통하여 접수한 시나리오로 최고의 영화를 만드는 게 그의 꿈이었다. 유한이 일한 대일그룹 기획조정실장이라는 위치는 각 계열회사의 경영계획심의, 경영성과에 대한 평가, 임원진의 인사관리뿐 아니라 신규사업 검토 및 M&A, 투자사업 검토 및 집행 등 기획조정실 23명을 축으로 방대한 그룹 전반에 대한 의사결정을 하는 위치였다.

계열회사 중 대일창업투자 법인이 투자사업의 일환으로 엔터테인먼트, 특히 영화 제작에 관심을 기울이는 터라 6개월 전부터 대일창투 대표이사와 함께 유한을 방문하고 시나리오를 설명하던 이현우였다. 유한이 일신기획을 방문했을 때 대표의 비서로 있던 방수현을 만났고 그날 저녁 같이 식사를 하며 술을 같이했던 기억이 유한의 뇌리를 스치고 지나갔다.

"유사장님께서 이렇게 되신 바람에 영화 쪽 투자는 물 건너간 거 같습니다. 어쩌죠?"

"대일창투 신사장은 뭐하고 합니까?"

"영화 쪽은 전혀 문외한이라고 유사장님 안계시면 투자심의도 못한다고 합니다."

"저런……. 저땜에 힘들게 되었군요."

"좀 늦어지는 건 괜찮습니다만 완전히 백지로 돌아갈까 그게 걱정입니다."

"난 얼마나 더 병원생활을 할 지 모르는데……."

"병원에 계시는 동안에 시나리오 검토라도 하시면 시간 보내시기가 훨씬 나을 겁니다."

"목도 못 돌리는데 어떻게 시나리오를 본다고?"

"그건 걱정 안하셔도 됩니다. 방수현 씨가 사장님께 읽어드리면 되죠."

"뭘 그렇게 번거롭게……."

"번거로운 게 대수겠습니까? 이게 안 되면 일신기획도 끝인데……."

"나한테 올인 했다가 안 되면 어떻게 하려고 그래요?"

"그땐 그때죠. 유사장님 원망하지 않겠습니다. 그간 검토를 해 오신 거니까 되든지 안 되든지 계속해서 봐주십시오."

"이대표가 내게 너무 부담을 주는 거 같군요. 난 지금 아무것도 할 수가 없는데…….”

“부담 가지지 마십시오. 유사장님이 형님 같아서 그냥 한 배를 타고 싶어서 그런 겁니다.”

“기대가 크면 실망도 큰 법인데……. 나중에 어떻게 하려고?”

“나중은 나중이고. 그냥 밀고 나갈 랍니다. 오늘은 그냥 가겠습니다. 매주 토요일에 미스 방을 보내겠습니다. 형님 간병도 하고, 시나리오도 읽어드리고, 여기 간병인도 일주일에 한 번은 쉬어야죠.”

“나 참.”

“그럼 내일부터 방수현 씨 보내겠습니다. 가끔 저도 형님 친구하러 올 테니까 문전박대 마시구요.”

“내일부터? 뭐가 그렇게 빠릅니까?”

“쇠뿔도 단김에 뽑으라고 하잖습니까. 시작이 반이라는데 빨리 해야죠.”

“이대표 성질 급한걸 알겠는데……. 매사에 그렇게 급하게 하면 일을 그르칠 수 있어요.”

“아이고, 형님. 제 걱정일랑 붙들어 매시고 형님 몸조리나 잘하십시오.”

“내 몸이야 시간이 말해주는 건데…….”

이현우는 막무가내였다. 젊어서 그런지 마음을 정하면 뒤돌아보지 않고 밀고 나가는 게 유한의 30대와 빼어 닮았었다. 한배를 타서 잘못되어도 후회하지 않는다는 말로 유한을 설득하더니 마지막에는 형님이라고 호칭을 바꿔버리는 것이다.

간병인의 휴가, 얼마나 입원을 할지 모르는데 일주일에 한 번은 간병인도 휴가가 필요하긴 했다. 선애 역시 가끔은 딸을 보러 집에

는 보내야만 했다. 유한은 이현우의 뜻대로 하라고 했다. 다만 나중
에 서로 후회하지 말자는 당부를 잊지 않았다.

"사장님. 매주 토요일 오후 한 시까지 찾아올게요."

이현우와 함께 온 방수현은 내일 한 시까지 오겠다고 말을 남기
고는 이현우를 따라나섰다. 유한은 더 이상 말릴 수가 없었다. 6개
월간 나를 믿고 추진하던 영화제작을 내 몸이 이렇게 되었다고 팽
개칠 수가 없는 일이었다. 유한은 한번 뱉은 말에는 책임감이 강한
사람이지만 늘 신중하기도 했다. 갑자기 일어난 사고로 한 사람이
준비하던 꿈이 송두리째 깨어지게 할 수는 없다는 게 유한의 생각
이었다. 일단은 부딪혀보기로 했다.

마지막 여자가 될 수 있다면

토요일 오전근무는 빠르게 지나갔다. 오후 1시면 모두 퇴근하는 시간이었다. 특히 박병호 회장은 한 달에 한 번은 토요일 날을 잡아서 속초에서 요양을 하는 아내를 만나러 가기에 오늘 같은 토요일은 더욱 한가했다. 비서실장도 정오가 넘자 바람같이 사라졌고, 회장실 오선영 비서만 정희의 눈치를 살피느라 꼼지락거리고 있었다. 오선영은 정희보다 2년 늦게 입사하여 비서 업무를 정희에게 전부 배웠기에 같은 직급이지만 정희의 눈치를 보지 않을 수 없었다.

"선영 씨 뭐해? 퇴근 안하고?"

"언니는 퇴근 안하세요?"

"난 약속시간이 아직 남아서 사무실에서 시간 때우려고. 먼저 퇴근해."

"그럼 먼저 나갈게요. 좋은 주말 보내세요."

오선영은 정희의 퇴근하라는 소리를 기다렸다는 듯이 기쁜 표정으로 비서실을 빠져 나갔다. 정희는 만일을 대비하여 권창수 비서실장에게 전화를 걸었다. 퇴근했는지 알고 유한의 금고를 열다가 비서실장이 사무실로 돌아와서 현장을 목격하는 날에는 큰 낭패였다. 그런 일을 미연에 방지하기 위해서 정희는 철저했다.

"실장님! 어디세요?"

"왜? 퇴근하려고?"

"네. 실장님 들어오시나 하고 전화했어요."

"난 퇴근했어. 가족들이랑 여행가는 중이야. 윤비서도 퇴근해."

"네. 실장님. 월요일에 뵙겠습니다."

정희는 모두 퇴근한 것을 확인하고는 사무실 문을 안에서 잠갔다. 사장실로 들어간 후 책상 오른쪽 상단 첫째 서랍에 있는 금고 열쇠를 가지고 벽 쪽에 있는 대형 금고 앞에 섰다. 심호흡을 하고는 유한이 일러준 금고 다이얼을 맞춘 후 열쇠를 넣고 돌렸다. 금고가 열리면서 한 눈에 내용물이 나타났다. 칸칸이 들어찬 내용물은 대형 금고임에도 금고가 비좁을 정도로 차있었다. 이틀 동안에도 다 운반하기가 버거울 정도의 내용물이었다.

대형 쇼핑백 두 개에다 먼저 서류를 담았다. 회사 마크가 찍힌 봉투와 누런 갈색으로 된 봉투가 한 칸을 가득 채우고 있었다. 서류와 주식을 먼저 병원에 가져간다고 생각하고 서류를 하나씩 쇼핑백에 담다가 누런 서류봉투가 바닥에 떨어졌다. 떨어지면서 내용물이 봉투에서 분리되어 바닥에 너부러졌는데 내용물은 사진이었다.

정희는 떨어진 사진을 한 장씩 주워서 봤다. 사진은 다름이 아닌 유한의 아내가 다른 남자와 찍은 사진이었다. 서른 장이 넘는 사진을 보면서 사진의 주인공이 유한의 부인임을 정희는 알 수 있었다. 불륜의 현장을 몰래 보는 듯 사진을 보는 내내 정희는 가슴이 콩닥거렸다. 사진만으로도 부부간에 어떤 문제가 있는지 짐작하기에 충분한 사진이었다.

'이게 뭐지? 사모님이 왜 사장님이 아닌 이 남자와 같이 있는 거지? 이 아이는 누구지? 그런데 왜 이 사진을 이렇게 많이 사장님이 보관하고 계신거지? 불륜의 사진인가? 만약에 그렇다면 우리 사장님 어쩐대…… 불쌍해서……'

사진을 주워 담으면서 정희는 온갖 상상을 다했다. 다른 봉투에는 무슨 내용이 들었을까 궁금했지만 사진을 보느라고 시간을 빼앗겨 버려서 다른 봉투는 열어보지 못하고 쇼핑백 하나에 서류 뭉치를 담고, 다른 쇼핑백에는 주식을 담았다.

'그런데 왜 이렇게 중요한 일을 나한테 시켰을까? 저 돈이 얼마야? 달러가 10만 달러가 넘잖아? 만 원짜리가 도대체 얼마야? 내가 이걸 가지고 도망가면 어쩌려고 나한테 시킨 거지? 나를 믿으시나 봐. 안 믿으면 이런 것을 시킬 수 없잖아. 지금 사장님 곁에는 나뿐인가 봐. 하긴 나도 와이프지. 오피스 와이프.'

정희는 유한의 비밀스러운 일을 자신이 하고 있다는 자체만으로도 뿌듯했다. 몇 달 동안 한 번도 집에 찾아오지 않아서 서운하기도 했지만 회사에서는 서운한 내색을 할 수가 없었다. 그렇게 자신의 집에 찾아오지 않던 그 때에 유한은 얼굴에 활기를 띠고 있었다. 정희는 삶의 의욕이 식어갈 때쯤 반대로 유한은 다혜를 다시 만나면서 2년 6개월 전의 모습으로 돌아갔다. 유한의 신변 변화를 전혀 모르던 정희는 유한이 야속하기만 할 뿐, 먼저 식사 한번 하자는 얘기도 할 수가 없었다.

그런데 열흘 만에 전화를 받고 병원을 찾아간 후 정희는 하루 하루가 즐거웠다. 열흘 동안 보지 못하던 유한을 다시 보게 된 것만으로도 기쁜 일인데 유한의 병실에 자주 갈 수 있다는 것이 더없이 고마웠다. 유한이 자신의 집에 찾아오지 않았던 지난 3개월이 악몽 같았다면 이제는 기쁨만 충만할 거 같았다.

'그런데 이 사진도 그렇고 사장님이 교통사고를 난 것도 그렇고 이상하게 너무 많아. 차차 말씀해주신다고 했으니까 오늘 밤에 물어볼까? 난 그 정도는 알아도 되잖아……. 내가 다른 사람도 아니고 와이프니까……. 오피스 와이프.'

사장실 금고를 다시 잠그고는 쇼핑백 두 개를 들고 비서실을 빠져 나왔다. 무거운 쇼핑백을 두 개나 들었기에 유한을 위하여 맛있는 것을 사가지고 갈 수 없었다. 할 수 없이 회사 앞에서 택시를 타고 세브란스 병원으로 향했다.

정희가 사장실에서 금고를 열 때쯤 유한의 병실에는 일신기획 이현우 대표가 보낸 방수현이 방문을 열고 들어가고 있었다. 한 손에는 시나리오가 들어있는 가방과 다른 한 손에는 일식집에서 금방 만든 도시락이 들려있었다.

"사장님. 방수현입니다."

"아니, 오늘부터 온 겁니까?"

"우리 대표님이 오늘부터 안가면 큰일 난다고 해서 부랴부랴 왔어요."

"이 친구 정말 성질 급하네. 점심은 먹었어요?"

"사무실에서 먹고 왔어요. 오다가 사장님 드시라고 도시락 사왔는데……"

"뭘 그런 것까지. 다음에는 그냥 와요. 그리고 난 아직 밥을 못 먹어요."

"왜요? 위가 안 좋으세요?"

"그런 건 아니고……. 암튼 밥을 못 먹으니까 돈 낭비 하지 말아요."

"네. 그럼 다음에는 주스라도 사올게요."

"그런 걸 사오지 않아야 내가 부담이 없지. 이대표한테 꼭 전해요. 안 그럼 내가 못 오게 한다고……"

"알겠어요. 사장님. 호호호."

"그런데 우리 간병인도 식사를 했는데……. 저 아까운 걸 어쩌나?"

"뒀다가 나중에 저녁에 간병인언니 드시면 되겠네요."

"선애 씨. 앞으로 자주 올 모양인데 서로 인사해요."

정희가 무거운 쇼핑백을 들고 유한의 병실에 들어갔을 때에는 웬 젊은 여자가 유한의 침대 가까이에 앉아서 뭔가를 읽어주는 것이 보였다. 선애는 소파에서 과일을 깎으면서 정희를 아는 체 하였지만 정희는 유한의 옆에 있는 젊은 여자 때문에 온갖 신경이 그 쪽으로 쏠려서 선애가 인사하는 줄 모르고 있었다.

'분명 사모님은 아닌데……. 누구지? 사장님 세컨드?'

정희는 병실에 들어가면서 큰 소리로 자신이 왔다는 것을 알리려고 애를 썼다.

"사장님! 저 왔어요."

"윤비서 왔어?"

"아휴, 무거워."

선애는 정희가 들고 들어오는 쇼핑백을 두 손으로 받아들면서 말했다.

"뭔데 이렇게 무거운 걸 가져왔어요?"

"사장님 심부름이요. 잘 계셨죠? 간병인 언니!"

"들어올 때 인사했는데 무슨 생각을 하기에 몰라봐요?"

"어머. 제가 그랬나요? 죄송해요."

정희는 선애와 인사를 하면서도 온갖 신경은 유한의 곁에 붙어 있는 젊은 여자에게 쏠렸다. 그것을 알았는지 유한은 세 여자를 불러 모았다.

"자, 모두들 인사해요. 이쪽은 내 비서 윤정희 씨……, 그리고 이쪽은 영화제작사의 방수현 씨, 간병인 선애 씨는 다들 아실 테고……."

"그런데 영화제작사에서는 무슨 일로 오셨어요?"

정희는 자신의 일이 아니면 묻지도 따지지도 않는 여자였으나 지금 유한의 곁에 있는 젊은 여자에 대해서는 왜 병실에 있는지 알고 싶었다. 정희가 묻는 말에 수현은 시큰둥하게 대답을 했다.

"저는 우리 회사에서 만든 시나리오를 사장님께 읽어드리려고 왔어요."

'그것을 네가 왜 읽어주는데? 지금 사장님한테 무슨 시나리오야? 안정이 중요하지.'

정희는 그렇게 말하고 싶었지만 꾹 참았다. 정희의 성격으로는 무슨 일로 왔느냐고 묻는 것만으로도 대단한 표현이었다. 늘 그림자처럼 유한의 곁에서 돕는 것이 비서의 역할임을 알기에 오늘 한 행동은 비서 그 이상이었다. 갑자기 튀어나온 말에 유한도 놀란 표정이었다.

"자, 긴 얘기는 차차 하기로 하고……. 영화제작사는 회사에서 내가 계속 투자 검토를 하던 곳인데 내가 갑자기 사고가 나서 병원에 있으니까 검토하던 시나리오를 병실로 가져온 거야. 그리고 두 사람은 나이도 비슷하겠는데 친하게 지내봐요. 수현 씨는 올해 몇 살이죠?"

"전 스물여섯 살이에요."

"그럼 윤비서가 언니네. 윤비서는 서른인가?"

"아뇨. 사장님. 스물아홉이예요."

"아 스물아홉이나 서른이나. 하하하."

"한 살이 어딘데요. 전 아직 이십대라고요."

"윤비서가 언니니까 서로 잘 지내봐. 윤비서는 점심 먹었어?"

"짐이 많아서 못 먹고 왔어요. 사장님 드실 것도 하나 못산걸요."

"그래? 마침 수현 씨가 사온 도시락이 있는데, 도시락이라도 먹어."

"언니. 도시락 드세요. 사장님 드리려고 사온 건데 식사를 안 하신대요."

"그래도 돼요?"

오후 다섯 시가 지나자 수현은 다음 주 토요일에 오겠다며 먼저 병실을 나섰다. 시나리오는 정희가 오면서부터 읽는 것이 중단되면서 세 여자의 수다로 시간 가는 줄도 모르게 지나갔다. 유한도 모처럼 시끌벅적한 병실이 싫지는 않았다.

저녁시간이 다가오자 정희는 선애 보고 집에 다녀오라고 했다. 오늘 밤은 자신이 불침범을 쓰겠다고 집에 다녀오라는 것이었다. 정희는 유한이 차차 말하겠다는 것을 오늘 밤에 꼭 듣고 싶었다. 누런 봉투의 사진도 궁금했고 유한의 사고도 궁금했다.

"선애 언니! 오늘은 집에 다녀오세요. 가셨다가 주무시고 내일 오전에 오세요."

"안 돼! 큰일 날 소리. 그러다가 나 쫓겨나."

선애와 정희는 금방 친해져서 편하게 말을 하고 있었다. 여자는 서열이 분명했다. 나이가 많으면 바로 언니가 되고 적으면 동생이 되는 게 여자들의 세계에서는 통용되고 있었다. 간편하게 정해지는 서열은 격의 없어서 좋았고 듣는 사람도 편해보였다.

"누가 언니를 쫓아내요? 사장님이 계신데."

"사모님이 아시면 큰일 나. 그리고 사흘 전에 잠시 집에 갔다 왔어."

"그건 잠시고요. 오늘은 하루 주무시고 오세요. 제가 있잖아요."

"그래요. 오늘 딸이랑 하룻밤 자고 와요. 딸도 무척 좋아하겠네."

"사장님. 안돼요. 밤에 사장님 닦아드려야 하고……. 간병일 아무나 못해요."

"아참. 언니. 제가 한다니까요."

정희는 선애 보고 제발 가달라고 눈짓을 했다. 선애는 두 사람의 관계를 모르는 터라 밤에 물수건으로 유한을 닦이는 것과 환자복을 갈아입히고, 팔다리를 주무르는 일을 젊은 비서에게 맡기는 것은 상상할 수도 없었다. 답답한 나머지 정희는 선애를 병실 밖으로 불렀다.

"언니. 걱정 말고 다녀오세요."

"시집도 안 간 아가씨가 할 수 있는 일이 아냐. 간병일이 그렇게 쉬우면 아무나 하게?"

"일단 한번만 맡겨주세요. 제발요……."

선애도 바보는 아니었다. 사장을 모시는 비서가 사장과 하룻밤을 있겠다고 애걸을 할 때에는 두 사람의 관계를 어느 정도 짐작할 수가 있었다. 또 주말 오후부터는 방문하는 손님도 없는 것을 아는 선애는 마지못한 척 정희의 부탁을 들어주기로 했다. 어쩌면 하룻밤 딸과 보내라고 하는 징조 같기도 했다. 선애는 시간대별로 간병을 하는 방법을 메모하여 정희한테 건넸다.

"정희 씨 믿고 가는 거니까 잘 해."

"걱정 마세요, 언니. 제가 비서생활 5년이에요. 오늘 잘 하면 매주 토요일은 제가 사장님 간병할게요. 아셨죠?"

"무슨 소리야. 오늘 한 번만이야. 큰일 나겠네."

"난 매주 토요일이면 올 건데 같이 있으면 언니가 불편할걸요?"

"나 참. 일단 오늘이나 잘 해. 그러고 나서 말해."

"언니 땡큐."

여섯 시가 되자 선애는 병실을 정희에게 맡기고 집으로 향했다.

정말 이래도 되나 싶다가도 딸이랑 하루를 보낼 생각에 모든 걸 단념해버렸다. 선애는 정희에게 자신의 핸드폰 번호를 알려주면서 조금이라도 힘들면 바로 전화하라는 말을 남기고 병실을 떠났다.

선애가 병실을 나가자 그녀가 적어준 쪽지를 살폈다. 저녁 약이 오는 시간, 다리를 치료하는 시간, 링거를 바꾸는 시간을 빼면 모두 단둘이 있는 시간이었다. 그리고 물수건으로 유한의 온몸을 닦는 시간, 환자복을 갈아입히는 시간, 팔다리를 주무르는 시간은 스킨십을 하는 시간이라고 정희는 생각했다.

"사장님. 이제 둘 뿐이네요."

"하하하. 그렇게 좋아?"

"사장님이 우리 집에 안 오신 지 3개월이 넘었거든요. 그러니까 당연히 좋죠."

"그래? 미안하다. 아마 사고만 아니라면 정희를 다시 이렇게 볼 수 없었을 거야."

"그럼 제게는 사장님 사고가 행운이겠네요."

"글쎄다. 그게 행운이 될지……."

"그건 그렇고 오늘부터 식사하세요. 제가 맛있는 거 사올게요."

"안 돼. 변보는 게 얼마나 힘든데……."

"그냥 편하게 하세요. 돈 주고 쓰는 간병인인데……."

"아무리 그래도 그렇지. 낯선 여자 앞에서 변을 본다는 게 쉽겠니? 그것도 누워서……. 변이 안 나오더라니까. 그러다가 관장까지 해야 하고 정말 죽을 맛이야."

"그렇다고 언제까지 식사를 안 하시려고요? 지금 사장님 얼굴이 보름 전과는 너무 다르세요."

"좀 푸석푸석해졌지?"

"그 정도가 아니에요. 환자얼굴로 변했다고요. 식사를 잘해야 빨리 일어날 수 있죠. 오늘부터 식사하세요. 간병인 앞에서 변을 못 보면 제 앞에서 보세요."

"무슨 얘기야? 회사는 어떻게 하고?"

"제게는 회사보다 사장님이 더 중요해요. 그러니까 식사하시고 간병인 앞에서 시원하게 변을 보시라고요. 그게 힘들면 제가 올게요."

정희는 막무가내였다. 회사에서는 시키는 일만 고분고분 잘하던 비서가 지금을 달랐다. 오피스 와이프가 아니라 하우스 와이프처럼 행동했다. 거울로 쳐다본 얼굴은 5년이나 늙어 보였다. 보름 만에 얼굴에는 핏기도 없고 지방질이 빠져서 푸석하기만 했다. 어떻게 하든지 식사를 해야 한다고 생각은 했었지만 좀체 용기가 나지 않았다. 간병인 앞에서 온갖 추태를 부리는 거 같아서 결심을 할 수 없었는데 정희가 마음을 움직이게 하였다. 다시 재기를 하려면 빨리 건강을 회복하는 길 뿐인데 지금 같으면 힘들었다.

"알았어. 정희 말대로 할게."

"그럼 조금만 기다리세요. 오늘은 맛있는 죽을 사올게요. 먼저 속이 편한 걸로 시작해요."

정희는 소화가 잘되는 야채 죽을 두 개 사와서 유한에게 반 그릇을 먹였다. 보름 만에 먹는 음식이 몸에 무리는 가지 않을까 신경을 쓰면서 조금씩 숟가락으로 떠먹이고는 나머지 반 그릇은 자기 전에 먹이려고 냉장고에 두었다.

환자복을 갈아입히기 전에 따뜻한 수건으로 온몸을 닦여야 하

는 시간이었다. 정희는 유한과 처음 잠자리를 가진 3년 전이 생각
났다. 술에 취해서 겨우 자신이 사는 집까지 데려갔고 양말과 옷을
벗겨서 따뜻한 수건으로 얼굴과 손, 발을 닦았던 기억이 났다. 그때
도 3년 전 8월이었다. 대야에 뜨거운 물을 받아서 수건 두 장을 담
그고는 유한의 곁으로 왔다.

"할 수 있겠어?"

"3년 전에도 했었는데……. 기억 안 나세요? 아, 사장님 주무실 때
했으니까 모르시겠구나."

"그땐 얼굴과 손발이었지만, 지금은 아니잖아."

"어, 기억하시네?"

"그때 정희가 얼굴을 닦아줄 때 잠시 깼다가 발을 닦을 때 다시
잠든 거야. 그러니까 알지. 하하하."

"아, 그랬구나. 난 주무시는 줄 알았어요. 그리고 전 사장님 와이
프잖아요. 괜찮아요."

"어두울 때 보는 것이랑 밝은 불빛에 보는 것이랑 다르지."

"오늘 잘되었네요. 밝은 불빛에 사장님 구석구석을 한번 보죠
뭐. 호호호."

정희는 아무렇지도 않은 듯 유한의 바지부터 벗겼다. 바지를 벗
길 때에도 요도에 호스가 꽂혀 있어서 조심하지 않으면 안 되었다.
호스를 손으로 잡을 때에는 당연히 성기의 귀두를 조심스럽게 들
어야 했기에 간병인이 해줄 때에도 수치심이 생겼었다.

그러나 정희는 아기를 다루듯 유한을 편하게 해주었다. 함께 잠
자리를 수차례 했던 사이라 그런가 보다. 수치심도 없고 모멸감도
없었다. 정희가 사랑하는 남자가 유한이었기에 정희의 행동은 너무

나 자연스러웠다. 여자의 일생에 처음 만난 남자. 자신의 순결을 고스란히 바친 남자. 그런 남자가 유한이었다.

유한에게도 정희는 특별했다. 14년을 같이 산 아내도 순결한 여자가 아니었고, 10년을 사랑하다가 보름 전에 이 세상을 떠난 다혜도 순결한 여자는 아니었다. 남자에게 순결한 여자는 우연히 찾아온다. 대다수의 남자들이 순결한 여자와 결혼을 하고 싶어 하지만 그것은 꿈같은 얘기였다. 남자의 일생에서 순결한 여자를 만날 확률은 5퍼센트 미만이라는 것이 세계적인 통계다. 그만큼 정희는 유한에게 특별했다. 유한의 일생에서도 처음이자 마지막 만난 순결한 여자가 정희였다. 남자들이 꿈꾸는 로망인 순결한 여자가 3년 전 우연히 다가왔다.

정희는 물수건으로 배부터 닦으면서 밑으로 내려갔다. 요도에 꽂힌 호스를 살짝 들면서 조심스럽게 주위를 닦았다. 4개월 전만해도 손으로 만지기만해도 불끈거리던 유한의 심벌은 항생제에 찌들어서 전혀 미동을 하지 않았다.

정희는 등을 세워 한쪽 엉덩이와 항문을 닦고 반대로 등을 세워 다른 엉덩이를 닦는 내내 콧날이 시큰거렸다. 꿈에 그리던 남자가 아파서 꼼짝도 못하고 누워있다는 것이 정희의 가슴을 찢어지게 만들었다. 물수건을 바꾸어 가면서 상체까지 다 닦은 정희 눈에는 눈물이 고였다. 그 눈물을 보이기 싫어서 유한의 가슴에 잠시 기대고 있었다.

"힘들지?"

"아니에요. 난 정말 기뻐요. 사장님이랑 이렇게 함께 있는 시간이."

"평일은 방문객들이 있으니까 오지 말고 토요일이나 일요일에 왔
다 가."

"난 매주 토요일은 여기서 자고 갈 거예요."

"뭐? 매주?"

"아까 선애언니랑 얘기 했어요. 매주 토요일은 집에 가시라고……."

"정희가 힘들잖아."

"힘들긴요. 사장님이랑 있으면 정희는 힘이 난다고요."

유한의 환자복까지 같아 입히고는 냉장고에 있는 딸기를 믹서로
갈았다. 유한이 마시기 쉽도록 우유를 넉넉하게 부어서 갈고 난 후
빨대를 꽂아 유한에게 가져왔다.

"이거 드셔보세요."

"고마워."

"앞으로 제게 고맙다는 얘긴 하지 마세요. 제가 그 말 들으려고
하는 거 아니잖아요."

"고맙다는 표현도 하지 마?"

"네. 당연하다는 듯 그냥 계세요. 전 와이프니까. 오피스 와이프."

3년 전 정희와 잠자리를 처음 가진 후 정희는 농담 삼아 와이프
라는 말을 자주했다. 그것도 꼭 뒤에는 오피스 와이프라고. 그게 정
희에게는 위안이 되었다. 비록 오피스 와이프이지만 와이프라는 글
이 주는 어감을 좋아했다. 하우스 와이프가 안 된다면 오피스 와
이프라도 되겠다는 뜻이었다. 그러면서도 유한에게는 전혀 부담을
주지 않는 여자였다.

"오늘 가져온 서류봉투와 주식은 당분간 정희 집에 보관해 둬.
원만하면 금고를 하나 사서 금고에 보관하는 것이 좋겠는데……."

"현금도 많던데……. 현금이랑 수표, 달러는 어떻게 해요?"

"현금은 금고에 있는 통장에 넣어두고, 수표 중에는 천만 원만 내게 가져오고, 달러도 통장 중에 달러 예금통장에 넣어서 집에 보관해."

"그런데 왜 사장님실 금고에 있는 것을 다 가져오라고 하셨어요?"

"내가 언제까지 병원에 있을지도 모르겠고, 또 누가 내 금고를 뒤지면 안 되잖아."

"서류는 제가 봐도 되요?"

"네 집에 있을 건데 보지 말라고 하면 안 볼 거야?"

"제가 와이프 맞네. 아님 제게 못 맡기잖아요. 호호호."

"그래. 지금은 정희가 최고로 믿을 수 있는 와이프네. 오피스 와이프. 하하하."

"그런데 사실은…… 서류를 쇼핑백에 넣다가 누런 서류봉투가 쏟아져서 그 속에 있는 내용물을 봤어요."

"그래?"

"제게 하시고 싶은 말 있죠?"

"뭘?"

"사진의 내용도 그렇고, 사장님 사고 난 것도 그렇고……."

"궁금해? 나에 대해서 그렇게 궁금해?"

"한 번도 말씀 안하셨잖아요. 이제 비밀 서류도 전부 삼성동 집에 있을텐데 편하게 말씀하세요. 와이프잖아요."

"오늘 잠은 다 잤네."

유한은 갑자기 담배가 땡겼다. 보름 동안 피우지 않고 버텼는데 오늘 밤은 피우지 않으면 미쳐버릴 것만 같았다. 담배도 없이 자신의 과거를 얘기하기에는 너무도 힘든 일생이었다.

"나 담배 한 갑 사다줄래? 담배 없이는 도저히 말문이 안 떨어져서……."

"어떤 거 사다드려요?"

"던힐 프로스트 한 갑, 라이터 한 개 사다 줘."

"알았어요. 그리고 간식거리도 사올게요."

정희는 병원 1층에 있는 편의점에 향했다. 담배 한 갑과 라이터 한 개, 바나나우유 두 개, 딸기가 들어있는 요플레 네 개를 샀다. 유한이 말하겠다는 사진 속의 내용도 궁금했지만 옛날에 만났던 여자의 소식도 궁금했다. 왜 사고가 났는지도 궁금했고, 유한에 대해서 모든 게 궁금해진 정희였다. 정희는 이십 분도 되기 전에 병실로 돌아왔다. 담배를 피우면 아침 회진 때 분명 담배 냄새가 나겠지만 창문을 열게 하고는 유한은 보름 만에 담배 한 개비를 꺼내물었다. 정희가 붙여주는 불 속에 담배는 온 힘을 다해 자신을 태우고 있었다.

"담배가 맛있어요?"

"정희는 한 번도 안 피워 본거야?"

"대학 다닐 때 친구가 권해서 딱 한 번 빨아 봤는데…… 죽는 줄 알았어요."

"오늘따라 담배가 맛있군."

유한은 말문을 열기 시작했다. 대학교를 졸업하고 시카고 대학교로 유학을 가고, 그 곳에서 대일그룹 외동딸인 아내를 만났던 얘기부터 그 아내가 결혼 전에 아이를 낳았다는 얘기, 그리고 결혼 2년차부터 바깥으로 나 돌면서 다혜를 만났다는 얘기, 그리고 다혜가 결혼하고 나서 3개월 만에 정희랑 하룻밤을 처음 보낸 얘기, 아내가 옛 남자를 다시 만나고 그 남자의 사이에 태어난 아들과 함께 살 수 있도록 아파트를 사줬다는 얘기, 그 아파트에 일주일에 한 번은 간다는 얘기, 그리고 다혜가 이혼을 하고 3개월 전 다시 만났다는 얘기, 다혜랑 만나는 것을 아내도 알고 있었다는 얘기, 그리고 해운대 여행 갔다가 돌아오는 길에 교통사고로 다혜가 죽었다는 얘기를 두 시간을 걸쳐서 정희에게 하였다. 얘기를 듣고 있던 정희는 담담했다.

"그럼 누런 봉투 속의 사진은 사모님의 옛 남자와 아들이군요?"

"5년 전에 흥신소를 시켜서 찍어둔 사진이야. 어디 사는지도 알지만 내 처지에 뭐라고 할 수도 없어서 덮어두고 있지."

"사장님이 다 알고 있다는 거 사모님도 아세요?"

"아마 내가 모른다고 생각하겠지."

"앞으로 사장님은 어떻게 돼요?"

"글쎄다."

"일단 빨리 움직일 수 있도록 하셔야 해요. 제가 도와드릴게요."

"나도 빨리 목이라도 가누었으면 좋겠다."

유한의 얘기를 전부 다 듣고 정희는 생각에 빠졌다. 회사에서 그 많은 일들을 다 하고 일에 빠져 사는 남자로만 알았는데 혼자 짊어지기도 힘든 상처가 있다는 것은 생각조차 할 수 있었다. 재벌의 사위로 아무 걱정 없는 줄 알았는데 현재 유한이 놓인 처지는 사면초가였다. 어떻게 하든지 이 남자를 도와야겠다고 정희는 생각했다.

두 여자가 있었다. 한 여자는 정략적인 결혼과 다를 바 없는 아내, 한 여자는 전부를 내어줘도 아깝지 않은 여자, 유한에게는 지

금 두 여자가 없어져버렸다. 기댈 여자라고는 당장 나뿐이라고 정
희는 생각했다.

'그래. 차라리 나에게는 이것이 기회야. 나의 첫 남자가 그 남자
에게 내가 마지막 여자가 될 수 있다면…… 이것이 운명인 거야. 어
떻게 하든지 이 남자 다시 살아남을 수 있게 해야 해. 이대로 무너
지게 놔둘 수가 없어. 내 남자니까…….'

사고의 흔적 – 국과수

삼성화재 김형일 팀장이 다시 병실에 온 것은 처음 다녀가고 보름이 지나서였다. 유한의 입장에서는 두 번 다시 보고 싶지 않은 사람이 조사관이었다. 그냥 사고사로 마무리하면 될 것을 자살이니 타살이니 하는 말이 유한으로서는 겁이 났다. 점심시간이 지나고 세 시가 넘자 조사관은 병실 문을 노크했다.

"네. 들어오세요."

"잘 계셨습니까?"

"오늘은 어쩐 일로 오셨습니까?"

"이제 더위도 다 갔나 봅니다. 제법 선선해졌는데요."

조사관은 특유의 능글맞은 목소리로 유한이 어떻게 왔느냐고 물어도 엉뚱한 얘기만 했다.

"시원한 냉수나 한 잔 주십시오."

선애는 냉수에 얼음까지 띄워서 조사관에게 내밀었다.

"아, 시원하다. 냉수가 제일 좋습니다."

"그래. 오늘은 웬 행차이십니까?"

"지난번에 사고차량 국과수에 보냈다고 하지 않았습니까? 어제 국과수에서 검사 기록이 나왔습니다."

"그래요? 뭐라고 해요?"

"국과수에서도 타살로 판단하는 거 같습니다."

"네? 뭣 때문에요?"

유한은 모든 촉각이 곤두서고 있었다. 사고사로 죽어서 화장까지 마친 다혜를 타살이라니……. 그건 자신을 얘기하는 거 같아서 조사관을 쳐다보면서 얼굴이 붉어졌다.

"체로키를 조사해 보니까 브레이크가 문제가 있었습니다. 브레이크를 누군가가 손을 써서 시속 120킬로미터만 달리면 제동이 안 되게끔 절단을 미리 해 놓았다는 것이 국과수의 판단입니다. 그래서 경찰에서도 일단 사고를 살인사건으로 변경하여 수사팀을 오늘 꾸린다고 연락이 왔습니다. 일단 수사팀은 양산경찰서로 한다는데 강남경찰서와 공조 수사를 한다네요."

"정말입니까? 그 말이?"

"제가 없는 말 지어내는 사람같이 보입니까?"

"언제 브레이크를 절단해 놓은 거랍니까?"

"그것까지는 알 수 없답니다. 그걸 알면 바로 살인범을 잡게 되는 거죠."

유한은 머리가 멍해졌다. 이해할 수 없는 최악의 상황이 눈앞에 전개된 것이다. 어떻게 타살이라니? 누가 다혜를 죽였다는 말인가? 다혜가 목표였을까? 아님 내가 목표였을까? 유한은 머리가 복잡해졌다.

유한은 다시 그날 파라다이스호텔에서 사고 나던 지점까지를 곰곰이 생각했다. 분명히 언쟁이 높았고 결국 더 이상은 힘들어서 못 살겠다며 함께 죽자고 핸들을 돌린 다혜와 그 핸들을 되돌린 유한만 있을 뿐 어느 누구도 두 사람의 언쟁에 조금도 끼어들 틈이라고는 없다고 생각했던 유한으로서는 기가 찰 노릇이었다.

"지난번에 제가 물었죠?"

"뭘 말입니까?"

"이다혜 씨 원한 관계는 없냐고요?"

"당연히 없죠."

"지금부터는 경찰에서 다시 수사를 하겠지만 이다혜 씨가 아니면 유한 씨에게 원한 관계가 분명 있을 겁니다. 그리고 두 분의 주변 분들은 모두 용의선상에 올라가겠지요. 일단 삼성생명에서는 수사가 종결될 때까지 보험금 지급이 보류됩니다. 그럼 다음에 또 뵙겠습니다."

유한은 생각했다. 다혜가 누구에게 원한을 샀을까? 아님 나는 누구에게 원한을 샀을까? 다혜의 원한관계 1호는 유한의 아내였고, 2호는 전 남편 정도가 전부였다. 나는 누구에게 원한을 샀을까? 유한은 셀 수 없을 정도로 많았다. 기업인수합병을 하면서 적대적 M&A도 세 개나 했었고 투자기업의 경영성과가 좋지 않다고 대표를 갈아치우기도 했던 유한이었기에 다혜보다도 유한의 원한관계가 훨씬 많았다. 물론 유한에게도 원한관계 1호가 아내였음은 누구도 부인할 수 없었다.

유한은 핸드폰을 꺼내어 전화번호를 검색했다. 강남경찰서 조사과 나창진 과장, 나과장은 유한의 고등학교 동기였다. 경찰대학을 졸업한 나과장은 젊은 나이에 경정의 위치에 올랐다. 회사와 거리가 가까워서 가끔 만나서 술을 마시는 친구였다. 일 년에 한번은 꼭 재경 동창회에도 함께 참석할 정도로 가까웠다. 유한은 전화를 걸었다.

"네. 나창진입니다."

"창진아. 나야, 유한."

"어, 그래. 오랜만이다. 어쩐 일이냐?"

"내가 교통사고로 입원했어."

"그래? 전화하는 거 보니까 죽지는 않을 거 같고. 그래, 어느 병원인데?"

"강남세브란스 특실이야. 와서 내가 입원한 방 찾으면 돼."

"야, 팔자 좋네. 재벌 사위라고 특실에 입원해 있고. 나이롱환자 아냐?"

"날 보면 그런 말 안 나올걸. 하하하."

"오늘은 선약이 있고……. 내일 퇴근 후에 가마. 뭐 필요한 건 없어?"

"그냥 와. 필요한 거 없으니까. 내일 봐."

나창진은 그 다음날 여섯 시가 넘자 병실로 유한을 찾아왔다. 빈손으로 오라고 했지만 과일 바구니 하나를 들고 찾아왔다. 과장이 되고부터는 신수가 훤해진 것처럼 얼굴에 윤기가 흘렀다. 진청색 양복에 흰 와이셔츠를 입은 나창진은 이마에 관공서라고 쓴 것 같은 느낌이었다. 선애는 과일바구니를 받으면서 인사를 했다.

"어서 오세요."

"수고 많으십니다. 제수씨."

"아녜요. 간병인이에요. 호호호."

"아이고, 실례했습니다. 저 친구가 지 마누라를 한 번도 안보여 주는 바람에……."

"어서 와라."

"야, 많이 다쳤네. 나이롱환자가 아니구먼. 어쩌다가 다친 거야?"

"사연이 길어. 올 시간이 있었나보네."

"야, 네가 아프다고 입원했다는데 어떻게 안 와? 술 얻어먹는 값은 해야지. 하하하."

"지랄하네. 술값 하러 온 거야?"

"자식. 농담도 못하냐? 그건 그렇고 어떻게 된 거야?"

"진짜 사연이 길다. 어디부터 얘기해야 하나……."

유한은 친구에게 부끄럽지만 도움을 청할 수밖에 없었다. 서울 지점에 있는 친구에게 말을 할까 생각도 했지만 그래도 가까이 있는 친구가 나을 거 같아서 나창진에게 털어놓았다. 사고가 난 경위와 죽은 다혜 얘기, 삼성생명 조사관이 한 얘기를 빠짐없이 하였다.

"너 마음 고생, 몸 고생 심하게 하네."

"그러게 말이다."

"일단 강남경찰서와 공조수사라고 하니까 내일 어느 팀으로 배정되는지부터 알아보고 다시 얘기하자. 너무 걱정하지 말고. 그런데 타살이라면 신문에 나겠는데……."

"그렇겠지. 사고사라서 언론을 다 막은 거 같은데……. 타살이면 경찰서 출입기자가 금방 냄새 맡겠지. 신문에 이다혜, 유한 대문짝만하게 실리겠네."

"야. 실리는 게 문제냐? 범인을 잡아야지. 죽은 사람이 불쌍하잖아."

"잡는 게 쉽겠어?"

"수사팀과는 별도로 내가 아는 사설탐정을 소개시켜줄게. 수사팀 수사내용이 너한테까지 오는데 시간이 걸려서 좀 그렇고……. 일단 돈은 들어도 사설탐정을 고용해봐. 네가 원하는 거 다 조사해주니까."

"내일이라도 나한테 보내줘."

"이 친구는 믿을 만 해. 전에 내 밑에 있던 친군데 좀 불미스러운 일 때문에 옷은 벗었지만 일만큼은 똑 소리 나게 처리하던 친구야. 지금 전화해서 시간 약속을 잡자."

나창진은 유한이 있는 자리에서 바로 전화를 했다. 대신탐정사무소는 서초동에 자리하고 있었다. 조그만 사무실에 박홍식 소장과 함께 세 명으로 구성되어 보통 변호사가 할 수 없는 조사를 전담해주는 등, 제법 실력이 나있는 탐정이었다. 일의 성격에 따라서 보수가 정해지기에 만나서 얘기를 할 수밖에 없었다.

"박소장! 나야, 나창진."

"아이고, 형님이 웬일로 전화를 다 주셨습니까?"

"너 먹여 살리려고 사방팔방으로 다니지."

"농담하지 마시고 무슨 일입니까?"

"진짜야. 건수 하나 있으니까 내일 강남세브란스병원으로 와."

"네?"

"내 친한 친구 일인데……. 이 친구 먼저 만나서 얘기 듣고 강남서로 들어와."

"강남서는 왜요?"

"이 사건은 양산경찰서와 우리 경찰서가 공조수사를 하는 사건인데, 친구가 특별히 자네를 고용하고 싶다고 하는군. 자네 봉 잡은 줄 알고. 내일 몇 시까지 올 수 있냐?"

"오전 중으로 가겠습니다."

"강남세브란스 특실에 환자 이름은 유한이야. 잘해라. 내 욕 안 먹게."

"형님. 여부가 있겠습니까? 그럼 내일 병원 들렀다가 형님한테 가겠습니다. 고맙습니다."

나창진은 사건의 심각성을 직감적으로 알고 있었다. 형사과를 거쳐서 지금은 조사과에서 일을 하지만 수많은 사건을 담당했던 경험으로는 원한에 의한 타살이라고 느낄만했다. 내일 사건이 어느 팀에서 전담하는 지는 아직 알 수 없으나 관심을 가지고 사건을 예의주시해보기로 했다. 그것은 평소 친하게 지내는 고등학교 동창이 사건에 연루되었기에 어떻게 하든 친구를 돕겠다는 마음이 컸다.

"너무 염려하지 마라. 내가 내일 출근해보면 어느 팀에서 전담할 건지 나오겠지. 그리고 상황이 변하면 즉각 전화할 테니까 편하게 있어."

"도대체 무슨 영문인지 모르겠다. 내가 꼼짝도 못하니까 더 답답하기만 하고."

"일단 내일 내가 전화하던 박흥식이 올 거니까 먼저 만나봐. 나한테 얘기한 것처럼 상세히 그간의 얘기를 해주고. 아마 잘해낼 거야."

"고맙다."

"우리 사이에 고맙긴, 그럼 몸조리 잘하고 내일 연락하자."

나창진은 두 시간이 넘도록 병실에 있다가 돌아갔다. 유한은 공조수사라는 의미를 잘 알고 있었다. 사고는 경남 양산에서 일어났지만 사고의 원인은 서울일 수도 있다는 뜻이기도 했다.

'타살이라면 과연 누구를 목표로 브레이크를 고장 내었을까? 내가 타지 않고 다혜만 탔다면 목표가 다혜이겠지만 나와 함께 탔다면 내가 목표일 수도 있지 않은가? 내가 목표라면 누가 나를 죽이려고 했지? 나를 죽일 만큼의 원한관계에 있는 사람이 누굴까? 재희일까? 그래서 보험을 많이 넣었던 것인가? 설마…… 아니면 처남? 처남이 왜? 그룹 후계구도에서 밀릴까봐서? 일은 내가 처남보다 잘하긴 했지. 그래도 그렇지. 그룹의 후계자는 처남인건 만천하가 다 아는데……. 처남은 아니고, 그럼 누구지?'

유한은 생각에 잠겨서 오만가지 상상의 나래를 폈다. TV 소리도 들리지 않을 만큼 모든 신경이 사고에 집결되었다. 움직일 수 없으니까 어디에 알아볼 수도 없었다. 오로지 사람을 불러서 지시하고 알아볼 방법뿐이었다. 유한은 자신이 믿고 움직일 수 있는 사람을 열거해보았다. 비서실의 윤정희, 강남경찰서의 나창진, 탐정사무소의 박흥식, 기획조정실 전략기획팀 조무현, 그리고 전용 운전사 박용건 정도였다. 이 정도면 믿고 부릴 수 있을 거 같았다. 어느 정도 믿을 수 있는 사람이 정해지자 유한은 잠이 들었다.

대신탐정사무소 박흥식 소장이 유한의 병실을 찾은 것은 다음날 오전 열 시였다. 유한은 전날 나창진에게 했던 이야기를 좀 더 구체적으로 말했다. 박흥식은 유한의 얘기를 들으면서 수첩에 메모를 해 나갔다. 메모를 하는 동안에도 어디서부터 알아봐야 하는

지 나름대로 머릿속에 스크린을 펼쳐 나갔다. 그리고 수첩을 덮으면서 일어섰다.

"잘 알겠습니다. 사장님께는 수시로 전화로 보고 드리겠습니다. 강남서 나과장님 만나 뵙고 다시 전화 드리겠습니다."

"비용은 걱정하지 말고 잘 좀 부탁합니다. 먼저 계좌에 천만 원 입금해 놓겠습니다."

"네. 감사합니다. 강남경찰서에 가서 나창진 과장님 만나보고 전화 드리겠습니다."

박흥식은 병원주차장에 세워둔 소나타를 몰고 강남경찰서로 향했다. 경찰서 입구를 지키던 전경이 박흥식을 보고 거수경례를 했다. 비록 경찰 조직에서 떠났지만 강남경찰서에는 자주 오는 듯 했다. 주차장에 파킹을 하고 곧장 조사과장실로 향했다. 조사과장실 입구에서 여 순경이 박흥식을 아는 체 했다.

"박소장님, 자주 뵙네요."

"그러게. 과장님 계시지?"

"네. 들어가 보세요."

박흥식이 들어가자 나창진은 의자에서 일어나며 반갑게 맞이한다. 피우던 담배를 재떨이에 비벼서 끄더니 인터폰으로 커피 두 잔을 시키며 소파에 앉는다.

"이제 출근을 하는구먼."

"왜 이러십니까? 부를 때는 언제고?"

"그래? 내가 부른 거야? 하하하."

"병원에서 오는 길입니다. 사건 전담팀은 정해졌습니까?"

"형사3팀 최일호 팀장이 맡게 되었어."

"하필 그놈입니까?"

"전담팀을 내가 정하냐? 껄끄러워도 어쩌겠어. 그러니까 평소에 잘 좀 친해두지."

박흥식과 최일호는 서로 앙숙 같은 사이였다. 박흥식이 경찰서에서 근무할 때부터 사사건건 의견이 안 맞아서 티격태격하다가 박흥식이 탐정 일을 하면서 몇 번 술자리를 하며 사건 조사에 대한 정보를 얻고자 물어봐도 온갖 생색을 내면서 겨우 말해주던 것이 눈에 선했다.

"최일호한테 도움 받기는 틀렸는데요?"

"내가 술자리를 한 번 마련할 테니까 서로 지나간 묵은 감정 다 털어버려. 사내새끼들이 되어 가지고 하는 짓들이 왜 그러는 거야?"

"형님이 도와주신다면……. 히히히."

"아마 오늘부터 수사를 착수하는 모양인데……. 기자들이 벌써 냄새를 맡은 모양이야. 아마 내일이면 신문에 실리겠는데……."

"수사에는 더 난항을 겪겠네요. 지금쯤 범인은 완전범죄라고 편하게 있을 텐데. 차라리 이럴 때가 수사하기는 좋은데……. 안 그렇습니까?"

"하지만 어쩌겠어. 암튼 수고 좀 해. 어쩌면 병원에 있는 친구는 수사기관보다 자네가 한발 앞서서 나아가기를 바랄거야."

"왜 그런 겁니까?"

"범인이 누군지 먼저 알고 싶은 것이겠지. 어쩌면 그 친구는 나름의 사람들을 용의선상에 올려놓고 있는지도 모르지. 그러니까 자주 그 친구 찾아보고 얘기를 많이 해 봐. 원한관계에 의한 타살이라면 범인이 멀리 있지 않을 테니까."

"알겠습니다. 형님."

그 시각에 신문사들은 분주해졌다. 다혜가 교통사고로 사망을 했을 때에는 단순 교통사고로 간단하게 신문에 실렸을 뿐 누구도 그 기사에 관심을 두지 않았었다. 그것은 재호가 유한의 사고를 재희에게 듣고 양산종합병원에 내려가기 전에 그룹 홍보실장에게 지시를 하였기에 가능한 일이었다. 동승자가 없는 것처럼 다혜 혼자 운전을 하다 전복되어 사망한 것으로 실렸기에 잊힌 배우가 이혼 3개월 만에 일어난 사고에 별다른 관심을 보이지 않았었다. 물론 그것은 관심을 피하려고 하는 사람들에 의하여 꾸며진 각본이었다.

그러나 지금은 달랐다. 단순 교통사고가 아니라 타살에 의한 사망이라면 이것은 쓰나미 같은 대형 사건이었다. 그것도 동승자가 있었고 동승자는 병원에 누워 꼼짝 못한다는 것, 동승자가 대일그룹 기획조정실장이며, 대일그룹의 하나뿐인 사위라는 것은 대단한 기삿거리였다. 신문마다 사회면, 연예면, 경제면을 마다하지 않고 대서특필로 다루었다.

다음날 조간신문부터 난리가 나버렸다. '이다혜 교통사고 타살로 추정', '연인과 함께한 마지막 여행', '이다혜 타살 본격 수사 돌입', '대일그룹 기획조장실장 이다혜의 연인' ……. 온갖 제목으로 시선을 끌기 위하여 신문들마다 선정적인 문구를 가져다 썼다. 조간신문은 대한민국을 떠들썩하게 만들었다.

석간신문에서는 유한의 얼굴까지 다혜와 나란히 실렸고, 두 사람의 관계를 모르는 사람이 없을 만큼 전국적으로 이슈가 되었다. 사고사로 끝나버렸다면 그냥 묻혀 지나갈 이야기가 두 사람의 치부가 온 세상에 알려지는 순간이었다.

유한은 사고사로 끝나기를 바랐다. 만약 타살이라면 범인이 자기 자신이라 믿었다. 그런데 난데없이 다른 이유로 타살의 소용돌이에 유한이 휘말려든 것이었다.

운명의 장난은 유한을 더욱더 나락으로 끌어 내렸다. 조간신문과 석간신문들이 대일그룹 전체에 뿌려졌고, 기사는 박병호 회장을 비롯하여 박재호 사장 등 전 임원들과 직원들이 보게 되었다. 직원들의 수근거림은 커피타임에도, 점심시간에도, 퇴근 후 마시는 술자리에서도 그칠 줄 몰랐다. 박병호 회장은 조간신문을 보고 재호를 회장실로 불렀다.

"이거 어떻게 된 거야? 막을 수 없었던 거냐."

"저도 몰랐습니다. 지난번에 다 끝난 줄 알고 있었는데……."

"홍보실에는 뭐하는 놈들이야? 홍보실장 들어오라고 해."

박병호 회장은 몹시 화가 나 있었다. 온 세상이 대일그룹으로 도배되었고, '박병호 회장의 사위 유한'이라는 내용이 박회장의 심기를 건드린 것이다. 홍보실장이 비서실의 전화로 회장실에 들어왔다. 박회장은 들어오던 홍보실장의 정강이를 구둣발로 걷어찼다.

"넌 뭐하는 놈이야? 야, 이 새끼야. 회사 얼굴에 똥칠을 해도 유분수지. 신문사도 장악하지 못하는 놈이 무슨 홍보실장이냐?"

"죄송합니다. 경찰서에서 취재가 되어버린 기사라서 손을 쓸 틈이 없었습니다."

"뭐 죄송? 이게 죄송으로 해결될 일이냐? 망신도 이런 개망신이 있나?"

박회장은 분이 안 풀려서 계속 씩씩거렸지만 재호는 그런 박회장을 담담하게 쳐다보고 있었다. 잠시 후 홍보실장이 나가자 박회장은 재호를 불러 세웠다.

"앞으로 어떨 거 같으냐?"

"타살이라고 하니까 수사를 좀 더 지켜봐야죠."

"내가 그걸 묻는 거냐? 회사에 치명타가 된 이일을 어떻게 수습하냐고? 그 년이 자살이든 타살이든 내 알 바 아니고……."

"생각을 좀 해봐야겠습니다."

"일 년에 광고비를 몇 백억씩 쏟으면 뭐할 거야? 이미지를 한방에 다 까먹는데."

"일단은 빨리 사건이 마무리되기만을 기다릴 수밖에 없을 것 같습니다."

"넌 뭐했어? 일이 이 지경이 되도록. 재희한테 조금만 더 신경을 썼더라면 이런 일이 일어나겠어? 하나밖에 없는 오빠라는 놈이……."

화살은 재호에게로 돌아왔다. 유한의 방종이 결국 재호의 관리 능력 부족으로 귀결이 되어 버리자 재호도 못마땅한 눈치였다. 처음부터 결혼을 말리지 못한 것이 천추의 한으로 남는 듯 했다.

강남경찰서 형사3팀 최일호 반장과 형사들은 이다혜 사건으로 분주했다. 사건을 배당 받은 지도 이미 보름이 지나갔지만 뚜렷한 실마리를 잡기가 어려웠다. 사망자는 화장을 해버려서 오로지 국과수에서 나온 검사서가 유일한 정황이었지만 어디부터 수사를 해야 할 지 힘든 지경이었다. 최일호는 수사팀 전원을 회의실로 불렀다. 반장을 포함한 베테랑 형사 다섯 명이 좁은 회의실에 모였다.

"자. 정신 바짝 차리자고……. 과장님부터 서장님까지 뭐하고 있냐고 난리야. 신문에서도 수사 진척이 없다고 난리 법석이고…….

김형사는 뭐 좀 건진 게 없어?"

"이다혜 주변에서 용의 선상에 오를만한 사람은 전 남편 김태호……."

"김태호는 뭐하는 사람이야?"

"에이블하이텍 대표이사랍니다."

"그게 뭐하는 회산데?"

"보안전문 벤처기업이랍니다."

"그래, 그 사람 만나봤어? 그 사람 알리바이는 확인했고?"

"김태호한테는 특별한 게 안 나옵니다."

"그 다음은 용의선상에 있는 사람이 누구야?"

"대일그룹 기획조정실장 유한입니다."

"지금 병원에 있잖아."

"그 사람이 애인을 왜 죽였겠어? 좀 더 제대로 짚어봐. 진짜 미치겠네."

"양형사도 얘기해봐."

"그 다음은 유한의 처가 용의선상에 있습니다."

"누구?"

"박재희라고, 대일그룹 박병호 회장의 외동딸입니다. 아마 이다혜한테 최고의 원한관계에 있을 사람이 이 사람인데, 10년을 유한과 이다혜가 사랑놀이에 빠졌다면 죽이고 싶지 않겠습니까?"

"야. 그건 신문에 난 기사고. 증거를 가져와 보라고."

최일호는 화가 머리끝까지 나버렸다. 앞으로 보름 동안 모든 수사를 종결지으라는 윗선의 지시가 있어서 그동안 끝내어야만 했다. 그렇지 못하면 미제사건으로 분류되고 이 사건은 영원히 오리무중이 되고 마는 것이었다. 그렇게 되면 최일호는 무능한 반장으로 다음번 계장 진급에서 누락될 게 불을 보듯 뻔했다.

수사팀에서 가장 애가 타는 사람은 최일호였다. 며칠 전 대신탐정사무소 박홍식 소장과 술을 마시면서 큰 소리를 뻥뻥 쳤는데 아직 실마리도 잡지 못하고 허송세월만 보낸다는 것이 창피한 일이었다.

국민들의 관심사가 이다혜의 교통사고인데 국과수의 종이 한 장이 파란을 일으켰다. 사고사로 묻힐 교통사고가 타살의혹이라는 한 줄의 기사로 온 나라가 난리였다. 이혼한 전 남편도 신문에 오르내려서 회사에 큰 타격을 입히기도 했고, 유한은 다혜와 함께 여행한 해운대에서 있었던 모든 동선을 경찰에 얘기할 수밖에 없었다. 그래서 알리바이를 위하여 다혜가 잠들었을 때 함께 술을 마신 고향 친구까지 경찰이 찾아갔던 것이다. 보름 동안에 경찰에서 찾아가 괴롭힌 사람들은 많은데 실질적인 증거포착이 안 되는 것이었다. 앞으로 한 달이 문제였다.

대신탐정사무소 박홍식은 유한이 보내준 돈 덕분에 직원들의 급여를 해결했다. 워낙 영세하기도 했지만 변호사 사무실에서 의뢰가 들어오는 일거리도 살인사건에 대한 무죄를 입증하는 증거수집이 주류여서 사건 의뢰도 많지 않은 편이었다. 강남서 나창진 과장과 최일호 반장과 함께 술을 마시면서 묵은 감정을 풀려고 노력은 했지만, 거들먹거리는 최일호의 행동에 심사가 틀어져서 기분이 무척 상했던 박홍식이었다. 그렇게 자신하던 최일호도 사건은 미궁 속으로 빠져들고 멀지 않아서 미제사건으로 처리될 게 뻔했다. 앞으로 어떻게 할 것인가를 의논하기 위하여 유한을 만나러 병실로 갔다.

"사장님! 몸은 좀 어떻습니까?"

"어서 오십시오. 요즘은 식사도 잘하고 방구도 잘 뀝니다. 하하하."

"지난번보다 얼굴이 좋아지셔서 다행입니다."

"박소장님이 보시기에도 그렇게 보입니까?"

"네. 훨씬 좋아지셨습니다."

"그래, 뭐가 좀 잡힙니까?"

"수사팀에서 뺑뺑이를 돌고 있습니다."

"뺑뺑이를 돌다니요?"

"앞으로 못나가고 제 자리에서 뺑뺑 돈다고요."

"박소장님 생각은 어떻습니까?"

"아마 보름 후면 미제사건으로 분류되고 조용해지겠죠."

"조용해지면?"

"저는 그때부터 움직일 겁니다. 지금 경찰이 조사한 내용들은 저희도 다 가지고 있는데, 지금 조사하면 나올게 없습니다. 지금은 범인들도 다 숨어버렸거든요."

"언제부터 움직일 겁니까?"

"경찰의 손이 떠나고 신문에서 미제사건이라도 보도되면 그때부터 움직일 겁니다. 비용은 좀 들겠지만 저희가 조사하기에는 그 때가 적기입니다."

"매달 천만 원씩 계좌로 보내겠습니다. 비용 걱정은 하지 마시고……."

"사장님께서 지난번에 주신 용의선상에 있는 사람들……. 마음이 변하신건 없죠?"

"만약에 그 사람들 중에 범인이 없다면 정말 타살이 아닌 겁니다. 지금도 저는 사고사로 믿고 있고요. 국과수의 종이 한 장을 믿고 무모하게 시작해보는 겁니다. 정말로 타살이라면 그 사람이 얼마나 억울하겠습니까?"

"그렇죠. 억울하겠죠."

"타살이라면 그 사람의 한은 풀어줘야죠. 지금 제가 살아있는 이유이기도 합니다."

"알겠습니다, 사장님의 마음을. 조바심이 나더라도 조금만 참고 기다려보세요. 좋은 결과가 나올 겁니다. 사실은 경찰이 아직 수사하지 않은 미진한 곳이 있지만 제가 미리 시작을 하지 않고 있습니다. 몇 년 전에 이와 유사한 사건을 제가 해결한 적이 있습니다. 그때 했던 방법을 써보려고 합니다. 물론 그때는 수사 인력이 많아서 빨리 해결했지만……, 좀 시간이 걸리더라도 제일 좋은 방법입니다."

"그땐 무슨 사건이었습니까?"

"청부살인사건이었습니다."

"그때는 얼마 만에 해결한 겁니까?"

"한 달 정도 걸렸습니다. 9월 말이면 모든 수사가 종결될 겁니다. 그때 시작하겠습니다."

"알겠습니다. 필요한 비용은 언제든지 말씀하십시오."

"그리고 앞으로 편하게 대해주십시오, 나창진 과장님 친구이시면 제게도 형님입니다. 그래야 저도 편하게 말씀드릴 수가 있고요."

"내가 몸이라도 성했으면 술 한잔하면서 벌써 형 아우 했을 텐데……. 하하하."

"술이야 다음에 마시면 되잖습니까? 그러니까 오늘부터 말 놓으십시오."

"그래, 고맙네. 그렇게 대해줘서."

"아닙니다. 형님 편하게 지내시고 조사를 본격적으로 시작하기 전에 다시 형님을 찾아뵙겠습니다."

"알았네. 자주 연락해."

"자주 전화 드리겠습니다."

박홍식은 성격이 화통했다. 이런 사람들은 일도 잘하는 편이었다. 위아래를 확실하게 선을 그을 줄 아는 사람은 처세술도 능한 편이었다. 나창진의 친구이기에 형님으로 부르겠다는 말은 그만큼 나창진을 믿고 신뢰한다는 뜻이기도 했다. 유한은 박홍식이 말한 대로 수사기관이 사건에서 손을 떼는 9월 말까지 조용히 기다려보기로 했다.

과거의 아들

매주 토요일에 방수현만 보내던 일신기획 이현우 대표가 금요일임에도 불구하고 방수현과 함께 유한의 병실을 찾아왔다. 유한이 식사를 한다는 얘기를 듣고 큰 과일 바구니 하나와 4단 찬합에 밥과 각종 반찬을 담아왔다. 이현우는 한 달 보름 만에 찾아온 것이었다. 지금까지 방수현을 통해서 보내준 시나리오는 모두 다섯 편이었지만 다들 완성도가 떨어지는 것뿐이었다. 신문에 다혜의 기사가 실리고 덩달아서 유한까지 실리자 의사를 포함하여 간호사까지 유한을 알 정도였다. 물론 병실을 찾아오는 모든 사람들은 유한을 다혜의 연인으로 생각했었다. 아니, 다혜를 유한의 정부로 생각했었다.

"형님, 오랜만입니다."

"이대표, 어서 와. 수현 씨도 같이 왔네."

"네. 수현이도 왔어요."

"내일이 오는 날 아닌가?"

"대표님 오시는 길에 같이 왔죠. 내일은 쉬려고요. 호호호."

"잘했어. 아가씨가 토요일은 데이트도 해야지. 나한테 묶여 있으면 쓰나⋯⋯."

"몸은 좀 어떻습니까?"

"이제 화장실은 다니는 정도야."

"다행입니다. 다리는 깁스를 하셨네요."

"깁스를 하니까 더 불편해."

"그래도 한 달 보름 만에 많이 호전된 거 같아서 다행입니다."

"휠체어를 타고 바람을 쐬기도 하지. 그래. 오늘은 웬 걸음인가?"

"인사차 들렀습니다. 식사를 하신다는 얘기를 듣고 맛있는 거 좀 사왔습니다. 이건 수현 씨가 직접 만들었어요."

"이럴 거까지는 없는데. 수현 씨가 나 땜에 고생했구나."

"매주 토요일 올 때마다 제가 얻어먹었잖아요. 한번 드셔보세요."

수현은 4단 찬합을 응접실 테이블에 풀었다. 찬합에는 김밥, 유부초밥, 생선초밥, 흰 밥과 각종 반찬들로 가득 찼다. 음식의 양은 세 사람이 먹어도 남을 만큼 많았다. 선애는 유한의 목을 고정시키기 위하여 경추보호대를 유한의 목에 채우고 유한을 부축하여 소파에 앉혔다. 수현이 젓가락으로 집어주는 유부초밥 하나를 입에 넣고 씹었다.

매주 토요일 수현이가 올 때마다 정희가 있었다. 수현은 때로는 경쟁하듯이 유한의 곁에서 떨어지지 않아서 정희의 질투를 유발시키기도 하였지만, 수현과 정희는 시간이 지날수록 자매처럼 친해져갔다.

"야. 맛있네. 수현 씨 솜씨가 보통이 아니구먼."

"생선초밥은 제 솜씨가 아니고요. 히히히."

"그럼?"

"도시락 만든다고 하니까 엄마가 횟집에서 도미랑 광어를 사 오셔서 직접 만드신 거예요."

"뭘 그렇게 번거롭게. 수현 씨 엄마한테도 신세를 갚아야겠는데. 하하하."

이현우는 식사하는 분위기를 타고 유한에게 시나리오에 대한 의견을 물어본다. 이현우의 목적이라면 당연히 시나리오였다. 그러나 여러 가지 상황이 여의치 못하다보니까 자꾸 유한의 눈치를 살필 수밖에 없었다. 일반적으로 영화를 준비하는 제작사들은 시나리오를 만들어서 크랭크 인까지 일 년 정도를 예상하지만 이현우는 여러 가지의 시나리오 중에서 하나를 선택하기도 전에 여덟 달이란 시간을 허비하고 있었다. 지금 투자자를 갈아탄다는 것은 처음부터 다시 시작하는 것이라서 엄두를 낼 수가 없었다. 어떻게 하든지 유한에게 매달리는 방법이 최선이라고 생각하고 있었다.

"저, 형님. 시나리오 읽던 중에 마음에 드시는 건 없었습니까?"

"하나 있긴 한데, 수정을 좀 해야겠던데."

"그게 하이첵킹? 수현 씨 맞지?"

"네."

"근데 그 영화는 스토리 구성은 탄탄한데 제작비가 엄청 들겠어. 이대표 생각은 어때?"

"형님 혼자 투자하는 건 무리입니다. 워낙 스펙터클해서."

"공군에서 지원을 받을 수 있겠어?"

"하이첵킹으로 결정되면 국방부에 협조요청을 먼저 해야죠."

"그럼 하이첵킹으로 정하고 시나리오를 수정하도록 하지. 제작비는 얼마정도 예상하나?"

"제작비와 마케팅비 포함해서 백억 원은 족히 들 겁니다."

"한국 영화시장에서 투자금 회수가 가능하겠어?"

"제작 초기에 해외 선 판매로 오백만 불은 가능할 것으로 확신합니다. 물론 투자 확정이 되려면 선 판매 MOU가 먼저 체결되는 조건입니다."

"그렇다면 해볼 만하겠는데……."

이현우가 보내준 시나리오 중에서 '하이첵킹'은 남북한 첩보를 다루는 영화로 비밀리에 대통령의 밀사가 김정일의 최 측근을 만나서 남북한 화해와 평화통일을 위한 상호협력조약을 맺기로 하고 김정일이 남한을 방문하는 동안에 북한에서는 평화통일을 반대한 군부 강경파가 쿠데타를 일으켜서 남한을 향하는 김정일의 비행기를 공중에서 납치하는 것을 남한 공군이 전투기를 출격시켜 김정일을 구함과 아울러 쿠데타를 진압하는 내용의 영화였다.

'하이첵킹'은 시대적 상황으로도 상당히 호응을 받는 시나리오이기에 현재 정권하에서 제작되고 개봉되어야만 하는 시간을 다투는 영화였고, 현재 남북한의 화해무드에서는 국방부의 지원도 순조로울 것이라는 판단을 내렸다. 앞으로 한 달 이내로 시나리오를 완성하고 올해 안으로 국방부와 공군의 협조를 얻는 공문을 받는다는 조건부로 제작을 시작하기로 협의를 마쳤다. 이현우는 유한의 결정에 너무도 기뻤다.

"단, 국방부와 공군의 협조 공문과 해외 선 판매 오백만 불 MOU가 체결되는 조건이야."

"여부가 있겠습니까? 형님, 감사합니다."

유한은 본인이 투자하는 액수는 20억 원으로 한정하지만 주변에서 유한을 믿고 투자할 수 있는 자금이 50억 원 정도는 항상 준비되어 있었다. 비록 현재 일선에서 물러나서 병원에 입원하고 있지만 유한은 아직까지는 대일그룹 기획조정실장이란 타이틀이란 것이 있었다. 지금까지 유한이 시도한 투자에 대해서 실패가 없었기에 유한이 투자를 하겠다고 하면 함께 투자할 투자자는 많았다.

100억 원 중에 나머지 30억 원은 문제가 되지 않았다. 크랭크인이 되고 나면 그 이후에도 투자하겠다고 하는 투자자는 많기 때문에 첫 크랭크인을 할 때 이슈가 되어야 했다. 앞으로 한 달간은 시나리오 수정에 온 신경을 쓰겠다고 유한은 생각했다.

"앞으로 수현 씨가 더 바빠지겠는데?"

"저야 좋죠. 여기 오면 정희 언니도 있잖아요."

"이제 두 사람이 많이 친해졌나보네?"

"사실은 정희언니가 대학교 선배였답니다. 호호호."

"그래? 그럼 수현 씨도 명문대 출신이구만……."

"이래뵈도 이대 나온 여자랍니다."

"수현 씨 전공은 뭐지?"

"저는 국문학이고요. 정희언니는 불문학이에요."

"둘 다 문학을 전공했구먼. 시나리오 수정작업에 정희도 끼워야겠는걸."

"그래도 되죠. 언니한테는 제가 말할게요."

조건부라도 투자가 확정되자 일신기획 이현우는 얼굴에 화색이 돌았다. 처음 8개월 전 아는 지인의 소개로 대일창투의 신경호사장을 찾아갔다가 혼자 결정할 사안이 아니라며 대일그룹 기획조정실을 방문했을 땐 눈앞이 막막했다. 젊은 그룹 기조실장은 깐깐하기로 유명했고 술 한잔 하자는 이현우의 요청에도 거절했던 것이었다.

그러나 유한이 불의의 사고로 입원을 하고나서 유한을 쉽게 공략하기란 전혀 예상 밖의 일이었다. 지난번에 찾아와서 막무가내로 달라붙은 것이 주효했다. 몸이 아프면 마음이 약해진다고 했던가? 이다혜와 유한이 연일 언론에 노출되었고 심신이 만신창이가 되어버려서 찾아오는 사람이 그리웠을까? 유한은 이현우가 원하는 방향으로 영화제작에 대한 투자결심을 한 것이다. 두 사람은 유한이 식사를 한 다음에도 한 시간을 더 얘기를 하다가 돌아갔다. 시나리오 수정을 위해서 월요일부터는 방수현은 매일 와서 노트북으로 하나씩 수정작업을 하기로 했다.

유한이 다혜와 함께 신문에 연일 가사로 도매가 된 다음, 아들도 아빠가 왜 교통사고가 났는지 알게 되면서 병실 오기를 더욱 꺼려했다. 토요일만 되면 재희는 대치동 은마아파트로 향했다. 다혜가 사고 나기 전에도 다혜가 얻은 은마아파트는 큰 길을 사이에 두고 서로 마주보는 단지여서 다혜와 재희가 마주칠 일은 없었다. 재희는 가정부가 차려준 아침 식사를 하고 외출 준비를 했다.

"서연아. 나 오늘 늦을 거야. 문단속 잘하고 먼저 자."

"네. 사모님. 다녀오세요."

재희는 은마아파트를 갈 때에는 자신이 몰던 벤츠를 타지 않고 택시를 이용했다. 32평의 아파트에 최고급 벤츠를 타고 가면 많은 사람들의 시선을 끈다는 것을 알고 있었다.

매주 토요일이면 아파트 상가에 있는 마트에서 일주일치 먹을 식재료를 사는 날이었다. 재희는 택시를 타고 아파트 상가 앞에 내렸다. 마트 주인은 매주 토요일이면 일주일치 많은 양의 식재료를 102동 904호로 배달하기에 재희를 알고 있었다. 마트 주인은 재희가 사업 때문에 지방에 갔다가 토요일이면 집으로 돌아오는 주말부부 정도로만 알고 있을 뿐이었다. 매일 반찬을 해주는 파출부가 있어서 요일별로 반찬을 할 수 있도록 재료를 구입했고, 각종 과일과 음료수, 군것질용 과자까지 구입했다. 매주 40만 원을 넘게 구입하는 재희는 마트 주인에게는 둘도 없는 큰 고객이었다.

"사장님. 이거 몇 시쯤 배달되죠?"

"한 시간 내로 배달됩니다. 배달이 밀려서 조금 늦어지네요. 죄송해요. 사모님……."

재희는 계산을 하고 마트에서 60미터 떨어진 102동으로 걸어갔다. 아파트 입구 경비실에서 경비가 뛰어 나와 모자를 벗고 재희에게 인사를 한다. 재희는 가끔씩 경비실에 먹을 것을 넣어주곤 했기에 경비들은 재희를 좋은 주민으로 생각했다. 경비 역시 몇 년 동안 매주 토요일이면 찾아오는 재희를 주말 부부로 알고 있었고, 가끔 진우와 동혁과 함께 외출을 할 때에는 평범한 가정으로 보이기에 충분했다. 재희가 904호를 열고 들어갔을 때 진우가 그녀를 반겨주었다.

"어서 와."

"잘 있었어요?"

진우는 증권회사 애널리스트로 일했다. 애널리스트는 보통 회사에 소속되지 않으면서도 주식 투자자의 투자 거래액에 따라서 커미션을 받는 비정규직이었기에 객장이 문을 열지 않는 토요일은 출근을 하지 않았다. 일주일에 한 번 만나는 만남이지만 온전히 하루를 함께 보내는 날이 많았다.

파출부는 월요일부터 금요일까지만 와서 청소와 반찬을 하도록 했다. 토요일과 일요일은 재희가 직접 만든 음식을 먹도록 그동안 길들여져 있었다. 재희는 오자마자 늘 해왔다는 듯이 방마다 벗어 놓은 빨랫감을 찾아서 세탁기에 넣고 돌렸다. 거실에 너저분한 곳도 청소기로 밀고 있어서 다른 사람이 볼 때에는 이 집의 평범한 주부로 보였다.

"회사 일은 어때요?"

"늘 그렇지 뭐. 이번에 나도 독립을 할까봐."

"왜요? 힘들어요?"

"힘든 게 아니고 능력이 있을 때 독립을 해야지. 더 늦으면 퇴물이 되잖아."

"뭘 하시려고요?"

"펀드 매니저 몇 명을 모아서 투자클럽을 차렸으면 해."

"투자클럽이 뭐예요?"

"지금 내가 하는 똑같은 일인데 증권회사가 아니고 별도의 공간에서 투자 상담을 하고 투자수익에 대한 일정 퍼센트를 수익으로 가지는 거지. 고객이야 지금 핸들링 하고 있는 고객으로도 충분해. 소문이 나면 더 좋아질 테고……."

"위험성은 별로 없겠네요. 펀드 매니저는 있어요?"

"내가 하겠다고 하면 오겠다는 친구들은 많아."

"하긴 동혁오빠도 더 나이 들기 전에 뭔가를 해야죠. 구체적인 계획서 만들어서 줘 봐요."

"알았어. 당신 믿고 다음 주까지 준비해볼게."

"너무 무리해서 벌이지 말고요."

"알았다니까……."

재희는 진우가 하겠다는 사업을 전적으로 도와주겠다고 나섰다. 비록 몸을 섞는 부부는 아니지만 동혁이라는 아들이 두 사람 사이에 있어서 다시 만난 5년 동안 큰 문제없이 잘 지내고 있었다. 진우가 잠자리를 요구하지도 않았고, 한 번도 재희가 싫어할 만한 것은 하지 않았기에 어쩌면 지금까지 순조롭게 관계가 지속되었을 수도 있었다. 재희는 남자가 그리우면 차라리 다른 남자를 선택했다.

진우는 17년 전 그들이 헤어지던 날 끝난 남자였다. 박병호 회장의 온갖 협박과 회유에 시달리다가 재희와 헤어지는 조건으로 일억 원을 받으면서 동혁을 고아원에 보내버렸을 때 재희는 다시 사랑할 수 없는 남자라고 못을 박아버렸다.

그랬던 재희가 가정에 충실하지 못하고 늘 밖으로 돌던 유한에게 이다혜라는 여자가 생기면서 재희도 옛 남자가 그리워졌던 것이다. 정확하게 말하면 옛 남자보다 그 남자 사이에 생긴 아들이 보고 싶어졌던 것이었다. 그래서 5년 전 수소문을 하여 진우를 만났고, 초등학교 6학년이던 동혁을 찾아서 한 가정을 만든 것이었다. 결국 이 가정은 재희에 의해서 만들어진 재희의 작품이었다.

증여세를 많이 내더라도 아파트를 아들 동혁의 명의로 한 것을 보면 동혁에 대한 애착이 남달랐다고 봐야했다. 그 동혁이 지금은 엄마의 손이 절실하게 필요한 고등학교 2학년이었다.

"동혁엄마. 괜찮아?"

"뭐가요?"

"유한 씨랑 이다혜 씨가 오래 전부터 그랬다는데……. 신문 보고 알았어."

"영현이 아빠가 밖으로 나돈 것도 어쩌면 다 내 탓이죠. 내 과거에 당신과 동혁이가 없었다면 우리가 이렇게 되었겠어요?"

진우는 할 말을 잃어버렸다. 위로를 하려다가 도리어 과거의 몹쓸 남자만 상기시킨 꼴이 되어 버린 것이다. 아무 말도 못하고 재희의 눈치만 보고 있을 때 초인종인 울렸다. 진우는 어색해진 자리를 피하기 위하여 현관으로 향했다. 마트에서 배달 온 식자재 세 박스가 문 밖에서 기다리고 있었다.

진우는 식자재를 식탁 위에 내려놓자 재희는 텅빈 냉장고에 차곡차곡 쌓기 시작했다. 과일과 과자만 남겨두고 냉장고에 넣은 다음 망고 껍질을 벗겨서 진우가 먹기 좋도록 썰어서 TV를 보고 있는 진우 옆에 가져갔다.

"당신도 좀 먹지?"

"동혁이 오기 전에 점심식사를 준비해야죠."

"벌써 시간이 그렇게 되었나?"

"한 시간밖에 안 남았어요."

재희는 아들이 오기 전에 아들이 좋아하는 카레를 만들 준비를 했다. 집에서는 가정부에게 모두를 맡긴 재희가 이곳에서는 모든 음식을 직접 하는 것이었다. 유한도 먹어보지 못한 음식을 재희는 이곳에서 만들었다. 밥솥에서 밥이 다 되고, 카레가 냄비에서 끓고 있을 때 동혁이 현관으로 들어왔다.

"저 왔어요."

"우리 동혁이 왔어?"

"어. 엄마. 배고파 밥 줘요."

"그래. 조금만 기다려. 금방 차릴게."

5년이란 시간은 동혁과 재희를 모자지간으로 엮어주기에 충분했다. 12년을 떨어져 살았지만, 그 12년은 한 아이가 평생을 살아가는 기간에서는 중요하지 않았다. 동혁에게는 지금부터가 중요했다. 내년이면 대학입시를 준비하는 해니까 어쩌면 인생에서 제일 중요한 순간이 올해와 내년이었다.

재희도 이 중요한 시기를 잘 알고 있었다. 대학에 들어가고 나면 스스로 생활할 수 있도록 만들 계획이었다. 매주 토요일과 일요일은 하루 여섯 시간씩 과외를 붙였다. 일주일에 한 번 만나지만 작년부터는 공부하느라고 얘기할 시간도 없었다.

재희는 동혁이가 명문 대학교에 갈 수 있도록 하기 위하여 최선을 다해서 돕고 싶었다. 재희가 동혁에게 할 수 있는 유일한 사랑이기도 했다. 젖먹이일 때 함께 해주지 못한 죄스러움을 어떻게 하든지 돌려주고 싶었다. 재희가 밥상을 차리자 진우와 동혁도 식탁에 둘러앉았다. 원탁식탁은 재희가 준비한 반찬들과 카레냄새가 진동을 했다.

"저…… 엄마!"

"왜? 말해 봐?"

"일주일에 두 번 오시면 안돼요? 주중에는 그냥 가시고…… 주말에는 주무시고 일요일에 가시면 안돼요?"

"갑자기 왜?"

"그냥. 나도 엄마가 필요하고……. 아빠는 엄마가 필요 없어요?"

"나? 나도 엄마가 필요하지. 그런데 말이다……. 엄마도 사정이 있잖아."

"그 사정은 나도 아는데…… 아는데 말이죠. 난 엄마가 그랬으면 좋겠어요."

"엄마도 그러고 싶어. 쉽지 않겠지만 한번 생각해볼게."

동혁도 세간에 들리는 이야기를 알고 있었다. 엄마가 대일그룹 외동딸이란 것을 알게 된 것은 3년 전이었고, 엄마의 남편이 이다혜라는 여자와 오랫동안 사랑에 빠져서 엄마를 힘들게 했고, 두 달 전에 교통사고로 이다혜가 죽고 엄마의 남편이 병원에 입원해 있다는 것을 동혁도 알고 있었다.

동혁은 그런 엄마가 불쌍했다. 한 남자를 사랑했지만 부모의 반대로 헤어져야 했고, 다른 남자를 만나서 결혼을 했지만 그 남자마저 엄마를 버렸다는 것이 가슴 아팠다. 동혁과 지내는 시간이 많아지면 엄마도 외롭지 않겠다고 생각했다.

재희는 난감했다. 일주일에 한번 오는 것도 양심에 가책이 되는 일이었다. 남편이 밖에서 어떤 여자와 놀아났어도 아내는 온전히 가정을 지키는 것이 여자의 본분이었다. 그것이 세상이 바라보는 잣대였다. 남편이 아무리 잘못을 했더라도 아내가 두 집 살림을 한다는 것은 비난받을 짓이었다. 어떤 변명도 용납되지 않았다. 그런 비난을 무릅쓰고 재희는 동혁을 위해서 두 집 살림을 감행했었다.

그런데 신문에 난 기사를 동혁이 보고는 엄마가 측은하다고 생각해서 일주일에 한 번 더 함께 지냈으면 하는 것이었다. 동혁의 욕심이 아니라 엄마에 대한 배려였지만 재희는 그런 동혁의 마음을 알 길이 없었다. 단지 엄마를 차지하려는 동혁의 욕심으로 일주일에 두 번 오라는 줄 알았다.

"동혁이 공부하라고 하고 우린 산책이나 하지."

"그래요. 동혁아 아빠랑 잠시 나갔다 올게. 과외 선생님 오시면 공부하고 있어."

"네. 다녀오세요."

두 사람은 동혁을 남겨두고 아파트를 나왔다. 5년 동안 일주일에 한 번 보는 사이인데도 두 사람은 항상 어색했다. 아들에 대한 이야기가 아니면 대화가 금방 단절되었다. 두 사람은 아파트 초입에 있는 호프집을 발견하고는 그 쪽으로 걸어갔다.

"한잔 할래요?"

재희가 진우에게 호프집으로 들어가자고 말하자 진우는 앞장서서 호프집 안으로 들어갔다. 가게 안은 사람들로 붐볐다. 테이블이 칸막이로 되어 있어서 마주보고 얘기하기는 좋았다. 잠시 후 종업원이 주문을 받았다.

"난 소주 마실래요."

"웬 소주야?"

"당신은 당신 마시고 싶은 거 시켜요."

"여기 소주 한 병과 오렌탕 하나 주세요."

진우는 담배를 꺼내어 입에 물자 재희도 담배를 덩달아 물었다. 5년 동안 보았지만 재희가 담배를 피우는 것을 모르던 진우는 놀라는 눈치였다.

"언제부터 피운 거야?"

"가끔은 피워요. 가슴이 답답할 때."

"동네 사람들이 보면 어쩌려고."

"일주일 한 번 보는데, 무슨."

재희의 말에는 뼈가 있었다. 이곳은 당신의 동네지 내 동네가 아니라는 투였다. 재희의 말에 기분이 나빠진 진우는 종업원이 가져온 소주를 안주도 나오기 전에 두 잔을 마셨다. 그러자 재희도 소주 한 잔을 마셨다.

"나한테 할 말이 있는 거 같은데?"

"하나 물어볼 게 있어요."

"뭔데?"

"당신 5년 전에 내가 당신 찾아갔을 때, 왜 혼자 살았어요?"

"그야. 당신만한 여자를 못 만났으니까 그랬지."

"농담하지 말고요."

"진짜라니까."

"그런데 왜 동혁이는 고아원에 방치했어요?"

"지금 와서 왜 그래? 남자가 애 키우면서 사회생활 어떻게 해?"

"그럼 지금은 왜 결혼할 생각을 안 해요?"

"무슨 소리야? 동혁이랑 당신이 있는데 무슨 결혼을 해?"

"자꾸 이러기예요? 당신 진심이 뭐냐고요?"

"난 당신과 합치고 싶어."

"말도 안 되는 소리 하지 말아요."

"정말이야."

"당신은 그게 가능하다고 생각해요?"

"뭐가 어려운데? 불가능은 또 뭐야?"

"지금 영현이 아빠도 병원에 있는 거 알면서."

"그 사람이 남편이야? 남편이란 사람이 그래? 이제 다 잊어버려. 그리고 새 출발해."

"14년을 살았는데 정리가 하루아침에 된데요?"

"그게 산 거야? 당신이 처음부터 그렇게 사는 줄 알았다면 옛날에 당신 데려왔을 거야."

"당신이 무슨 권리로? 돈 일억 원에 나랑 아들도 내팽개친 사람이."

"그땐 내가 어려서 그랬고."

"내가 이혼을 해도 당신과는 안 살아. 그러니까 다른 여자 찾아봐요. 나도 괴로워."

"이유가 뭔데? 뭐가 괴로운데?"

"당신이 나를 버렸을 때 그 때 내 마음은 떠났어요."

"그땐 당신 아버님이 우리를 갈라놓게 한 것이고."

"핑계되지 말아요. 그리고 두 집 살림 너무 힘들어. 동현이 대학입학할 때까지만 하고 그만 할 거야."

"당신 생각만 하는군."

"당신도 동혁이도 자신 생각만 하면서……. 그리고 동혁이도 성인이 되면 스스로 세상을 헤쳐 나가야죠. 언제까지 엄마 치마폭에만 있을 건데?"

"당신 단단히 마음을 먹었군."

"우리 영현이한테도 이건 못할 짓이야."

"아들이 하나뿐인 사람 같군."

"당신이 얘기한 사업계획이나 잘 만들어 봐요. 얼마가 들던 이번에 사업밑천 줄 테니까 성공해서 동혁이랑 잘 살 궁리나 해요. 아님 다른 여자 만나서 장가를 가든지."

재희는 일주일에 한 번 오는 일도 날이 갈수록 벅찼다. 시간이 없

어서도 아니었다. 다른 사람들이 알게 된다면 어떻게 될까? 하는 강
박관념이 재희를 힘들게 했다. 앞으로 1년 3개월만 더하고 끝내야겠
다고 재희는 스스로 다짐했다.

남자를 사랑하는 여자

　정희는 퇴근을 하는 길에 회사에서 받아보던 조간신문을 들고 나왔다. 회사에서는 눈치가 보여서 신문을 볼 수 없기에 퇴근 때에는 항상 테이블 위에 있는 신문 한 부를 가지고 퇴근하는 버릇이 있었다.

　토요일 오후만 되면 사랑하는 남자를 본다는 들뜬 마음으로 아침부터 즐거웠다. 신문에서 유한과 다혜가 연일 실리고 회사 내에서 두 사람에 대한 온갖 수군거림이 있어도 정희는 콧노래를 부를 만큼 여유로웠다. 신문에 나기 전에 이미 유한의 입을 통해서 두 사람의 관계는 알게 된 것이고, 유한이 그렇게 사랑하던 여자도 이 세상에 존재하지 않았기에 유한에게 남은 유일한 여자는 자신뿐이라고 생각했다.

　전화로 주문한 일식집에 들러서 유한이 좋아하는 초밥을 받아 들고는 택시에 올랐다. 택시 안에 펼쳐진 신문에는 하나같이 '이다혜 타살 오리무중', '이다혜 타살 이대로 묻히나?', '이다혜 교통사고 사고사인가?', '미제사건 이다혜'라는 제목들이 눈에 들어왔다.

'결국 사고사로 끝나나보네. 타살이라면 사장님 사모님이 제일 유력한 용의자인데……. 설령 그랬다고 해도 돈 많은 재벌 외동딸이 잡혀가겠어? 그래. 이대로 다 끝났네. 우리 사장님 앞으로 어떻게 되지? 사모님이랑 다시 합치시나? 그러면 안 되는데…….'

정희는 신문을 보고 상상의 나래를 펴는 동안 택시는 세브란스병원 입구에 도착했다. 유한은 정희의 고집에 못 이겨서 야채 죽을 먹은 그 다음날 아침부터 밥을 먹었고 누워서 대변보던 것도 입원한 지 두 달이 되면서 부축을 받아 화장실에서 보게 되었다.

푸석푸석하던 얼굴은 다시 윤기를 찾았고 하루가 다르게 상태는 호전되고 있었다. 물수건으로 닦던 몸도 욕실에 누워서 샤워를 하기도 했고 휠체어를 타고 병실 밖에 나가서 산책을 할 수도 있었다. 오늘은 정희가 샤워를 시켜주는 날이었다.

"사장님, 언니……. 저 왔어요."

"어서 와."

"사장님은요?"

"화장실에서 큰 거 보시나봐."

"이제 언니가 조금 편해졌네요."

"내가 편한 게 문제가 아니고 빨리 나아 지셔야지."

"언니, 준비하세요. 어서요."

"정희 땜에 내가 살판났네. 고마워. 다음에 이 언니가 한턱 쏠게."

"나도 언니 땜에 살판났어요. 호호호."

"선애 씨……."

화장실 안에서 간병인을 부르는 소리가 들리자 정희가 재빨리 화장실 문을 열고 들어갔다.

"언제 왔니?"

"방금이요. 정희 안 보고 싶었어요?"

"하하하. 보고 싶었지. 팔 좀 잡아줘 봐."

유한은 정희의 부축을 받고 화장실에서 나오자 선애는 집에 갈 준비를 하고 있다가 유한의 다른 쪽 팔을 부축하여 침대에 눕혔다. 유한은 선애 보고 빨리 집에 가보라고 손짓을 하자 선애는 가방을 챙겨서 병실을 나간다.

"사장님. 내일 아침에 뵐게요."

"그래요. 잘 다녀와요."

"언니. 아침식사 하고 천천히 오세요."

"고마워. 정희야."

선애는 발걸음 가볍게 병실을 나가자 정희는 침대로 달려와서 유한의 입술에 입을 맞춘다.

"숨 막혀."

"아이, 참. 일주일이나 기다렸는데……. 좀 참아 봐요."

"숨 막혀 죽겠어."

"피. 엄살은……. 배 안고프세요?"

"초밥 사왔니?"

"네. 저랑 같이 먹어요."

정희는 침대에 걸치는 식탁을 펴고 그 위에 신문을 깔고 초밥을 올렸다. 젓가락을 가져오는 사이에 신문기사가 유한의 눈에 들어왔다. 다른 글자보다도 '미제사건 이다혜'란 제목 앞에 눈동자가 멈추었다.

"정희야. 오늘 며칠이니?"

"10월 2일이에요."

드디어 박홍식이 말한 수사 종결을 알리는 기사를 발견한 것이었다. 얼마나 기다렸던가. 이제부터는 유한이 스스로 범인을 잡기 위하여 박홍식을 고용한 셈이 되었다. 만약에 다혜를 죽인 범인을 잡게 된다면 다혜의 복수를 할 계획이었다. 처음에는 법의 심판을 받도록 하겠다는 마음이었다가 수사기관이 범인을 잡아내지 못하고 미제사건으로 처리되자 유한 자신이 범인을 잡아서 직접 심판하겠다는 마음으로 변한 것이었다.

정희가 입에 넣어주는 초밥을 먹고 있는데 유한의 핸드폰으로 전화가 걸려왔다.

"형님."

"박소장?"

"네. 어제부로 수사 종결되었습니다."

"나도 방금 신문기사를 봤어."

"월요일부터 시작하겠습니다. 시간은 좀 걸리겠지만 기다려보십시오."

"그래. 동생만 믿고 기다릴게. 그리고 어제 천만 원 송금했다."

"형님. 감사합니다. 또 전화 드릴게요."

"그래. 수고하고."

박홍식의 전화는 절묘한 타이밍에 걸려왔다. 유한은 박홍식이 범인을 잡을 수 있을까? 의문을 가져보기도 했지만 매월 지급하는 천만 원이라면 한번 해보자는 생각이었다. 앞으로 길어도 4개월이면 끝이 나겠다는 심정으로 어제 세 번째 천만 원을 보낸 것이었다.

"사장님. 누구세요?"

"사립탐정."

"사립탐정은 왜요?"

"이다혜 사건 수사는 종결되었어도 끝까지 한번 파헤쳐보려고."

"다 끝났잖아요. 수사종결이면."

"아니야. 내게는 끝난 게 아니야. 정말 타살이라면 내가 꼭 밝혀낼 거야."

"짚히는 사람이라도 있으세요?"

"심증이 가는 사람은 많은데 물증이 없는 거지."

"그러다가 사장님 건강 해칠까봐 걱정이에요."

"나야 정희가 잘 보살펴주잖아. 하하하."

"와이프 괜찮죠? 오피스 와이프?"

"그래. 와이프로는 정희가 최고지. 하하하."

"오늘 샤워하신다면서요?"

"응. 정희가 할 수 있겠어?"

"아이 참. 서서 샤워를 하나 누워서 샤워를 하나 똑같은데요. 뭘."

"하하하. 하긴 그 말도 틀린 것이 아니네. 우리 둘 샤워 해봤으니까 다행이다. 그지?"

"호호호. 같이 샤워 못해봤으면 오늘도 못할 거예요. 부끄러워서."

"그런가? 하하하. 환자복 갈아입기 전에 하면 될 거야."

"열 시쯤 하면 되죠?"

"아홉 시 넘으면 간호사 출입이 없으니까 그 시간 이후로 편한 시간에 해."

"저녁식사는 뭐로 드시고 싶으세요?"

"뼈 빨리 붙는 데는 회가 좋다고 하던데…… 우리 저녁에 회 먹을까?"

"다섯 시 반쯤에 나가서 사 올게요."

"정희가 있어서 참 좋다."

"저도 사장님이 계셔서 참 좋아요."

특실 침대는 일반 병실의 침대보다 크기가 두 배였다. 누워있는 환자 옆에 한 사람이 더 누워도 좋을 만큼 여유 공간이 있었다. 정희는 유한이 누워있는 오른쪽으로 올라와서 유한과 나란히 누웠다. 낮 시간에는 간호사가 빈번하게 들락거려도 정희는 간호사 따위는 안중에도 없었다. 토요일이면 정희가 간병인이었고 보호자였다. 아직 목을 가누지 못하는 유한에게 정희는 살며시 일어나서 유한의 이마에 입맞춤을 했다.

"기억나세요?"

"뭐가?"

"사장님이 정희한테 처음 한 뽀뽀가 이마잖아요."

"그래? 하하하."

여자는 그랬다. 사소한 사건도 잃어버리지 않는 게 여자였다. 남자는 무심코 지나쳐버리는 것도 여자는 날짜와 시간까지 기억하는 동물이었다. 오죽하면 여자는 화성에서 왔고 남자는 금성에서 왔다고 하겠는가? 그만큼 남자와 여자는 달랐다. 그래서 디테일에서는 여자가 앞섰다.

열 시가 가까워지자 정희는 유한을 샤워시키기 위하여 준비에 분주했다. 욕실에 의자를 가져다 놓고, 깁스한 다리에는 비닐로 둘둘

감아서 물이 들어가지 않도록 했다. 유한의 옷을 다 벗기고는 부축하여 욕실 의자에 앉혔다. 따뜻한 온수로 온몸에 뿌리고는 때수건에 비누를 비벼서 거품을 내고는 유한의 목부터 닦기 시작했다. 영락없이 엄마가 아이를 목욕시키는 장면과 흡사했다.

지난주부터 함께하는 목욕이지만 정희는 늘 해오던 일처럼 자연스러웠고 유한 역시 정희 앞에서 발가벗고 있어도 어색함이 없었다. 허리를 지나 점점 아래로 손이 내려가고 비누거품이 가득 묻은 유한의 사타구니로 정희의 손이 다가오자 유한의 심벌은 점점 커졌다. 처음 병원생활을 할 때에는 링거로만 식사를 대신하고 매일 투여되던 항생제로 인하여 남자의 본능이 죽어버려서 선애가 물수건으로 사타구니를 닦아줘도 별다른 감각을 보이지 않던 유한이, 정상적인 식사와 정상적인 대소변을 보면서부터 모든 기능이 원위치로 돌아온 것이다.

커져버린 심벌이 비누거품을 일으킨 정희의 두 손안에 가볍게 들어왔다. 지난주에 목욕을 할 때에는 선애가 목욕까지 시켜주고 집으로 돌아갔기에 두 여자와 함께 목욕을 한 유한은 오늘처럼 심벌의 확장은 할 수 없었다. 아마도 유한도 지극히 본능을 잠재우려고 무진 노력을 했던 것이었다.

두 사람 이외에는 아무도 없는 병실에서 정희가 따뜻한 거품 손으로 만지는 심벌은 본능을 뛰어넘고 있었다. 비눗물에 옷이 젖어버린 정희는 유한의 앞에서 입고 있던 옷을 하나씩 벗어버렸다. 팬티와 브래지어까지 벗어버리자 선녀가 욕실에 내려온 듯 했다.

"여분 옷이 없어서 나도 벗어요."

"누가 뭐라고 했니? 정희가 벗으니까 나도 좋은데……. 병실문은 잠갔지?"

"아차차. 안 잠갔어요. 잠시만요."

정희는 놀라서 발가벗은 몸으로 욕실을 뛰어나가서 병실문은 잠 갔다. 다혜 외에는 어떤 여자도 사랑하고 싶지 않은 유한이지만, 자 신을 사랑하는 정희 앞에서는 무너졌다. 그녀가 원하면 원하는 대 로 내버려두고 싶었다. 내가 사랑할 수 없다고 그녀 보고 사랑하지 말라고 하기에는 너무 이기적이란 생각이 들었기 때문이었다.

정희는 유한의 심벌부터 비닐을 감싸지 않은 오른쪽 다리와 발가 락까지 비누거품으로 문지르고 샤워기로 거품을 제거했다. 그러고 는 유한이 앉아있는 의자 옆에 쭈그리고 앉아서 유한의 심벌을 살 며시 입에 물었다. 유한은 다혜와의 만남에서는 직접 요구를 하기 도 했고 하나씩 가르쳐 가면서 사랑을 불태웠지만 정희에게는 한 번도 요구를 한 적이 없었다. 정희는 늘 자신이 하고 싶은 대로 유 한에게 행동했다. 다혜가 수동적이었다면 정희는 능동적인 여자였 다. 다혜가 결혼을 하기 전에는 시키는 것만 할 줄 아는 수동적이었 으나 이혼을 하고 난 후부터 능동적으로 바뀐 것이었다.

따뜻한 입안에 빨려 들어간 심벌은 더욱 커졌다. 아이스크림을 빨듯이 한참을 맛있게 빨던 정희는 유한의 심벌에서 튕겨 나오는 허연 액체를 두 손으로 받았다. 한 번도 남자의 정액을 직접 눈으 로 보지 못한 정희는 받은 정액을 두 손으로 비벼서 자신의 유방에 문질렀다. 영화에서도 볼 수 없고 일반적인 연애소설에서도 볼 수 없는 장면을 정희는 스스럼없이 행동했다. 유한의 정액이 정희 젖 무덤에서 윤기를 내고 있었다. 매끈거리는 촉감을 처음 느끼는 정 희였다.

'아…… 남자의 정액이 이런 거구나. 매끈거리는 게 꼭 계란 흰자 같네. 밤꽃 냄새는 또 뭐지? 남자의 정액에서는 밤꽃 향이 있구나.'

정희는 모든 것이 새로웠다. 스물여섯 살에 처음 한 남자를 만나고 3년간 한 남자만 오매물망 바라보고 사는 정희에게는 남자의 모든 것이 새로웠다. 3년간 한 남자를 바라보고 살았다지만 한두 달에 한 번 정도 하는 잠자리가 전부였다. 얼굴은 매일매일 본다지만 회사에서는 전혀 내 남자 같지 않은 남자. 그러나 병실에 있는 지난 두 달간은 온전한 내 남자 같다고 정희는 생각했다.

샤워기로 두 사람의 비누거품을 모두 지우고는 욕실용 매트리스에 유한을 반듯이 눕히고 머리를 감겼다. 샴푸와 린스로 깨끗이 감긴 후 타월로 온몸을 닦이고는 유한을 침대에 눕혔다. 알몸으로 침대로 들어간 유한은 정희가 씻고 오도록 기다렸다. 다시 욕실에 들어간 정희는 욕실을 정리한 후 큰 타월 한 장만 몸에 두르고 유한의 침대 속으로 들어왔다.

"저…… 사장님."

"왜?"

"부탁 하나 해도 돼요?"

"뭔데? 정희가 하는 부탁이라면 들어줘야지. 말해봐."

"저…… 사장님이라는 호칭 말고 다르게 부르면 안돼요? 단 둘 있을 때만."

"하하하. 그래. 뭐라고 부르고 싶은데?"

"오빠라고 부르고 싶은데……."

"그래? 그러고 싶어?"

"네."

"그래. 정희가 부르고 싶은 대로 불러."

"고마워요. 오빠."

정희는 사장님이란 호칭이 두 사람의 거리를 좁힐 수 없다고 생각했다. 다른 여자들이 자신의 남자에게 부르는 오빠라는 호칭을 자신도 불러보고 싶었다. 그러나 너무 격이 차이가 난 상대라서 좀처럼 오빠라고 부를 수 없었다. 그렇게 바라던 호칭을 오늘부터 부를 수 있어서 정희는 너무도 기뻤다.

"오빠, 오빠."

"왜?"

"그냥 불러봤어요. 오빠."

"그렇게 좋아?"

"네. 오빠. 호호호."

"정희는 애기 같구나."

"오빠한테만큼은 애기가 될래요."

정희는 유한의 품속으로 파고들었다. 언제까지나 이 남자와 함께 했으면 하는 생각에 꿈이라면 제발 깨지 않기를 바랐다. 유한은 목과 왼쪽 다리를 움직일 순 없지만 두 손은 마음먹은 대로 움직일 수는 있었다.

유한은 오른팔로 정희를 안고 왼손으로 정희의 유방을 쓰다듬었다. 다혜의 몸은 평소 관리를 한다지만 정희는 천부적으로 몸매가 좋았다. 160㎝의 키에 32, 23, 33의 몸은 어디를 내어놓아도 빠지지 않은 몸매였다. 단지 가슴이 작은 편이었다. 처지지 않은 봉긋한 유방은 고등학생 정도의 작은 크기를 가지고 있었다. 남자 경험이라고는 유한이 전부인 정희의 젖꼭지와 유륜은 분홍빛을 띠었다. 유한이 만지는 손길을 타고 정희의 몸은 점점 뜨거워지고 있었다.

유한은 결혼하기 전에는 한 명의 여자와 잠자리를 한 경험이 있었다. 고등학교 2학년 식목일이었다. 친구들과 낚시를 갔다가 돌아오는 버스에서 만난 여자였다. 그때 중학교 3학년이던 어린 여자아이와 처음 잠자리를 하게 되었을 때 좌약 피임약을 섹스를 하기 전에 질 안에 넣는 것을 보고는 여자에 대한 혐오감이 생겨버린 것이다. 피임약을 쓰는 것이 당연한데도 불구하고 어린 중학생이 피임약을 가지고 다닌 것도 무서웠지만 질에서 허옇게 흘러나오는 피임약에 첫 경험을 어떻게 했는지도 모르게 지나가버린 아픈 기억이 있었다.

그 이후에는 유학생활에서 만난 재희가 두 번째였지만, 결혼을 하고 난 이후에는 많은 여자들과 잠자리를 했었다. 그 많은 여자들 중에서 자신이 원해서 한 잠자리는 다혜가 처음이었다. 유한은 아내를 포함하여 지금까지 만난 여자 중에서 자신이 원해서 만난 여자는 다혜뿐이었다. 재희마저도 유한이 사랑해서라기보다 재희가 유한을 사랑해서 결혼을 했다고 해야 옳았다. 지금 정희도 유한이 사랑하는 것이 아니라 정희가 사랑하는 남자가 유한이었다.

뜨거워진 정희는 유한의 몸을 더듬어갔다. 조금 전 분출한 심벌은 다시 불기둥이 되고 그런 불기둥 위에 정희는 올라탔다. 남자가 움직일 수 없으면 여자가 움직이면 된다는 이치였다. 흥분된 질에서는 윤활유가 흘러서 두 사람이 마주치는 암수에 촉매제가 되었다. 유한의 어깨에 두 손을 짚고 올라가던 정희는 몸을 세우고 말안장에 올라탄 모습으로 힘껏 말을 달렸다. 점점 말이 빨라졌다.

때로는 장애물을 넘기도 하고 웅덩이를 건너기도 했다.

10분을 달리자 말을 탄 여자는 그만 지쳐버렸다. 상체를 몸을 뒤로 젖히더니 온몸을 떨었다. 말과 말을 탄 여자는 한 몸이 되어 절정에 이른 것이었다. 정희의 이마에는 땀이 송골송골 맺혔다.

"힘들었어?"

"아뇨. 이건 노동이 아니잖아요."

"그럼 뭔데? 하하하."

"스포츠. 내가 즐기는 스포츠."

"뭐? 스포츠?"

"즐기는 스포츠는 아무리 힘이 들어도 힘든줄 모르잖아요. 호호호."

"와. 그 말 심오한데? 스포츠라……. 이거 우리만의 언어로 하면 좋겠다. 스포츠."

"호호호. 오빠, 스포츠해요. 이렇게?"

"그래. 하하하."

정희는 욕실로 들어가서 수건 한 장을 뜨거운 물에 담갔다고 꼭 짜고는 유한의 축축한 사타구니를 깨끗이 닦았다. 그러고는 닦여진 심벌을 다시 입안에 넣었다. 늘어진 심벌은 정희의 업안에서 쪼여오는 느낌에 다시 꿈틀거렸다.

"오늘은 그만……. 땟찌."

"사정을 하고 난 후 입안에 들어가니까 느낌이 더 좋네."

"오늘은 그만. 두 번이나 했는데. 오빠는 참. 호호호."

"말이 그렇다는 거지 내가 또 하자고 하니? 하하하."

"그런데 오빠……."

"왜? 말해 봐."

"나…… 애기 가지면 안돼요?"

"무슨 소리야?"

"오빠 보고 책임지라고 안할 테니까, 오빠 닮은 애기 하나 낳고 싶어."

"안 돼. 넌 정신이 없구나. 지금 내가 어떤 처진 줄 잘 알면서."

"그냥 한번 물어본 거예요. 화내지 말고."

유한의 정자는 활발했다. 여자와 잠자리를 가지면 임신이 되는 경우가 많았다. 처음 시카고에서 재희를 만났을 때에도 두 번이나 임신을 하였고 공부를 하는 유한으로서는 아기를 낳겠다는 재희를 겨우 말려서 중절수술을 했던 것이다. 세 번째 임신을 했을 때에는 학위 논문을 완성하던 시기이기에 재희가 원하는 대로 내버려두었다. 결혼 후 다혜 말고도 잠시 스쳐지나가는 여자와의 잠자리에서도 임신을 했다는 여자들이 많았다. 늘 병원비를 보내주고 보약 값을 보내준 것도 수차례. 다혜도 두 번의 임신으로 힘들었기에 유한은 임신이란 애기에 경기가 날 정도였다.

그러나 정희는 달랐다. 자신의 순결을 바친 남자의 아기를 가지고 싶었다. 이 남자 이외의 남자를 사랑한다는 것은 정희에게는 있을 수 없는 일이었다. 사랑하는 남자와 같이 살 수는 없어도 사랑하는 남자의 아이만 있어도 살아갈 수 있을 거 같았다. 정희는 유한에게 말한 것이 후회가 되었다.

'그래. 오빠가 승낙할 리가 없지. 괜히 말했어. 하긴, 오빠도 얼마나 머리가 아플까. 이건 내일이야. 오빠한테 물어서 될 일이 아니잖

아. 내가 알아서 할 일이지. 다음 달 배란기가 언제더라?'

정희는 유한 몰래 임신을 하겠다고 결심을 했다. 사랑하는 남자 이외의 남자와 결혼할 수 없는 여자. 최소한 사랑하는 남자를 가끔이라도 볼 수만 있다면 그것은 두 사람을 이어주는 아기뿐이라고 정희는 믿고 있었다. 유한의 환자복을 갈아입힌 정희는 유한의 품에서 잠들었다.

일요일은 회진이 없었다. 아침 여덟 시면 식사가 오지만 특실은 병원 밥이 들어오지 않았다. 정희는 일곱 시에 잠에서 깨어 아침식사를 준비하기 위해서 주변 식당을 기웃거렸다. 일요일 아침 식사를 할 수 있는 식당이 없었다. 결국 세브란스병원 1층 귀빈 식당으로 가서 우거지 갈비탕 2인분을 가지고 병실에 올라왔다. 전자레인지에 다시 국을 데우고 유한이 일어나기를 기다렸다. 식사를 차린다고 나는 달그락거리는 소리에 유한은 눈을 떴다.

"언제 일어난 거니?"

"한 시간 전에 깼어요. 잠깐만요. 양치질 하고 식사하세요."

정희는 치약이 묻은 칫솔과 물 컵, 세숫대야를 가지고 유한의 침대 옆으로 왔다. 유한이 직접 양치질을 할 수 있는데도 정희는 칫솔로 유한의 이를 닦았다. 아기를 씻기는 엄마가 정희였다. 입을 헹구고 헹군 물을 세숫대야에 뱉었다.

"세수는 밥 먹고 시켜드릴게요."

"내가 애기냐? 양치질까지 시키게?"

"오늘 가면 또 일주일 있어야 볼 건데, 그냥 해주는 대로 있어요."

"나 참……."

"나도 매일 오고 싶은 것 꾹 참고 있잖아요."

"네. 마님. 어련하시겠어요. 하하하."

"밥 먹고 1층에 산책하러 나가요. 선애 언니 오기 전에."

어젯밤 오빠라고 부르는 것을 용인했던 유한은 한편으로 걱정이 되기도 했다. 겁 없이 자신을 사랑하는 정희가 혹시 자신 때문에 상처는 입지 않을까 걱정되었다. 정희는 오빠라고 부르기 시작하고 부터는 딴 사람으로 변해있었다. 두 사람의 나이 차이는 정희에게 는 어떤 제약도 될 수 없었다. 다른 사람이 볼 때에는 평범한 연인 이 아니면 부부로 볼만큼 행동 하나하나가 자연스럽게 우러나왔다.

남녀의 관계는 잠자리 횟수와 비례한다고 했던가? 두 사람이 밤 을 지새우는 시간이 많아질수록 정희는 대범해져 갔다. 아침을 먹 고 난 후 유한을 휠체어에 태웠다. 환자복 위에 카디건으로 찬바람 이 들어오는 것을 막고 엘리베이터로 1층으로 내려갔다. 10월 초순 의 가을 풍경이 1층 나무들 사이에서도 나타났다 떨어지는 은행잎 은 금방이라도 겨울을 데려올 것 같았다.

"날씨가 갑자기 쌀쌀해졌네."

"그러게요. 가을이 깊어가는 거 같아요. 오빠도 겨울이 오면 퇴 원할 수 있으려나……."

"나도 그랬으면 좋겠다. 병원생활이 지긋지긋해."

"빨리 퇴원할 수 있도록 식사도 잘 하시고. 아셨죠? 나 없다고 엄 살 부리면 혼낼 거예요."

"네. 마님. 하하하. 그건 그렇고, 정희야. 너 이사해라."

"웬 이사?"

"네가 사는 원룸 너무 좁아. 내가 움직이면 같이 집 보러 가겠는데."

"싫어요. 이사를 해도 오빠 퇴원하고 난 후에 할래요."

"내가 시키는 대로 해. 아파트 30평 정도 되는 거 알아봐. 전세로 하지 말고 그냥 사버려."

"어디쯤으로 해요?"

"회사와 가까운 곳으로."

"강남은 비싼데……."

"돈 걱정은 하지 말고. 내가 정희한테 하나 사주는 거니까. 집을 준비하면 집에 맞게 가구나 가전제품도 사 넣고. 그래야 오빠가 퇴원해서도 갈 수 있지."

"알았어요. 고마워요. 오빠."

"고맙긴."

선애가 집에서 돌아오다가 1층에서 산책하는 두 사람을 만났다. 집에 갔다 오는 날은 유한이 좋아하는 음식들을 한 가방 싸들고 오는 선애였다. 특실 간병인은 보수가 후한 편이었기에 간병인이 집에 가서 자고 온다는 것은 있을 수 없는 일이었다. 정희가 유한의 곁에서 간병을 해주는 덕분에 두 달 가까이 매주 토요일이면 딸아이와 자고 올 수 있다는 것이 선애에게는 행운이었다.

"여기 계셨네요."

"언니. 어서 오세요. 잘 다녀오셨어요?"

"정희 덕분에 잘 갔다 왔어. 고마워. 정희야."

"아녜요. 언니 덕분에 나도 오빠, 아니 사장님과 함께 지내니까 서로 좋은 거죠."

"선애 씨도 왔는데 그만 병실로 올라가지."

대신탐정사무소

대신탐정사무소는 월요일부터 분주했다. 직원이라고 해봐야 소장을 포함하여 세 사람이지만 세 사람이 외근을 나가면 전화를 받아줄 아가씨가 없어서 외근 중에는 전화번호를 박흥식의 핸드폰으로 착신을 변경하고 나갔었다.

좁은 사무실의 회의 탁자에는 경찰이라는 신분증 세 개가 놓여 있었다. 하나는 최일호, 하나는 김두식, 하나는 이종석, 세 개의 신분증에는 세 사람의 사진이 박혀 있었다. 신분증은 지난번에 이다혜를 수사하던 수사팀의 팀장과 팀원의 것을 위조한 것이었다. 신분증 옆에서 경찰 로고가 박혀있는 수첩도 세 개 있었다. 박흥식은 변호사한테서 의뢰받는 조사 일을 수행하면서 가끔 형사의 신분증으로 상대를 겁박하기도 했지만 실제는 겁박이 목적이 아니라 원하는 정보를 얻기 위한 수단으로 형사 행세를 하기도 했다.

"자, 지금부터 내 말 잘 들어. 오늘부터 너는 김두식 형사, 너는 이종석 형사, 나는 최일호반장이야."

직원들은 긴장한 눈빛이 역력했다. 그러나 이런 일을 한두 번 해본 것이 아니라서 크게 걱정하지는 않았다. 문제가 생기면 소장이 다 처리한다는 믿음이 있었기에 두 사람은 박홍식이 시키는 대로 했다.

"이번 사건은 경찰에서도 손을 뗀 거야. 그런데 분명 냄새가 나는 사건이야. 이 사건의 의뢰자도 그렇게 단정을 짓고 있고. 심증은 가는데 물증이 없다는 것이야. 지금부터 우리는 그 물증을 찾아낼 거야?"

"소장님. 아니, 반장님. 무슨 복안이라도 있는 겁니까? 얼굴을 보니까 자신이 넘치는 거 같습니다."

"있지. 그런데 용의자 주변부터 뒤지면 이 사건은 결코 실패할 확률이 높아."

"어떻게 하시려고요?"

"몇 년 전에 청부살인을 수사한 적이 있는데 그때 쓰는 수사방법으로 할 거야. 일단 이다혜가 타살이라고 해도 타깃이 이다혜인지 동승자인 유한인지는 알 수가 없어. 이다혜의 차량의 브레이크를 조작한 인물이 있다면 이 사건도 백 프로 청부살인이야. 사고가 난 일자부터 일주일 이내로 이다혜의 차량이 움직이던 동선을 파악해서 그 일대의 CCTV를 다 뒤지는 거야."

"시간이 많이 걸리겠는데요?"

"수사 인력이 우리 세 사람이니까 당연히 시간이 많이 걸리겠지. 김형사는 나랑 같이 서울에서 움직이고, 이형사는 사고 이틀 전부터 서울 톨게이트를 빠져나간 차 중에서 서울 넘버를 다 조사해."

"몇 십만 대는 될 텐데……"

"CCTV 확보해서 데이터를 집게 할 때는 아르바이트를 고용해도 돼. 비용은 걱정하지 말고. 그리고 이다혜가 올라오던 날 이다혜의 차량 중심으로 두 시간 앞뒤로 부산 톨게이트를 통과해서 서울 톨게이트를 통과한 차량도 조사해. 용의자는 이틀 동안에 내려간 차량과 올라온 차량이 같은 차라면 분명 그 놈이 확실한 용의자야."

"알겠습니다."

"그리고 김형사는 서울에서의 이다혜 동선을 나랑 같이 움직이면서 그 주변 CCTV를 확보하자고. 김형사가 CCTV에서 추린 차량 번호가 서울에서 추린 CCTV에서 나타난 동일 차량이라면 이놈은 99프로가 틀림없는 범인이야. 그렇게 나타난 놈의 행적을 쫓아야 해. 직업이 무엇인지? 사는 곳은 어딘지? 만나고 다닌 놈은 누군지? 통화기록부터 전부 다 털어야해. 자, 출발해. 지금부터는 시간과의 싸움이야."

이형사는 곧 바로 과천에 있는 건설교통부 소속의 교통상황센터 교통통제실로 향했다. 박홍식이 미리 준비해 준 수사협조요청공문을 가지고 당당하게 상황실장 방을 노크했다. 이형사의 이런 행동은 3년 전까지 일선 경찰서에서 12년간 형사로 근무한 관록이 있었기 때문에 자연스럽게 묻어나는 행동이었다.

"상황실장님 안에 계십니까?"

"어디서 오셨습니까?"

상황실장실 문 밖을 지키던 여직원은 불쑥 나타난 이형사를 보고 걸음을 제지한다. 그러자 이형사는 신분증과 함께 누런 봉투를 안주머니에서 꺼내어 여직원에게 내밀었다.

"서울 강남경찰서에서 나왔습니다. 상황실장님 뵈려고 왔습니다만……"

여직원은 신분증을 확인하고 누런 봉투에 들어있는 서류를 꺼내어 본 후 상황실장실로 급히 연락을 한다.

"실장님! 손님 찾아오셨습니다. 서울 강남경찰서에서 나오셨답니다."

"강남경찰서? 들어오시라고 해요."

이형사는 협조공문을 받아들고는 상황실장실로 들어갔다. 상황실장실은 책상과 회의용 테이블이 붙어 있었고 벽면에는 도로상황이 CCTV로 실시간 나타나고 있었다. 스위치를 누르면 고속도로 전 구간이 나오고 또 스위치를 누르면 전국 지방도로가 한 눈에 보였다.

"강남경찰서에서 오셨다고요?"

이형사는 상황실장에게 신분증과 수사협조요청서를 내 밀었다.

"강남경찰서 이종석입니다. 이번에 우리 경찰서에서 수사하는 이다혜 씨 교통사고를 조사하는데 협조를 부탁드리려고 찾아왔습니다."

"아 얼마 전에 신문에 났던 사건 말입니까?"

상황실장은 신문에 난 이다혜의 기사를 상기하면서 이형사가 내민 서류를 펼쳐본다.

"그래. 어떻게 도와드리면 좋겠습니까?"

"지난 7월 29일부터 31일까지 강남 톨게이트와 동서울 톨게이트를 빠져나간 CCTV화면과 7월 31일과 8월 2일까지 부산 톨게이트에서 북쪽으로 빠져나간 CCTV화면을 복사해서 가져가겠습니다."

"하루에 삼사십만 대의 차량이 빠져 나가는데 그 많은 차를 어떻게 보시려고 하십니까?"

"그건 저희가 알아서 하겠습니다. 복사만 해서 주십시오."

"복사하는 데 일주일은 걸리겠습니다. 부산 톨게이트까지 연락을 해서 받고 강남이랑 동서울까지 취합하면 족히 일주일은 걸릴 겁니다."

"최대한 빨리 만들어 주셨으면 합니다. 한시가 급한 일입니다. 준비가 되시면 이 연락처로 전화 주십시오. 제가 아니면 다른 형사가 와서 가져가겠습니다."

"네. 잘 알겠습니다. 준비되는 대로 바로 연락을 드리겠습니다."

"고맙습니다. 수고하십시오."

이형사는 상황실장에게 거수경례를 하고 유유히 교통상황센터를 빠져 나왔다. 과천에서 서초동에 있는 사무소까지는 우면산 터널만 넘으면 가까운 거리이지만 터널이 한창 공사 중이라서 양재동을 돌아서 가야 했다. 이형사는 박흥식에게 전화로 보고했다. 평소에 사용하던 휴대폰이 아니라 이번 일을 하기 위하여 아침에 지급된 다른 휴대폰을 이용했다.

"최반장님. 교통상황센터는 처리가 잘되었습니다. 이번 토요일에 찾으면 될 것 같습니다. 이제 청계천으로 넘어 갑니다."

"이형사. 수고했어. 청계천 일 마무리 잘하고 사무실에서 보도록 해. 나도 오후 다섯 시면 사무실에 들어갈 거야."

"네. 알겠습니다. 반장님. 수고하십시오."

박흥식과 직원들은 형사놀이를 하는 듯이 자연스럽게 형사처럼 행동했고 어느 누가 봐도 의심할 수가 없도록 치밀했다. 아침에 박흥식의 지시로 청계천에 있는 가게를 뒤져서라도 CCTV를 빠르게 판독할 수 있는 기계를 사는 것도 이형사의 몫이었다. 박흥식은 현금으로 오백만 원을 이형사에게 지급하고는 최고급 사양의 기계를 구입하도록 지시했던 것이다. 이형사는 필요한 기계가 어느 곳에 가면 있는지 알고 있었다. 차는 청계천 세운상가 주차장에 섰다. 아세아극장을 지나 2층으로 올라가서 우측으로 돌자 전자 만물상을 방불케 하는 가게들이 꽉차있었다. 이형사는 그 중 한 가게로 들어갔다. 그 가게에는 처음 들어가지만 각 가게마다 어떤 특성을 가진 기계들을 취급하는지 이형사는 훤히 알고 있었다.

"사장님 계십니까?"

"어서 오십시오. 뭘 찾으십니까?"

"CCTV에 들어있는 자동차 번호를 일렬로 정리할 수 있는 장비를 찾는데……. 혹시 있습니까?"

"국산은 없고요, 일제만 나오는데 가격이 만만하지 않습니다. 찾는 사람이 없어서 우리도 비치해놓은 건 없죠. 주문하시면 열흘 정도 걸립니다만……."

"가격은 얼마나 합니까?"

"사백만 원인데, 현금으로 하시면 삼백오십만 원까지 드리겠습니다."

"이건 개인적으로 구입하는 것이 아니고 수사에 필요해서 경찰서에서 구입하는 겁니다. 아시다시피 경찰 예산이라고 해봐야 쥐꼬리만 한 데 좀 깎아주시죠. 나중에 혹시 내가 필요할 지 어떻게 압니까. 서로 돕고 삽시다."

"아이고. 몰랐습니다. 형사님인줄. 그러면 삼백만 원에 드리겠습니다. 대신에 계약금으로 이백만 원은 주셔야 저희도 주문할 수 있습니다."

"알겠습니다. 기계 들어오는 대로 이쪽으로 전화 주십시오."

이형사는 가지고 있던 경찰신분증을 요긴하게 써 먹었다. 보통 밀거래 형식의 불법으로 판매되는 기계는 한 번씩 단속에 걸리기도 하기 때문에 업주의 간지러운 곳을 적절하게 긁어주면서 싼 값에 기계를 주문했다. 박흥식과 김형사는 평소 이다혜의 동선을 파악하는데 하루가 걸렸다. 아파트 주변, 명동 로얄호텔 주변, 대일그룹 사옥 주변, 청담동 헤어숍 주변과 피부숍 주변, 유한과 함께 다니던 곳은 모조리 동선으로 파악했다. 그 일대의 CCTV는 상당히 많았다. 개인 업소에서 설치한 CCTV와 아파트 관리사무소에서 설치한 CCTV. 그리고 관할 방범을 위하여 파출소에서 설치한 CCTV 등 협조를 구해서 모든 영상을 확보하는데 일주일은 족히 걸릴 거 같았다. 첫날은 먼저 이다혜의 동선을 파악하는 것으로 만족하고 박흥식 일행은 오후가 되자 사무실로 향했다. 사무실에 도착을 해서 커피 한잔을 다 마시기도 전에 이형사가 들어왔다.

"이형사. 수고했어. 청계천은 잘 갔다 온 거야?"

"아휴. 말도 마십시오. 이놈이 제가 선수인지 모르고 비싸게 부르다가 혼났죠. 신분증을 내미니까 바로 꼬랑지 내리면서 깎아주던데요."

"함부로 남발하지 말고. 그래, 기계는 언제쯤 들어오는 거야?"

"일본에서 주문받고 들어오니까 열흘 기다려야 한답니다. 오늘 삼백만 원 중에 계약금으로 이백만 원 주고 왔습니다."

"톨게이트 CCTV영상 확보는 언제 가능한 거야?"

"토요일 이내로 연락 주겠답니다. 연락받고 찾으러 가면 될 겁니다."

"결국 열흘은 기다려야 하겠군. 토요일에 교통상황센터에는 이형사가 가지 말고 김형사가 가도록 해. 두 번 가면 얼굴이 익숙해져서 몽타주로 나타날 수 있으니까."

"네. 알겠습니다."

"이형사도 내일부터는 이다혜 동선 주변 CCTV영상 확보하는 데 같이 움직이고."

"네."

"그리고 열흘 후 영상분석 작업할 장소와 직원 물색해 봐. 장소는 좀 넉넉하게 40평 이상 되는 곳으로 알아봐. 보증금 없이 월세만 주는 곳으로."

"영상분석은 우리 사무실 정도의 크기면 충분한데, 무슨 40평이나 필요하십니까?"

"영상분석실 옆에 취조실을 만들 거야. 취조실은 방음벽까지 설치할 거니까 그것까지 미리 염두에 두고 알아 봐."

"범인을 잡으면 경찰에 안 넘깁니까?"

"넘겨서 뭐 나오는 거 있어? 우리가 현직에 있어서 일 계급 특진을 할 거야? 아님 넘기면 우릴 복직시켜준대?"

"그럼 어떻게 하실 생각이십니까?"

"그건 우리가 알 바 아니지. 우리한테 돈을 주고 일을 맡긴 사람 소관이지. 우린 전적으로 용병이야. 범인을 잡고 나서 그 범인을 넘기면 끝이야."

"얼마 받기로 하셨는데요?"

"사건이 끝날 때까지 매월 천만 원. 그리고 범인을 잡으면 일억원. 이 정도면 우린 해피한 거 아냐?"

"그 정도면 충분합니다. 김형사 안 그래?"

"맞습니다. 우리가 복직될 것도 아닌데 기껏 고생해서 누구 좋으라고 줍니까?"

"자. 오늘 수고했어. 저녁 먹으면서 소주나 한잔 하지."

"옛설! 캡틴."

박흥식은 치밀했다. 1차로 범인의 꼬리가 잡히면 그 배후까지도 캐기 위하여 취조실까지 준비할 생각이었다. 청부살인은 잘못 다루면 꼬리 자르기로 끝나버릴 때가 많았기에 철저한 준비를 하지 않으면 배후를 캐는 데 실패하기 일쑤였다. 청부살인자는 목숨을 걸고 하기 때문에 그들을 추적하는 사냥꾼도 자칫 잘못하면 목숨을 내어놓을 만큼 위험했다.

박흥식은 위험을 무릅쓰고서라도 꼭 범인을 잡아서 최일호에게 보기 좋게 한방 먹이고 싶었다. 일선에서 물러났다고 깔보던 최일호의 면상에서 가소롭다는 듯이 비웃고 싶었다. 나는 현직을 떠났어도 네놈보다 뛰어나다는 식의 복수를 하고 싶었던 것이었다.

새로운 징조

　박병호 회장은 생각이 깊어졌다. 유한은 사고도 사고이지만 다혜와 함께 신문에 도배가 될 만큼 알려지고 더욱 대일그룹 사위라고 대서특필이 되었기에 결코 돌아올 수 없는 강을 건넌 것이라고 생각은 하였지만 그동안 그룹의 궂은일은 모두 도맡아서 해온 유한이었다. 만일 문제가 되면 아들 박재호 대신에 유한을 전면에 내세우게 하려고 했던 이유도 있었지만 재호보다 배포가 커서 유한이 더욱 박회장이 의도하는 대로 움직이기에 더 없이 좋았다. 아들 재호는 좀 더 성숙해졌을 때 전면에 나서도 늦지 않다고 판단했다.

　그런데 유한을 내치기에는 뭔가 모를 찝찝한 면이 있었다. 그룹의 비자금 조성부터 각종 로비까지 유한이 다 처리했으며, 비자금으로 증자를 하여 회사의 몸집을 불렸고, 비자금으로 새로운 회사를 설립하기도 하였으며, 비자금으로 기업 인수비용으로 충당하기도 했던 것이다. 유한이 딴 마음만 먹는다면 그룹은 송두리째 박살날 판이었다.

　박회장이 그동안 간과했던 염려가 수면 위로 부상했다. 영원히

272

함께 갈 수 있는 것은 자식뿐이었다. 사위도 며느리도 갈라서면 남보다 못한 관계가 되는 것이었다.

회사를 키우는 일에는 유한이 적격이었다. 난세에는 영웅이 필요해도 태평성대에는 영웅이 필요가 없었다. 어쩌면 지금의 대일그룹은 태평성대로 접어들어서 이제는 수성이 필요할 시기였다. 수성에는 영웅이 걸림돌이지만 그 걸림돌을 빼 내는 일도 쉽지 않았다. 박회장은 비서실로 인터폰을 했다.

"네. 회장님. 부르셨습니까?"

"박재호 사장, 내 방으로 오라고 해."

비서의 호출로 9층에 있는 재호는 36층 회장실로 올라갔다. 비서실로부터 연락을 받고 내심 걱정이었다. 오늘은 또 무슨 불호령이 떨어질지 조마조마했다. 유한과 다혜가 신문에 떠들썩하게 나온 이후로 지금까지 박회장은 심기가 불편해있었다. 재희를 보는 것도 싫어했다. 그 날 이후로 가족들은 한 번도 모임을 가지지 않았다. 재호의 능력으로는 아버지의 뒤틀린 심기를 편하게 하기란 쉽지 않았다. 재호는 회장실 문을 열고 들어갔다.

"앉아봐. 앞으로 어떻게 하면 좋겠어?"

"뭘 말입니까?"

"유서방……, 유사장 말이야."

"지난번에 회장님께서 퇴원하면 재희랑 갈라서라고 하시지 않았습니까?"

"그래. 내가 그랬다고 치자. 너는 생각도 없는 거야?"

"무슨 말씀이십니까?"

"지금까지 유사장이 회사의 온갖 험한 일을 다 한 것을 알아 몰라?"

"그거야 알고 있죠."

"안다는 놈이 그렇게 말해?"

"그러니까 왜 유서방한테 몰아줬습니까?"

"이놈아. 네가 해낼 수 있으면 왜 내가 유서방을 시켰겠어? 그리고 만에 하나 일이 잘못 처리되기라도 하면 네놈이 감방에 갈 거야?"

일을 처리할 수 있는 역량도 되지 않았지만 또 한편으로는 자식을 보호하기 위하여 사위를 전면에 내세웠다는 박회장의 말에 재호도 할 말을 잃었다. 웃어야 할지 울어야 할지 난감한 게 재호였다. 재호도 지난번 박회장의 자택에서 박회장이 말한 동생의 이혼을 생각해보지 않은 것은 아니었다. 워낙 강력하게 어필하는 박회장에게 묻고 싶었던 말들이 지금 박회장이 염려하는 것들이었다. 사위를 쳐낼 아무런 준비도 마련되어 있지 않으면서 호기를 부린 것과 다름없었다. 다혜가 죽었을 때 유한도 차라리 함께 죽었더라면 하는 게 재호의 생각이었다.

"어떻게 하실 생각이십니까?"

"그걸 알면 네놈을 왜 불러? 분식회계에, 비자금 조성에, 각종 로비에, 기업인수합병에, 불법 증여에, 거기다가 버진아일랜드에 만들어 놓은 해외 자금까지. 골치 아픈 게 좀 많아? 전부 유서방이 만든 거잖아."

"버진아일랜드 건이라도 제게 맡기시지 그랬어요?"

"네놈이 유서방만큼 영어가 유창해?"

결국 화살은 재호에게 날아왔다. 회사를 키운 것도 유한이었고,

사고를 친 것도 유한이었다. 재호는 키워 놓은 회사를 관리하는 정도가 그 그릇에 딱 맞았다. 재호로서도 이 난국의 타개책이 보이지 않았다. 제일 좋은 것은 유한이 하루아침에 눈앞에서 사라졌으면 하는 바람뿐이었다.

"일단 유서방 문제는 차차 생각하기로 하자. 하루아침에 해결될 문제도 아니고……."

"저도 생각 좀 해보겠습니다."

"그건 그렇고. 그룹 기획조정실장 자리를 언제까지 비워놓고 있을 수도 없고, 네가 기획조정실장을 맡아라."

"제가요? 지금 하는 일은 어쩌고요."

"그건 재희보고 맡아보라고 해."

"재희가 경험도 없는데, 할 수 있겠습니까?"

"관리만 하는 건데 누가 회사를 키우래?"

"네."

"기획조정실 조무현 전무가 많이 도와줄 거야. 걱정하지 말고……. 그리고 전화해서 재희 보고 오늘 오후에 회사로 들어오라고 해. 재희가 오면 너도 같이 내방으로 올라 와."

형제가 많아도 재산 때문에 문제이지만 형제가 너무 없어도 문제였다. 18개나 되는 회사를 모두 전문 경영인으로 꾸리기에는 무리가 있었다. 아무리 전문경영인이라 해도 그들은 월급쟁이에 불과했다. 공격적으로 회사가 나아가기보다는 안정적으로 안주하는 버릇이 몸에 베여있는 사람들이었다. 중요한 사안을 결정할 때에도 나중에 문제가 될 것이 두려워서 적절한 시기를 놓쳐버리는 경우도 많았다. 오너 위주의 경영이 그래서 미래지향적일 수밖에 없었다. 재호는 회장실에서 나와 재희에게 전화를 걸었다.

"재희야!"

"응. 오빠. 웬일이야?"

"아버지가 회사로 들어오래."

"왜?"

"너보고 회사 맡으라고 하실 거 같아."

"오빠가 있잖아. 나까지 뭘 회사에 나오래?"

"암튼 다섯 시까지 내 사무실로 올라와. 자세한 건 만나서 하고."

재희는 명동 롯데백화점에서 동혁이를 입히려고 가을 옷을 사고 있었다. 철마다 사준다고 하지만 일 년 사이에 부쩍 커버린 동혁은 작년에 사준 옷들이 맞는 게 없었다. 한해도 못 입은 옷들을 버리기에 아까웠다. 동혁이와 영현이가 함께 산다면 하는 생각이 잠시 들었다가도 이내 머리를 흔들었다.

다혜와 유한이 신문에 오르내리자 친구들도 만나지 않았다. 만나는 친구마다 무슨 가십거리라도 되는 양 물어오는 말이 자신을 조롱하는 듯 했다. 되도록이면 유한과 부부임을 아는 사람들과는 만남을 회피하고 거리감을 두고 있었다. 평소 만나던 사람들을 만나지 않으니까 할 일이 없었다. 피부숍에서 피부 관리를 하고 마사지 숍에서 마사지를 받는 것이 하루 일과가 되어버렸다.

다혜의 타살이라는 의혹으로 경찰의 조사를 두 번씩이나 받은 재희는 심신이 힘들었다. 살아서 그렇게 속을 태우더니 죽어서도 자신을 힘들게 한다는 생각에 유한의 얼굴마저 보기 싫어서 병문 안을 안 간 지 벌써 보름이 지나고 있었다. 소일거리라고는 토요일에 은마아파트를 가는 것이 전부였다. 그런 재희에게 회사에서 일하라는 연락을 받은 것이다.

'아버지가 어쩐 일이래? 이날까지 회사에 얼씬도 못하게 하더니. 몸이 안 좋으시나? 그래. 아버지도 벌써 나이가 일흔 다섯이 되셨네. 유서방마저 저러니까 무척 힘도 드시겠지. 유서방을 많이도 의지하셨는데……. 나한테는 못했어도 회사에서는 유서방만한 사람이 없지. 대일그룹을 일으킨 사람이 영현이 아빠지.'

재희는 쇼핑을 끝내고 VIP라운지로 올라갔다. VIP라운지는 VIP고객에게 무료로 각종 음료와 다과를 주는 곳이라서 쇼핑을 하다가 쉬고 싶으면 언제든지 편하게 쉴 수 있는 공간이었다. 집으로 들어갔다가 회사로 가기에는 시간이 어중간해서 VIP라운지에서 시간을 보내다가 테헤란로에 가기로 하고 구석진 자리에 앉았다. 커피와 초코 칩을 시켜서 평소에는 보지도 않던 골프잡지를 꺼내어 읽었다.

재희는 처음 골프를 시작한 건 15년이 넘었지만 즐겨 치지는 않았다. 미국에 있을 때 처음 유한과 함께 배운 것이 골프였다. 귀국을 하고 난 후 처음 2년 동안은 매주 서울 인근에 있는 골프장마다 유한과 제법 라운딩을 나갔지만 두 사람의 사이가 멀어지면서 골프를 치고 싶은 마음도 시들해졌다.

그러면서 혼자서 할 수 있는 운동을 고른 것이 수영이었다. 수영으로 다진 몸은 지금도 군살 없이 미끈했다. 잡지를 넘기다가 중간쯤 아는 얼굴이 나타났다. 이달의 아마골프에 김범수의 얼굴이 나왔다. 골프를 치는 두 장의 사진과 가족과 함께 찍은 사진이 함께 실렸다. 재희는 김범수와 함께 지낸 그날 밤이 생각났다. 그 뒤로도 김범수는 몇 번 전화가 왔었지만 재희가 거절했던 것이다. 한 남자를 오래 만나서 좋을 것 없다는 것을 재희는 잘 알고 있었다. 자신의 정체를 최대한 숨기고 몇 번 엔조이하면 그것으로 만족했다.

재희는 첫사랑 진우를 가슴에서 지웠고, 남편 유한도 가슴에서 지웠다. 두 남자를 지우고 난 다음에는 사랑에 연연하지 않았다. 그냥 편하게 만나서 엔조이할 수 있는 남자가 좋았다. 남자에게 메이는 것도 싫었고 자신이 남자를 동여매는 것도 싫었다.

재희는 시계를 보았다. 지금 출발하면 약간 여유 있게 도착할 시간이었다. 재희는 VIP주차장으로 내려갔다. 발렛파킹은 차를 직접 주차하지 않아서 좋았고, 차를 찾으러 발품을 팔지 않아서도 좋았다.

재희는 벤츠에 올라탔다. 남산1호 터널을 타기 위해서 차를 유턴하여 을지로로 진입했다. 강북은 늘 막히는 편이었다. 재희는 막히는 강북이여도 백화점을 나올 때면 도로가 막히는 것도 즐겼다. 급하게 가려고 하지도 않고 신호를 지켜서 천천히 달렸다. 천천히 달려도 벤츠의 뒤에서 빵빵거리는 운전사는 없었다.

을지로에서 백병원 쪽으로 우회전을 하자 앞이 뻥 뚫렸다. 막힌 도로에서는 느긋하게 운전하지만 길이 뚫려 있을 때에는 그렇지도 않았다. 남산1호 터널을 벗어나자 창문을 열었다. 가을바람의 시원함이 열어놓은 창문을 타고 가슴까지 전달되었다. 그간에 답답한 가슴이 일시에 뚫리는 기분이었다.

'아버지가 나와서 일하라고 하면 못이긴 척 일해야겠다. 아니면 따분해서 못 살겠어. 늦게 들어왔어도 집안에 남자가 있는 것이랑

없는 것이랑 이렇게 다른가? 집도 빈 절간 같이 텅 빈 느낌이고……. 이러다가 내가 우울증 걸리겠어.'

어느새 차는 대일그룹 사옥 정문에 섰다. 경비가 뛰어나와 재희의 차 문을 열어주었다. 경비는 차번호만 봐도 회장의 딸인 줄 알았다. 회사에 등록된 벤츠를 타고 다니기에 총무 팀에서 일하는 직원들은 어디에서건 재희의 차를 알아봤다.

재희는 9층 대일산업 사장실로 직행했다. 대일산업은 대일그룹의 모태로서 그룹 중에서도 제일 역사가 오래된 기업이었다. 대일방직으로 시작하였다가 회사가 커지면서 회사명도 바뀌었고 업종도 몇 번 변경되어 지금은 석유화학과 가스제조 공급을 주력 업종으로 하고 있었다. 오래된 업력만큼 경기에 민감하지도 않고 매년 작더라도 꾸준한 성장을 하는 기업이었다.

비서가 재희를 알아보고 깍듯이 인사하며 바로 사장실로 안내했다.

"어서 와."

"사장실 언제 바꿨어?"

"바꾸기 전에 와 본 거야? 그러면 2년이 넘었는데?"

"그러고 보니까 참 오랜만에 오빠 방에 들어왔네."

"너무 무심한 거 아니냐?"

"무심한 건 오빠지. 안 부르는데 어떻게 와? 새언니는 한 번씩 다녀가?"

"그 사람도 잘 안 와. 지난번에 남동생 취직시켜달라고 해서 구매부에 취직시켰어."

"다른 회사 다녔잖아? 다니던 회사는 어떻게 하고?"

"급한 성질에 그만뒀는데. 6개월째 취직이 안 되더래."

"나이는 몇 살인데?"

"집사람보다 네 살 아래. 그러면 재희보다는 여섯 살 적겠네."

"서른여덟이네? 직급은 뭔데?"

"최선욱 차장이라고……. 업종을 달라도 구매 일을 하던 친구라서 차장으로 해 줬지."

"드디어 오빠 처가 식구가 대일그룹에 입성을 했네. 결코 그런 일은 없을 거라면서 결혼할 때 큰소리 뻥뻥 치더니만…… 이제 올케도 나한테 큰소리 못 치겠네."

"잘 좀 지내 봐."

"오빠도 참. 나이 두 살이나 어린 올케한테 시누이가 언니라고 부르면서 그만큼 했으면 잘한 거지? 오빠가 올케를 너무 감싸서 그런 거야. 시댁 무서운 줄 모른다니까. 시어머니가 안계시니까 지 세상인 줄 알지."

"내가 감싸는 게 뭐 있다고……."

"내가 이때까지 참고 산 것은 영현이아빠 땜에 참고 살았는데, 이제는 안 그럴 거니까 오빠도 눈치 보지 말고 처세 똑바로 좀 해. 무슨 공처가도 아니고……."

"알았다. 살다보니까 너한테도 잔소리를 다 듣네. 오전에 아버님한테 불려가서 실컷 꾸지람 듣고 왔는데……."

"무슨 일로?"

"유서방 때문에 내가 죽을 맛이다."

"유서방이 사고 난 게 오빠 탓이야? 왜 엉뚱한 사람을 가지고 그

280

러신데?"

"내 말이. 그건 그렇고 오전에 아버지가 재희 네가 내 자리를 맡으래."

"오빠는?"

"그룹 기획조정실장을 맡으라고 하셔."

"아직 유서방 퇴원도 안했고……. 그 사람 어떻게 할 건지 결정도 안했는데?"

"그룹 기획조정실장 자리를 오랫동안 비워둘 수가 없다고 하시네."

"그래도 그렇지. 그 사람이 알기라도 하면 어쩌려고?"

"그래서 아버지가 너를 부르시나봐. 네가 오면 같이 올라오라고 하시던데……."

"비서실에 연락해 봐. 아빠 계시는지."

"알았어."

재호는 삼십 분이 넘도록 여러 가지 돌아가는 상황을 재희에게 들려주고는 36층 비서실로 전화를 걸었다.

"나 박사장인데, 회장님 계세요?"

"네. 사장님. 회장님 계십니다. 오신다고 말씀드릴까요?"

"지금 올라간다고 말씀드려주세요."

재희는 커피 한 잔을 마시고 재호와 함께 36층 회장실로 향했다. 비서실로 들어가자 비서실장을 포함 여비서 두 사람이 일어나서 깍듯이 인사를 한다. 재호가 회장실을 방문할 때에는 오선영 비서를 통해서 연락을 하기에 정희는 재호만 방문하는 줄 알았다가 재호가 재희를 데리고 비서실로 들어오자 오줌을 지릴 만큼 놀랐다. 도

둑이 제 발 저리다고 했던가. 정희가 유한과의 관계가 깊어갈 수록 재희를 보는 것이 불편했다. 전혀 재희는 모르고 있어도 정희는 불편했던 것이다. 오비서의 안내로 재호와 재희는 회장실로 들어갔다.

"어서들 와. 오비서는 유자차 좀 내 와."

"네. 회장님."

박회장은 소파에 앉자말자 테이블에 있는 담배통을 열어 담배를 꺼내 물었다. 재호는 라이터로 담배에 불을 붙였다. 길게 한 모금을 빨고 내 품은 담배연기가 두 사람 눈앞에 자욱했다. 지난 두 달 사이에 무척 늙어 보인 박회장이 재희 눈에는 안쓰러웠다. 비서가 유자차 석 잔을 테이블에 놓고 회장실을 나가자 박회장이 말문을 열었다.

"그래, 요즘 어떻게 지내냐?"

"그냥……. 근데 아빠 어디 아프세요? 얼굴이 안 좋아 보이시는데……."

"그래?"

"이제 연세도 있으신데 적당히 하세요."

"유서방도 없는데 내가 어떻게 적당히 하겠냐?"

"갑자기 유서방은……."

"앞으로 넌 어쩔 셈이냐?"

"뭘요?"

"유서방하고 말이다."

"지난번에 아빠가 유서방 퇴원하면 헤어지라고 먼저 말씀하셨잖아요."

"그래서…… 그래서 내가 시킨 대로 하겠다는 거냐?"

"아빠가 그렇게 말씀하셔놓고는……."

"참, 둘 다 한심한 놈들이구나."

"왜요?"

"그러니 내가 너희 둘을 믿고 못 쉬지."

"말씀을 해보세요. 무슨 말이에요?"

재호는 오전에 박회장에게 들은 얘기도 있어서 두 사람의 대화를 듣고만 있었다. 박회장이 염려하는 것을 재호도 재희도 전혀 모르고 있었다. 그런 박회장으로서는 더욱 답답했다.

"잘 들어라. 유서방이 어떤 사람이냐? 대일그룹의 핵심 브레인이야. 우리 회사를 성장시켰던 일등 공신이기도 하지만……."

재희는 잠자코 듣고만 있었다.

"지금까지 재희 너는 알 필요도 없었고 알아서는 좋을 것이 없어서 얘기를 안했다만, 이제 너도 알아둬야겠다. 유서방은 그룹 계열사 분식회계를 진두지휘 했고, 비자금 조성에 관여했고, 각종 로비도 직접 전담했고, 비자금으로 신규법인 설립도 했고, 비자금으로 기업인수합병도 했고, 내가 불법 증여하는 것에도 관여했고, 거기다가 버진아일랜드에 만들어 놓은 해외 자금까지 전부 유서방이 만든 작품이야."

재희는 기가 막혔다. 박회장이 하는 얘기는 너무도 어마어마했다. 유한이 일을 잘 하는 건 재희도 알고 있었지만 이처럼 많은 일을 하고 있는 줄은 몰랐다. 대일 그룹의 핵심 중에 핵심이요 브레인 중에 브레인이 유한이었다.

"지금까지 오빠는 뭐했는데? 그 사람만 험한 일을 다 시켰어요?"

재호는 할 말이 없었다. 입이 있어도 말을 할 수가 없었다. 동생의 책망에 얼굴빛이 점점 붉어졌다. 유구무언이었다.

　"처음에 재호가 능력이 안 되어서 나서질 못했지만, 어디 회사가 정상적으로만 경영하면 어떻게 성장하겠어? 하다보면 불법과 편법적이 일도 있고, 아들을 내 세우기보다는 사위를 내세우는 것이 만약을 대비해서 좋겠다는 생각을 한 것이지. 만약에 잘못되어 후계자가 될 아들이 덮어쓰면 대일그룹은 회생할 수가 없다는 판단에서 계속 유서방을 전면에 배치한 거야."

　"그걸 아빠도 아시면서 어떻게 지난번에 유서방과 헤어지라고 하셨어요?"

　"그때는 사실 홧김에 그랬지만 지금은 또 달라. 이번에 유서방과 이다혜가 신문을 도배하면서 대일그룹 이미지에 똥칠을 해버렸는데……. 일 년이 지난다고 회사에 컴백할 수나 있겠어? 주주들이 이제 가만있지 않을 거야."

　"그럼 어떠하시려고요?"

　"그게 요즘 내가 늙어가는 이유야. 오만가지 생각에 잠을 잘 수가 없어."

　"그러면서도 기획조정실장을 오빠한테 맡기는 건 뭐예요?"

　"그룹 기획조정실을 없애버리면 모를까, 언제까지 실장 자리를 비워둘 수도 없는 거지. 그러니까 아빠가 하는 말 잘 들어. 회사에서 무슨 방법을 찾기 전에는 유서방을 마음대로 내칠 수가 없다. 유서방 금고에 무엇이 있을지도 모르고, 또 유서방이 지금까지 본인이 한 일들을 사본을 만들어 보관하고 있다면 그건 대일그룹에서는 최악이 될 거야. 유서방 금고에 무엇이 들어있는지 자연스럽게 열어보는 방법도 재호가 유서방 방을 차지해서 열어보는 수밖에 다른 방법이 없다."

재희는 머리가 아팠다. 한 번도 회사 일에 관심을 둔 적도 없었지만 회사일로 머리가 아파본 적은 더욱 없었다. 박회장으로부터 회사에 관한 얘기를 들은 적도 오늘이 처음이었다. 14년 동안 대일그룹에 몸을 담았던 유한의 흔적이 이만큼 클 줄 몰랐다. 다시 한번 유한의 능력에 감탄을 했다.

"그럼 아빠는 유서방을 이용하신 거예요?"

"재희 넌 아버지한테 무슨 말버릇이야?"

"내가 자식들한테 치부를 보이면서도 지금 얘기를 하는 것은 대일그룹을 지키기 위함이다. 내가 유서방을 이용했다는 오해는 하지 말거라. 유서방이 이번에 사고만 나지 않았다면 내가 유서방을 내칠 이유도 없었고 또 유서방이 나감으로 해서 회사에 미칠 파장도 염려하지 않았을 거 아니냐? 애초에 있어서는 안 될 상황이 발생한 것이지……."

"그래서 저보고 어떻게 하라고요?"

"병실에는 언제 가고 안 갔어?"

"보름 넘었어요……."

"앞으로 그러면 안 돼. 유서방이 회사에 미련이 남도록 재희 네가 각별히 신경을 써라."

"어떻게요?"

"자주 찾아가고……. 이혼서류에 도장이 찍혀지지 않는 한 우린 부부라는 마음을 심어줘."

"지금 내가 어떻게 그래요?"

"안 돼도 그래야 해. 그게 우리 모두가 사는 길이야."

재호는 두 사람이 하는 말을 지그시 눈을 감고 들었다. 먼저 유한이 이런 파장을 가져올 만큼의 존재였다는 것이 믿어지지 않았다. 그것은 다르게 생각하면 자신이 한없이 초라해지기도 하는 것이었다. 또 유한으로 인하여 70년 가업이 풍비박살 날 수 있다는 것도 놀랐다. 차라리 이다혜가 죽었을 때 같이 죽었더라면 하는 생각만 간절했지만 현실은 그렇지 않았다.

"그리고 퇴원하면 다시 기획조정실장으로 복귀한다고 말해. 이제 두 달인데 얼마나 더 병원에 있을 줄 모르잖아. 복귀할 때까지 기획조정실장 자리를 비워둘 수 없어서 오빠가 임시로 맡는다고 말하고 오빠자리는 네가 맡는다고 말해."

"네. 무슨 말씀인지는 알겠어요. 하지만 냉랭해진 사이를 갑자기 어떻게……."

"이제부터는 재희 너의 노력에 달렸다. 어떻게 하던지 시간을 벌어가면서 생각해보자. 이번 주에 찾아가서 말하고 출근은 월요일부터 해."

"네. 알겠어요."

"재호는 총무팀에 월요일 대일산업 사장 이 취임식 준비하라고 말하고. 경제 기자들도 몇 명 불러서 재희의 사장 취임을 공식화하도록 해. 재희가 어쩌면 유한이 까먹어버린 회사 이미지를 바꾸어 놓을 수도 있으니까……."

"네. 알겠습니다."

"그리고 기획조정실 조전무 불러와."

기획조정실 전략기획팀 조무현 전무는 유한의 심복처럼 움직이던 사람이었다. 유한은 조직 장악력이 뛰어나서 한번 연을 맺은 사

람들은 모두가 호의적이었고, 조전무 역시 유한에게 무한 신뢰를
보내는 사람이었다. 재호는 오비서를 통하여 기획조정실 조무현 전
무를 불렀다. 잠시 후 조무현은 회장실로 들어왔다.

"조전무. 메모해. 월요일부로 임원 인사발령 내용이야. 자네가 기
획조정실장 대리로 공고를 내. 그리고 경제신문에 기업 임원 동향
에도 싣도록 해. 대일산업 대표이사 사장 박재호는 그룹 기획조정
실장 사장으로 하고, 박재희는 대일산업 대표이사 사장으로 해."

"네. 알겠습니다. 회장님."

"재희는 내일 대일산업 법인 대표이사 등재하는 거 잊지 말고, 나
가면서 총무팀에 물어보고 필요한 서류 준비해서 내일 들어와. 박
사장이 도와줘."

박회장의 결심이 굳어지자 인사발령은 속전속결로 처리하였다.
조무현 전무는 회장의 지시를 받고 전략기획팀으로 돌아가면서도
혼이 빠졌다. 기획조정실 유한 사장의 두 달 공석으로 아들을 대신
하여 앉히는 것도 그렇지만 자신의 상관으로 박재호가 기조실장으
로 오는 것도 놀랐다.

조무현은 대일그룹에 경력사원으로 입사하였지만 그래도 입사
한 지가 10년이 넘어서 회사 돌아가는 것은 훤히 알고 있었다. 계열
기업의 사장과 그룹을 총괄 지휘하는 기조실장은 같은 사장이라도
격이 달랐다. 제일 중요한 전략적 테크닉이 있어야 하고, 협상능력
이 뛰어나서 상대를 압도할 수가 있어야 했다.

조무현이 알고 있는 박재호는 결코 기획조정실장 감은 아니었다.
자신보다 못하는 상관을 모시는 것도 그렇지만, 지금 전무의 자리
까지 끌어준 유한 사장이 눈에 밟혔다. 지금 회사가 돌아가는 것이

앞으로 어떻게 될 것인지 도통 짐작이 되지 않는 국면이었다.

조무현은 유한이 입원하고 난 후 가끔 전화로 안부를 묻기도 했고, 입원 일주일 후 직접 병실을 찾아가기도 했던 인물이었다. 유한보다 열 살이 많았지만 늘 배우는 자세로 유한을 보필했다. 유한과 함께였다면 내년 3월 부사장 진급이 확실했었지만 졸지에 유한의 사고와 새로 오는 기획조정실장으로 진급은 물 건너 가버렸다.

"박부장. 이거 기안해서 내 결재 받고 공고 해."

기획조정실에는 전략기획팀과 신규사업팀, 사업관리팀, 인사관리팀 네 개의 팀이 있었고, 모두 스물 세 명의 구성원으로 조직되어 있었다. 인사관리팀은 그룹 임원의 성과관리와 보상, 인센티브 산정, 인사발령을 담당하고 있지만 전략기획팀 전무가 결재 라인에서는 꼭 거쳐서 가도록 유한은 직제를 만들었다. 그만큼 유한도 조무현전무를 신임하는 뜻이기도 했다.

인사관리팀 박부장을 불러서 지시를 하고는 긴 한숨을 쉬었다. 전무의 지시를 받은 인사부장도 기가 막히는 건 똑같았다. 기획조정실의 편제도 유한이 만든 것이었고 유한에 의하여 대일건설에서 발탁되어 5년 전부터 기획조정실에서 근무하는 인사부장도 긴 한숨과 함께 담당자에게 서류를 내밀며 기안 지시를 했다. 공고가 붙기 전에는 인사내용에 대해서 함구하도록 회사 내규에 규정되어 있었기에 내일 오전까지는 아는 사람이라고는 그룹 기획조정실 인사관리팀과 대일산업 총무팀만 알 뿐이었다.

다음날, 재희는 인감증명서와 주민등록등본, 인감도장을 대일산업 총무팀에 맡기고 대일그룹 사옥을 나섰다. 세브란스병원에 오랜만에 가는 것도 어색했지만 유한을 만나서 뭐라고 말을 꺼낼 것인지도 난감했다. 일단 병원을 가기 전에 회사에서 전화로 미리 주문한 도시락을 가지러 논현동 '오사카'로 차를 돌렸다. '오사카'는 한 달 보름 전에 민숙이랑 술을 마시고는 처음 가는 길이었다. 함사장이 소개시켜준 세 남자와 클럽에서 질펀하게 논 그때의 기억이 새롭게 떠올랐다. 마음만 먹었으면 그 날도 외박할 수 있었지만 친구에게까지 자신의 초라한 꼴을 보이기 싫어서 새벽 두 시에 둘 다 집에 들어간 날이었다. 우울했던 기분을 말끔히 씻게 해준 함사장이 고마웠다. 차가 '오사카' 입구에 다가가자 종업원이 뛰어나왔다.

"사모님. 어서 오세요."

"사장님. 그간 잘 계셨죠?"

"덕분에 장사 잘하고 있습니다. 그땐 어땠습니까? 친구 분이랑 함께 왔던 그날."

"사장님 덕분에 스트레스 날리고 갔죠."

"남자 분들 짓궂지는 않았죠?"

"매너가 좋던데요. 다음에 기회가 되면 한 번 더 연결시켜 주세요. 그리고 월요일부터 저도 출근합니다."

"와 드디어 회사 나가시는군요? 이제 자주 못 뵙는 거 아닙니까?"

"어쩌면 공식적으로 더 자주 올 수도 있을 거예요."

"그럼 좋은 자리로 가시나 봅니다."

"대일산업 대표이사 자리예요."

"역시 사모님, 아니지, 사장님은 대단하십니다."

"다음 주에 축하주 한잔 마시러 올게요. 임원들 다 데리고."

"아이고, 감사합니다. 사장님 덕분에 매상 올리게 생겼습니다. 하하하."

"이전 보다는 자주 오게 되겠죠. 호호호."

"여기 도시락 나왔습니다."

"얼마예요?"

"에이, 그냥 가십시오. 한 번 오실 때마다 팔아주시는 게 얼만데……. 이건 서비스입니다."

"그래도……."

"다음 주에 오신다면서요. 그때 많아 팔아주십시오."

"암튼 고마워요. 그럼 수고하세요."

재희는 테헤란로에서 길이 막히는 논현동까지 일부러 갔었다. 아무래도 다음 주에는 임원들과 술자리가 있을 거 같아서 미리 예약도 할 겸 '오사카'까지 갔던 것이다. 얘기가 없이 갔다가 주인이 사모님이라고 부르면 그것도 우습게 보일 것 같아서 미리 사장이라는 언질도 주고 싶었다.

재희는 어떤 이유이던 대일산업에 대표이사로 취임하는 것을 기뻐했다. 재벌의 딸이지만 그냥 살림만 하고 애나 키우다가 끝나는 줄 알았는데 살다 보니까 이런 일도 있나 싶었다. 그런데 따지고 보면 재희가 대표이사가 된 것도 한편으로는 유한 때문이었다. 유한의 사고가 좋은 것인지 나쁜 것인지 도통 알 수가 없었다.

재희는 차를 몰고 병원에 가면서도 유한 앞에서 어떤 표정을 지을 지 고민스러웠다. 빨리 가면 점심식사 시간 전에 도착할 거 같았다. 재희는 차를 몰아서 열두 시가 되기 전에 병실에 들어갔다.

"선애 씨. 안녕!"

"어서 오세요. 사모님. 잘 지내시죠?"

"나야 선애 씨가 간병해주는 덕분에 잘 있죠. 영현이 아빠……,

저 왔어요."

"어쩐 일이야?"

"어쩐 일은요? 병문안하러 왔죠."

"새삼스럽게 왜 그래?"

"온 사람 민망하게 왜 그러세요? 식사 아직 안하셨죠? 이것 좀 드셔보세요."

"왜 안하던 짓을 하고 그래? 나야 간병인이 밥 잘 챙겨주잖아. 당신 대신에."

"매일 먹는 밥 말고 오늘은 이것 들어요."

"난 식당에서 사온 건 안 먹어. 당신이 만든 거 아니잖아? 하려면 제대로 해. 집에서 당신이 직접 만들어서 가져와."

"나 참. 트집은. 몸은 좀 어때요?"

"화장실도 혼자 다녀. 누워서 똥도 안 싸고. 다음엔 당신도 간병 좀 하지. 돈 주고 사람만 쓰지 말고. 하루쯤은 당신이 간병해도 되는 거 아냐?"

유한은 평소 같았으면 재희와 눈을 마주치는 것도 싫어했다. 그것도 그럴 것이 내연의 여자와 여행을 갔다 오다가 교통사고로 여자가 죽고 남편이란 사람은 병원에 입원해있는데 어떤 남자가 낯 두껍게 아내를 똑바로 쳐다볼 수 있겠는가?

서로가 피하던 얼굴이었는데 재희는 재희대로 유한과 눈을 마주치려고 안달난 사람 같고, 유한은 유한대로 재희에게 사사건건 시비로 재희의 말을 이끌어내고 있었다. 두 사람의 속을 모르는 사람은 화해 무드가 무르익은 부부처럼 보였다.

"내일은 제가 저녁에 와서 간병할게요."

"사모님. 아녜요. 제가 있잖아요. 오지마세요."

"아니야. 선애 씨. 내일은 나도 하루 있을게. 저녁식사 하기 전에 올 테니까 그때 교대해요."

"당신 웬일이야? 뭐 잘못 먹었어? 왜 안하던 짓을 하려고 그래? 오지 마. 내가 불편해."

"아이, 왜 그러세요. 제 발로 오겠다는데. 내일 저녁은 집에서 가져올게요. 드시고 싶은 거 말씀해보세요. 내일은 제가 만들어올게요."

"이 사람 진짜 왜 이래? 나한테 할 얘기 있어? 지금 말해. 이혼하자고?"

"무슨 말씀이세요. 이혼은 아무나 하나. 우리가 이혼을 하려고 했으면 벌써 몇 번을 했을 거예요. 그건 당신도 잘 알잖아요."

재희의 말도 틀린 말은 아니었다. 유한도 이혼을 하려고 했으면 다혜랑 처음 경포대에 여행 갔다 와서 들킨 9년 전에 했을 것이고, 재희가 옛 남자와 그 남자의 아들이 함께 사는 아파트를 만들어주고 매주 그 집을 드나드는 것을 알았던 5년 전에도 이혼을 했을 것이었다.

재희 역시 결혼 2년차부터 밤마다 술을 마시고 새벽이 되어서야 들어오는 남자와 헤어지려고 마음먹었으면 12년 전에 이혼을 했을 것이고, 9년 전 유한이 경포대에서 다혜와 함께 찍은 사진을 발견했을 때에도 이혼을 했을 것이고, 3년 전 이다혜가 결혼을 하기 바로 직전에도 이혼을 했을 것이었다.

다혜가 서둘러 결혼을 한 것은 유한을 보호하기 위하여 결혼했다는 것을 재희는 알고 있었다. 그렇게 두 사람은 이혼을 하려고 했으면 몇 번은 하고도 남음이 있었다.

"근데 나한테 뭘 물어봐? 남편이 뭘 좋아하는지 아직도 몰라서 물어?"

재희가 저자세로 다소곳해지면 해질수록 유한은 더욱 뻣뻣해져 갔다. 선애가 봐도 기가 막힌 광경이었다. 보름 전만해도 이런 모습은 두 사람에게서 찾아볼 수가 없었다. 알 수 없는 것이 부부 싸움이라지만 선애는 앞으로 전개될 두 사람이 궁금하기까지 했다.

남편은 내연의 여자와 교통사고가 나서 내연녀는 죽고 혼자 병원에 입원해 있으면서도 토요일이면 비서와 밤마다 놀아난다는 것을 선애는 직감으로 알고 있었다. 그런 남자가 아내를 대하는 것은 꼭 바람난 아내를 다루는 남편 같은 광경이었다.

선애는 두 사람을 이해할 수가 없다고 생각했다. 재희는 오늘 계획했던 얘기는 도저히 할 수 없었다. 자신이 대일산업 대표이사로 취임되고 오빠가 당신 자리를 당분간 맡게 된다고 도저히 말을 할 수 없었다. 그래도 이혼은 아무나 하나? 우리가 이혼을 하려고 했으면 몇 번은 했을 것이다. 그건 당신도 알지 않느냐고 말한 것만으로도 반쯤은 성공했다고 자평했다.

결국 유한은 선애가 준비해준 밥을 먹었고, 재희가 가져온 도시락은 선애와 재희가 먹었다. 식사를 마치자 재희는 다음날 오겠다며 병실을 나갔다. 유한은 5년 전에 찍어둔 재희의 사진을 생각했다.

'이제 그 사진을 보여줄 때가 되었어. 늦어지면 나만 낙동강 오리알 신세가 될 거야. 아니지. 내가 이대로 쉽게 물러날 수는 없지. 내가 어떻게 키운 대일그룹인데……. 처남이야 뒤에서 구경만 했을 뿐

궂은일은 내가 다 했잖아. 그런 나를 사고 때문에 내친다면……. 아니야. 그럴 수도 있을 거야. 다혜랑 신문에 연일 보도가 되었는데, 다시 회사에서 일하는 건 무리일거야. 그렇다고 이대로 물러나면 나는 뭐지? 차라리 덩치가 작은 대일금속이라도 달라고 그럴까? 설마 모른 척 할 수는 없을 거야.'

유한은 입원 두 달 만에 자신의 거취에 대하여 심각하게 고민을 하고 있었다. 교통사고를 났다고 해도 대외적으로 알려져 있지 않았기에 박회장은 쉽게 자신을 내치지 못한다는 것을 알고 있었지만, 다혜가 타살의혹이란 이름으로 신문에 알려지면서 자신과 대일 그룹까지 거명되는 바람에 회사에 복귀하기란 쉽지 않을 것이라는 건 유한의 비상한 머리에는 이미 감지되고 있었다.

정희의 집에 보관된 기밀서류들은 언제인지 모르지만 요긴하게 쓰일 곳이 있으리라 짐작했다. 그룹에서 자신이 행한 모든 일들을 빠짐없이 기록하였으며, 그 기록을 뒷받침할만한 서류들도 모두 보관했었다. 자신이 사무실을 오래 비워두면 누군가 금고를 먼저 열어서 유한이 남몰래 숨겨두고 있던 기밀서류들을 빼 돌릴 것 같아서 입원 일주일 만에 비서에게 지시해서 이미 손을 써둔 것이었다.

오늘 아내가 평소와 다르게 행동하는 것을 보고 유한은 두 가지로 추론했다. 박회장과 모종의 음모로 자신을 회유한다는 것과 아내가 옛 남자와 무슨 문제가 있어서 다시 가정으로 돌아온다는 것이었다. 두 가지는 극과 극으로 달리는 추론이었다. 다른 이유로 오늘 재희가 그렇게 행동했다면 유한은 달리 걱정할 필요가 없었다.

그러나 유한이 추론하는 두 가지는 분명 유한의 적절한 대응이 필요한 사안이었다. 내일 밤새워 간병을 하겠다고 자청해서 오는 것도 수상했다. 어떻게 하든지 재희의 속내를 내일 끄집어내겠다고 다짐했다. 이런 생각에 깊이 잠겨있을 때 정희에게서 전화가 걸려왔다.

"오빠⋯⋯."

"그래. 정희야. 어디야? 사무실 아니야?"

"잠깐 밖에 나와서 전화하는 거예요."

"왜? 무슨 일 있어?"

"큰일 났어요. 회사에 인사공고가 붙었는데⋯⋯."

"인사이동은 내년 3월이잖아?"

"오빠 자리에 박재호 사장님이 월요일부터 취임한데요. 그리고 박재호 사장님 자리에는 사모님이 들어가고요. 공고를 보고 직원들이 다들 수군거리고 있어요."

"그래? 처남이 내 자리에 들어간다고?"

"네. 월요일 취임식한대요."

"그래. 고맙다. 그리고 퇴근하고 병원에 왔다갈 수 있어?"

"네. 오빠. 퇴근하고 몇 시까지 갈까요?"

"여덟 시까지 와."

"알겠어요. 나중에 봐요."

유한은 생각이 깊어졌다. 재희가 왔다간 이유도 조금은 알 것 같았다. 유한은 박회장이 자신을 조직에서 빼 내는 수순을 밟고 있다고 판단했다. 기분이 나쁠 만도 하지만 유한은 냉철했다. 궁지에 몰릴수록 그것을 타계하는 능력이 탁월했다.

'일단 내일 이 사람이 와서 어떻게 하는지 보자. 아, 그런 수순이 었어? 나한테 한마디도 상의하지 않고 자기들 마음대로 그렇게 한다 이거지. 처남이 내 자리를 차지한다고? 그럴 만한 그릇이 되기나 하나?'

유한은 자신의 자리에 처남이 들어간다는 말에 심기가 틀어졌다. 어떻게 이룬 자린데 누가 감히 무임승차하느냐의 투였다. 유한은 비록 나이가 다섯 살이 많은 처남이고 그룹 사주의 아들이라도 일을 할 때에는 결코 두려운 존재가 아니었다. 누구에게도 밀리지 않을 능력과 자존감을 가지고 있었다.

일단 유한은 이번 인사이동을 지켜보기로 했다. 그러면서도 자신이 뭘 어떻게 할 것인지 알았다. 유한은 대신탐정사무소 박흥식에게 급히 전화를 했다.

"박소장!"

"네. 형님. 어쩐 일이십니까?"

"일곱 시까지 나한테 와 줘. 급히 상의해야 할 일이 있어."

"네. 알겠습니다. 그리고 앞으로 이 번호 말고 다른 번호로 전화 주십시오. 제가 문자로 전화번호를 보내드리겠습니다. 그 번호는 그냥 최반장으로 부르시고요. 보안을 위해서 핸드폰을 하나 더 장만했습니다."

"알겠네. 최반장."

"그럼 일곱 시에 뵙겠습니다."

유한은 느긋했던 마음이 갑자기 조급해졌다. 일곱 시가 되자 박흥식은 치킨 한 봉지를 들고 나타났다. 짧은 머리에 가죽점퍼를 입고 있는 품이 영락없는 형사처럼 보였다. 특유의 곰살맞은 미소를 지으면서 병실 문을 들어섰다.

"형님. 안녕하십니까?"

"왔어? 어서 와."

"이것 좀 드십시오. 사무실 나오다가 형님 드시라고 한 마리 샀습니다."

"냄새가 좋군. 먼저 얘기는 끝내고 먹지."

"무슨 얘깁니까? 하실 말씀이……."

"다른 게 아니고 도청 좀 해줘야겠어. 할 수 있지?"

"그거야 기본이죠. 수사의 기초가 도청이잖습니까. 그런데 어디에 하시려고요."

"대일그룹 기획조정실장 방이야."

"그건 형님 방이잖습니까?"

"그 방에 월요일부터 처남이 들어간다는군. 그래서 한번 도청해보려고."

"뭐 의심 가는 것이라도 있습니까?"

"이번 수사와는 상관없는 일이야. 단순히 내 개인적인 일이야."

"형님. 도청장비는 엄청 좋아졌는데, 비용이 만만하지 않습니다."

"돈은 신경 쓰지 말라니까. 내일 삼천만 원 계좌로 이체할 테니까 그 돈으로 경비로 해."

"알겠습니다. 그런데 내부에 들어가는 방법은 있습니까?"

"조금 있으면 내 비서가 올 거야. 그 문제는 염려하지 말고. 암튼 이번 토요일에 설치를 마쳐야 해."

정희는 퇴근을 하고 유한이 좋아하는 딸기주스를 만들기 위하여 삼성동 현대백화점에 갔다. 제철이 아니라서 비싸지만 먹음직한 딸기를 한 바구니 사들고 병실로 향했다. 병실에 들어서자 낯선 남자가 유한과 얘기 중이었다.

"저 왔어요."

"정희 왔니?"

"네. 언니 잘 지내시죠?"

"정희 덕분에 잘 있지. 호호호."

"어서 와. 정희야."

"사장님. 잘 지내셨죠?"

"응. 서로 인사하지. 이쪽은 내 비서, 윤정희 양이고, 또 이쪽은 나를 도와주는 최반장."

"처음 뵙겠습니다. 윤정희라고 해요."

"네. 최일호입니다."

"저기 선애 씨. 잠시 자리 좀 피해주세요."

"네. 사장님."

유한은 박흥식과 얘기를 할 때에는 나지막하게 말했으나 정희가 오자 간병인을 잠시 내보냈다. 정희는 유한이 무슨 말을 할 지 궁금했다. 간병인을 내보내고 낯선 남자와 셋만 병실에 남은 것이 예사롭지 않다고 정희는 생각했다. 짐작할 수는 없지만 유한이 시키는 일이면 뭐든지 할 수 있다고 자신했다. 정희가 병실에 들어오기 전에 이미 박흥식에게 정희에 대해서는 얘기를 해둔 상태였다. 자신의 심복이고 믿고 의지하는 동생 같은 비서라고.

"자. 거두절미하고 핵심을 얘기할 테니까 정희도 잘 들어."

"네. 사장님."

"내일 출근하면 내 방에 있는 인터넷 선과 TV가 나오지 않도록 망가트려. 그리고 비서실장에게 고장 났는데 토요일 오후에 고쳐서 월요일에는 사용하는데 이상 없도록 하겠다고 해. 그러면 두 사람이 약속을 해서 토요일 몇 시쯤 비서실이 비는 지 체크 하고, 이 친구가 직원들을 보내서 고칠 거야. 정희는 그 정도만 알아두면 돼."

"토요일은 늦어도 오후 두 시면 비서실도 다 퇴근을 해요. 두 시 반까지 36층으로 올라오시면 됩니다. 1층 경비실에는 미리 얘기해 둘게요. 36층 실장님실 인터넷과 TV배선 수리하러 온다고 하세요."

"알겠습니다. 두 시 반까지 가도록 하겠습니다."

"정희는 수리가 다 끝나고 기사들이 돌아가고 나면 그때 병원으로 오고."

"알겠습니다. 사장님."

"그래. 오늘은 이 친구랑 할 얘기가 있어서 그러니까 그만 돌아가."

"벌써 가요?"

"토요일에 올 거잖아? 중요한 일이야."

"네. 알았어요."

정희는 빨리 돌아가라는 말에 뿌루퉁하게 토라져서 박홍식과 연락할 전화번호만 주고받고는 힘없이 병실 문을 나섰다. 유한의 지시에 박홍식도 긴장된 상태였다. 경찰에 있을 때 하던 도청과 사설 탐정으로 있을 때 하는 도청은 달랐다. 도청을 하다 발각이라도 되면 형사적인 책임도 감수해야 하기 때문이었다. 그만큼 도청은 힘이 드는 작업이었다. 형사로 위장해서 CCTV영상을 가져오는 일과는 비교가 되지 않는 일이었다.

개인적인 일이라고는 하지만 처남이 근무할 방에 미리 도청장치를 달아서 처남의 일수거일투족을 감사한다는 것은 예사롭지 않은 일이었다. 그러나 박홍식은 유한이 시키는 일에 군소리가 없었다. 그것이 바로 돈의 힘이었다.

토요일이면 톨게이트의 CCTV영상이 오는 날이고, 영상분석실 임대는 마쳐야 하기 때문에 엄청 바쁜 날이었다. 영상분석 기계만 들어오면 본격적으로 CCTV영상을 분석을 시작할 수 있었다.

"도청을 감시하는 인원도 채용하겠습니다."

"쓸 만한 사람 있어?"

"석 달 전에 수서 경찰서에서 퇴직한 후배가 있는데 언제부터 나랑 일하고 싶다고 하던 것을 미루고 있었는데 이참에 불러오려고요."

"그렇게 해."

"그런데 이런 말씀드리기에는 주제 넘는 말이지만……."

"뭔데? 말해봐."

"처남이 형님 자리로 들어온다면 나중에 형님은 어떻게 합니까?"

"그래서 도청을 해보겠다는 거야. 무슨 생각들을 가지고 있는지……."

"뭐가 집히는 것이라도 있습니까?"

"지금은 뭐라고 말할 수 없어. 단지 내가 쌓아놓은 거대한 산을 코도 안 풀고 오르게 할 수는 없는 일이지."

"저는 혹시나 했습니다."

"뭐 말인가?"

"형님이 생각하는 용의선상에 처남도 있나 생각했죠."

"용의선상에는 아내도 처남도 다 있지. 다만 아니었으면 하는 바람도 있고……. 그런데 생각을 하면 할수록 머리가 아파."

"왜요?"

"어쩌면 지금 내가 죽었으면 하고 바라는 사람이 있다고 생각되거든."

"왜요?"

"대일그룹에서 보면 내가 아킬레스거든."

"뭐 때문에 형님이 아킬레스입니까?"

"이번에 경찰에서 수사기 시작되면서 다혜와 내가 온 신문에 도배가 되었잖아. 아마 그러지 않았다면 사고를 알고 있는 사람이라고 해야 가족들뿐이었는데……. 이제는 내가 돌아가고 싶어도 대일그룹에서는 받아줄 수 없는데……. 그 반대로 대일그룹에서 못 오게 해도 내가 가겠다고 하면 이것 또한 막을 수가 없다는 거지."

"무슨 말씀인지 이해가 잘 안됩니다."

"그룹의 모든 비리를 내가 다 알고 있기 때문이지. 그러니까 오라고도 못하고. 오지 말라고도 못하지."

"아……."

"그래서 어떻게 하나 한번 지켜보겠다는 거야."

"네. 형님. 이제 이해가 됩니다."

"도청을 꾸준히 하다가 이상 징후가 포착되면 바로 알려줘."

"알겠습니다. 토요일 영상분석실도 따로 임대할 겁니다. 보증금 없이 임대료만 주는 사무실을 얻으려고 합니다."

"최반장이 알아서 해."

"알겠습니다. 형님."

"영상분석은 언제부터 시작해?"

"이번 주에 모든 CCTV영상은 확보하고요. 늦어도 다음 주 목요일부터는 작업 들어갑니다."

"얼마나 걸리겠어?"

"글쎄요. 분석기가 아직 도착 안 해서 잘 모르겠지만 일제니까 성능은 좋을 거 같습니다. 기계가 들어오면 형님께 먼저 전화 드리겠습니다."

"그래. 오늘 수고했어. 늦었는데 이만 들어가 봐."

"형님도 편히 쉬십시오."

박흥식이 나가자 열린 문으로 선애가 들어왔다. 선애는 밖에서 기다리다가 지루했는지 하품을 하면서 들어왔다. 들어온 선애에게 유한은 만 원짜리 지폐 두 묶음을 손에 쥐어주었다. 손에 쥐어진 돈을 보고 선애는 깜짝 놀랐다.

"이게 웬 돈이에요?"

"선애 씨 쓰라도 주는 거죠. 필요한 곳에 쓰세요."

"아닙니다. 사장님. 지금도 보수가 후한 편인데……."

"그건 우리 집사람이 주는 것이고 이건 내가 주는 것입니다. 누워서 변을 보는 동안 선애 씨 고생 많이 했잖아요. 그래서 보너스로 드리는 겁니다."

"사장님. 이런 거 안 주셔도 됩니다. 일주일에 한 번 집에 다녀오는 것도 감사한 일인데 못 받겠어요. 사람이 염치란 것이 있죠."

"어허. 내가 주는 건 받아도 됩니다. 잘 지내보자고 주는 건데……."

"고맙습니다. 사장님."

유한은 돈을 적절하게 사용할 줄 알았다. 사람을 부릴 때에는 동기부여가 우선이었고, 당근과 채찍을 이용하여 마부가 말을 부리듯이 잘 이끌었다. 매월 재희로부터 통장에 간병비를 받는 선애는 유한이 뿌리는 당근으로 유한의 사람으로 만들어지고 있었다.

〈2권에 계속〉

욕망의 가시 1